DIANA
VERLAG

Edith Kneifl

Auf den ersten Blick

ROMAN

Diana Verlag
München Zürich

1. Auflage

Satz: Filmsatz Schröter, München
Druck und Bindung: GGP Media, Pößneck
Printed in Germany

ISBN 3-8284-0051-5

für meine Mutter

»Und gibt's ein Übel, das alles Übel übertrifft:
das hat sich Ödipus erlost!«

Sophokles, *König Ödipus*

1

Sie war nackt und sie war tot. Asche klebte in ihrem blonden Haar. Nase, Augen, Lippen waren mit Blut beschmiert. Auch ihre Brüste schienen zu bluten.

Als sich Chefinspektor Serner über die Tote beugte, presste er sein Taschentuch vor Nase und Mund.

Soll ich mich um sie kümmern? Bezirksinspektor Egger grinste seinen Vorgesetzten mitleidig an.

Serner antwortete mit einem Hustenanfall.

Der Chefinspektor sah kränklich aus. Seine dunklen Augen wirkten verquollen. Die lange, krumme Nase war vom vielen Schnäuzen stark gerötet.

Er hasste es, sich Leichen ansehen zu müssen, vor allem, wenn es sich um Leichen von jungen Frauen handelte. Trotz seiner fast fünfundzwanzig Dienstjahre bei der Kriminalpolizei wurde ihm beim Anblick von Toten noch immer übel.

Jemand hat ihr das Gesicht zerschmettert, sagte Egger. Es klang, als würde er eine Prüfungsfrage beantworten.

Serner, der in dem großen Wohnzimmer hin und her ging, ignorierte die Worte seines Kollegen.

Der gläserne Couchtisch war in tausend Stücke zersprungen. Glasscherben, Oliven, Kartoffelchips und dunkle Flecken zierten den Teppich. Sonst gab es keine Spuren eines Kampfes. Das cremefarbene Ledersofa und die beiden dazu passenden Fauteuils waren unversehrt.

Helle Töne dominierten den luftigen Raum. Tapeten,

Vorhänge und Kamin waren weiß. Pastellfarbene Polster und kleine Kunstobjekte bildeten die einzigen Farbtupfer.

Nichts in diesem Raum war billig, aber Serner fand auch nichts, was ihm besonders gefallen hätte. Weder das ultramoderne Flat-TV, noch die minimalistische Hi-Fi-Anlage und schon gar nicht die zarte, verchromte Stehlampe oder die zierlichen, abstrakten Plastiken.

Wie in einem Luxussanatorium, murmelte er in seinen graumelierten Schnurrbart.

Er bevorzugte warme Farben, das sanfte Violett und sonnige Gelb der provençalischen Felder zum Beispiel.

Was hast du gesagt, rief Egger, der neben der Leiche am Boden kniete und fasziniert auf das metallene Pfeilchen zwischen den blutigen Brüsten der Toten starrte.

Der Chefinspektor ging ans Fenster.

Die Terrassentür war gekippt. Er öffnete sie, trat hinaus, ließ seinen Blick über die Dächer von Wien schweifen und rauchte eine Zigarette.

Am Horizont schälten sich Hochhäuser aus der Dunstglocke. Die Morgensonne tauchte Schornsteine und Kirchturmspitzen in ein weiches, schmeichelndes Licht. Der Magnolienbaum blühte rosarot, die Birke grünte, nur die Oleander sahen etwas kümmerlich aus.

Serner ging in die Küche.

Marmor, Glas, Aluminium. Keine Wassertropfen, keine Fettspritzer, kein Geschirr.

Die hat sicher nie gekocht, dachte er.

Verborgen hinter einer Ily-Espressomaschine entdeckte er ein schlichtes Schnabelgefäß aus Plastik. Er füllte es mit lauwarmem Wasser und ging wieder auf die Terrasse.

Bezirksinspektor Egger und die Kollegen von der Spurensicherung sahen ihm grinsend dabei zu, wie er behutsam die beiden Oleandersträucher goss.

Es ist viel zu heiß für Ende April. Die Oleander vertragen so früh noch keine Hitze, sagte er, nachdem er die Terrassentür hinter sich wieder geschlossen hatte.

Die Kollegen schenkten sich vielsagende Blicke.

Der Chefinspektor nahm einen Schürhaken und fischte einen angesengten, mit Spitzen besetzten Strumpfgürtel und zwei schwer ramponierte Damenstrümpfe aus dem Kamin, hielt sie seinen Leuten hin und sagte: Vergnügt euch damit! Wir fahren jetzt, Wolferl. Er wollte schleunigst hier weg.

Eindeutig, Sexualmord, murmelte Bezirksinspektor Egger, als sie im Wagen saßen. Serners Schweigen verunsicherte den jungen Mann.

Glaubst nicht? Während er den Diesel startete, warf er seinem Vorgesetzten einen langen, fragenden Blick zu. Der Doktor hat zwar keine Spermaspuren gefunden, aber all die blauen Flecken, die roten Striemen und die vielen hässlichen Brandwunden?

Brand- und Bisswunden, korrigierte Serner.

Was?

Sacher-Masoch.

Bezirksinspektor Egger wagte nicht ein zweites Mal nachzufragen. Sie hat ihren Mörder selbst reingelassen. Tatzeit rund um Mitternacht, meinte der Doktor. – Hörst du mir überhaupt zu, Jan?

Serner schnäuzte sich lautstark.

Die war gestern Abend Stargast in der neuen Psycho-Show. Ein Vollblutweib! Sie hat diese intellektuelle Tussi fertiggemacht.

Eine intellektuelle Tussi?

Na die Bernelli oder so ähnlich … Ach so, du hast ja keinen Fernseher.

Serner zündete sich eine Zigarette an.

Egger bedachte ihn mit einem missbilligenden Blick. Du hast bestimmt noch nicht gefrühstückt.

Musst du so schleichen?

Dieser tepperte Traktor muss erst warm werden. Bin gespannt, ob wir wirklich demnächst einen anständigen BMW kriegen.

An diesem Sonntagmorgen waren die Straßen im sechsten Wiener Gemeindebezirk menschenleer.

Egger sah auf seine Armbanduhr.

Sie sind gerade gestartet.

Wer?

Die Marathonläufer.

Serner hustete wie ein Lungenkranker im Endstadium.

Warum gehst du nicht endlich zum Arzt? Das hört sich ja von Tag zu Tag grauslicher an.

Der Chefinspektor steckte sich an seinem Zigarettenstummel die nächste an. Sogleich hörte er zu husten auf.

2

Marlene öffnete nach dem ersten Klingeln die Tür. Verblüfft starrte ich sie an. Sie sah aus wie ein Engel. Das lange, blonde Haar war mit Goldstaub bedeckt, das Gesicht lieblich geschminkt. Der weiße, hauchdünne Morgenrock endete knapp über ihrem Po. Die extrem weiten Ärmel erinnerten an Flügel. Kein BH, kein Höschen, aber weiße Strümpfe und weiße Strapse. Auch ihre hochhackigen Pantoffeln waren weiß.

Dieses raffinierte Luder! Offensichtlich hatte sie jemand anderen erwartet. Ihr charmantes Lächeln erfror, als sie mich sah. Was willst du denn hier, herrschte sie mich an. Nicht in diesem Ton, sagte ich. Wir müssen miteinander reden. Ich lass mir von dir nicht mein Leben zerstören. Ich erntete ein hämisches Grinsen. Ihr Grinsen machte mich noch wütender. Rasch drängte ich mich an ihr vorbei in die Wohnung.

Ein Dutzend brennende Kerzen. Ein Feuer im Kamin. Ravels Bolero in voller Lautstärke. Ich erinnere mich nicht, dich für heute Abend eingeladen zu haben, sagte sie arrogant. Du kannst mich nicht noch einmal eiskalt abservieren. Du wirst mir jetzt zuhören, oder ich ... Sie fasste mich am Arm, versuchte mich wieder hinauszukomplimentieren. Ich stieß sie weg. Sie taumelte, klammerte sich an mich. Wir begannen miteinander zu ringen. Marlene hatte keine Chance. Ich war ihr körperlich überlegen. Sie verlegte sich auf verbale Angriffe. Ihre Bosheit war grenzenlos. Ich werde dafür sorgen, dass du deinen Job verlierst, sagte sie. Du intrigantes Miststück wirst mir nicht alles kaputtmachen, schrie ich. Plötzlich erschien mir jedes weitere Wort sinnlos. Sie hörte mir nicht zu, hatte noch nie zuhören können. Sie redete und redete, bis sie nicht mehr wusste, wovon sie redete. Mein Schweigen schien sie noch mehr aufzuregen. Ihre Stimme kippte. Kaum verständliches Gekreische folgte den vielen belanglosen Worten. Das Kreischen konnte ich nicht ertragen. Sei nicht so verdammt hysterisch, schrie ich. Ihre rot lackierten Krallen verfehlten meine Augen um Haaresbreite. Ich packte sie an den Handgelenken. Mit ausgestreckten Armen hielt ich mir sie vom Leib. Ihr Haar zerrauft, die Augen verengt zu schmalen Schlitzen, die rosa bemalten Lippen grauenhaft verzerrt. Gemeinheit lässt sich nicht überschminken. Sie riß sich los, stieß wüste Beschimpfungen aus. Ich erhob die Hand. Sie wich ein paar Schritte zurück. Wenn du nicht sofort verschwindest, rufe ich die Polizei an, schrie sie. Ich gab ihr eine Ohrfeige. Meine Finger hinterließen rote Flecken in ihrem Gesicht. Sie machte sich über mich lustig, drohte mich öffentlich bloßzustellen.

Auf dem gläsernen Couchtisch standen zwei Keramikschüsseln, eine mit Oliven, eine mit Chips. Daneben, auf einem Silbertablett, eine Karaffe mit Rotwein und zwei Kelche. Zwischen den Schüsseln und dem Tablett thronte eine bronzene, etwa fünfundzwanzig Zentimeter große Frauenfigur. Erst auf den zweiten Blick erkannte ich Sachmet, die blutrünstigste aller ägyptischen Göttinnen. Statt mit Blut, war die Schale auf ihrem Schoß mit Asche gefüllt.

Marlene griff nach dem Telefon. Sie kehrte mir den Rücken zu. Im Spiegel über dem Kamin sah ich ein rotglühendes Gesicht. Ich sah in Augen, die vor Zorn brannten. Es waren meine Augen. Ich packte die kriegerische Göttin und schlug zu. Marlene wankte. Der Hörer glitt ihr aus der Hand. Sie gab einen unbestimmten Laut von sich. Ein zweiter Schlag streifte ihre linke Schläfe. Der dritte traf sie mitten ins Gesicht. Sie fiel zu Boden, riss den Couchtisch mit sich. Die Glasplatte zersprang.

Da lag sie nun auf dem farbenfrohen Tibeter. Scherben, Oliven, Chips und Asche bedeckten ihr goldblondes Haupt. Der Gürtel ihres Morgenrocks hatte sich gelöst. Voll Abscheu starrte ich auf ihren blutbespritzten Busen. Blaugrüne Flecken und farbenfrohe Blutergüsse. Ich zog ihr den sündhaft teuren Fetzen aus, befreite sie auch von Strumpfgürtel und Strümpfen. Violett verfärbte Hämatome auf ihren wohlgerundeten Hüften. Bisswunden und rote Striemen auf ihren Schenkeln. Rund um ihre kaum behaarte Möse kleine Brandwunden. Hatte sie sich die Schamhaare abgesengt oder gar von jemandem abbrennen lassen? Die Wunden sahen frisch aus. Zorn und Hass verflüchtigten sich. Ich warf Strumpfgürtel und Strümpfe ins Kaminfeuer. Gedankenverloren klaubte ich Glasscherben und Oliven aus ihrem Haar. In den Oliven steckten metallene Spieße. Plötzlich fiel mir Arthur Schnitzler ein, seine Angst davor lebendig begraben zu werden. Ich aß eine Olive und stach den kleinen Pfeil in ihr Herz.

3

Sonnenstrahlen drangen durch die halb geschlossenen Fensterläden in den niedrigen, dunklen Raum.

Joe rekelte sich in ihrem altmodischen Doppelbett, das fast die Hälfte des Zimmers einnahm. Sie hatte sich abgedeckt, streckte ihren Körper der warmen Frühlingssonne entgegen. Obwohl die Zeiger ihres Weckers bereits auf neun Uhr zusteuerten, konnte sie sich beim besten Willen nicht dazu entschließen, aufzustehen.

Die gestrige Show war ein einziges Fiasko für sie gewesen.

Diffuse Wort- und Satzfetzen gingen ihr durch den Kopf. Fremde Gesichter näherten sich ihr bedrohlich im Halbschlaf, verzerrten sich zu gemein grinsenden Fratzen. Die übertriebenen mimischen und gestischen Betonungen ihres Stargastes, ihre eigene Unfähigkeit, die redegewandte Astrologin zum Schweigen zu bringen. Die dunklen Ringe unter ihren Augen, die der Maskenbildner fast nicht hatte wegschminken können – lächerliche, eitle Gedanken quälten sie, hielten sie unter der Bettdecke fest.

Hör auf zu grübeln, befahl sie sich selbst und versuchte an Alex zu denken, an die paar Minuten vor der Sendung, allein mit ihm, hinter den Kulissen, an seine flüchtigen Küsse, seine Hände, die gierig ihre Brüste streichelten, hektisch den Reißverschluß ihrer Hose öffneten. Beruhige dich, entspann dich, hatte er ihr unentwegt ins Ohr geflüstert.

Sie erinnerte sich an das demonstrative Hüsteln des Programmdirektors, der sich extra aus seinen Gemächern im zweiten Stock herunter bemüht hatte, um Marlene Helmer zu begrüßen, an das aufgeregte Flüstern und Schnattern der vielen Mädels, die bei jeder Show im Hintergrund herumschwirren und deren Funktion sie bis heute nicht durchschaut hatte, an das bedrohliche Geraune des Redaktionsteams, die Nörgelei der genervten Techniker … Während jeder Live-Sendung ging es hinter den Kulissen wie in einem Taubenschlag zu.

Der Gedanke an Alexander erregte sie nicht. Sie musste unwillkürlich an Christian denken, an seine langen, kräftigen Finger, stellte sich vor, wie sie über ihren schweißbedeckten Körper glitten, spürte seine feuchten Lippen, die ihre Scham berührten. – Ihr wurde schwindlig.

Eigentlich machte Joe sich nicht viel aus Männern. Nach einer gescheiterten Studentenehe war sie keine ernsthafte Beziehung mehr eingegangen. Mit ihrem Ex-Mann hatte sie keinerlei Kontakt. Sie wusste nur, dass er wieder verheiratet war und als Journalist bei einer Tageszeitung arbeitete.

Trotzdem hatte sie in den letzten Jahren mit vielen Männern das Bett geteilt. Sie schlief mit ihnen, um sich selbst zu spüren. Diese Affären waren kaum der Rede wert. Manche dauerten nicht länger als eine Nacht, die wenigsten ein bis zwei Monate. An ihrem dreißigsten Geburtstag hatte sie sich für beziehungsunfähig erklärt.

Doch dann glaubte Joe in Doktor Christian Nowotny einen Mann gefunden zu haben, dem sie zumindest begrenzt vertrauen konnte. Fünf Jahre und drei Monate hatte sie viermal wöchentlich auf seiner Couch gelegen oder ihm gegenüber gesessen und mit seiner Hilfe die schwärzesten Flecken ihrer Seele erforscht.

Nachdem sie ihre kostspielige Ausbildung abgeschlossen hatte, eröffnete sie ihre eigene psychotherapeutische Praxis. Hin und wieder ging sie auch heute noch zu ihrem vielbeschäftigten Lehranalytiker in Supervision.

Sie war sich über ihre Gefühle für ihn lange nicht im Klaren gewesen, wusste theoretisch zu gut über die Therapeut-Klient-Beziehung Bescheid und deutete ihre Verliebtheit selbst als Übertragungsphänomen. Doch ihre positiven Gefühle waren im Laufe ihrer Analyse nicht schwächer, sondern intensiver und leidenschaftlicher geworden. Auch nach dem Ende ihrer Ausbildung blieb sie ihrem Lehranalytiker treu, obwohl sie mittlerweile eingesehen hatte, dass ihre Schwärmerei mehr als nur infantil war. Als Therapie hatte sie sich eine Affäre mit dem hübschen und amüsanten Assistenten ihrer Redakteurin Verena verordnet. Der ehrgeizige Alex begann sie allerdings bereits nach knapp einem Monat zu langweilen.

Joe richtete sich auf, ließ ihre Beine über die Bettkante baumeln, streifte mit den Zehen den kalten Steinboden und dachte daran, Christian anzurufen.

Schließlich kannte keiner sie besser als er. Sie hatten gar keine so schlechte Beziehung miteinander gehabt. Sie hatte geredet, immer nur geredet, und er hatte ihr zugehört.

Er würde ihr bestimmt auch heute zuhören. Sie wollte mit ihm über diese schreckliche Sendung sprechen. Aber seine Dorli würde so einen Anruf sicher nicht goutieren.

Warum ist es mir nicht egal, was Dorli denkt und fühlt?

Im ersten Jahr ihrer Ausbildung war diese kleine, mollige Krankenschwester aufgetaucht, hatte ihr den Traummann vor der Nase weggeschnappt und ihm sofort ein Kind angehängt. Inzwischen war dieser süße Fratz auch schon sechs Jahre alt und die Krankenschwester studierte, dank des zweiten Bildungsweges, Psychologie. Fast wie im Fernsehen: Der Arzt und die Schwester.

Christian hält sicherlich auch nicht viel von Dorlis Intelligenz, dafür aber wahrscheinlich umso mehr von ihrem Atom-Busen. Genau wie Papa, der die Attraktivität von Frauen ebenfalls an ihrer Oberweite misst, dachte Joe.

Sie tastete nach der Pillenschachtel, die neben ihrem Bett auf dem Boden lag. Täglich dreimal Johanniskraut und du brauchst keinen Therapeuten.

Sie musste lachen, als sie zwei von den rotbraunen Kapseln in den Mund steckte und mit einem Schluck Mineralwasser hinunterspülte.

Das Telefon läutete.

Lisa, wer sonst.

Ihre beste Freundin hatte sich bestimmt die gestrige Show angesehen.

Joe hob nicht ab, ließ ihre Freundin auf den Anrufbeantworter sprechen.

Kurz darauf klingelte das Telefon noch einmal.

Sie ließ es wieder läuten. Als sie jedoch die Stimme ihres Vaters vernahm, tastete sie nach dem schnurlosen Apparat, den sie gestern Abend, in der Hoffnung auf einen tröstlichen Anruf, mit ins Bett genommen hatte.

Ja, ich weiß, ich war katastrophal …

Du hast fürchterlich ausgesehen, unterbrach er sie sofort. Du musst mehr essen, du bist nur mehr ein Strich in der Landschaft. Und Schwarz hat dir sowieso nie gestanden. In diesem Armani-Fetzen hast du noch dünner und blasser gewirkt. Außerdem hab ich dir schon hundertmal gesagt, dass du dein Gesicht nicht hinter diesen langen Fransen verstecken sollst.

In der Samstagabend-Show hatte sie ihr langes, dunkelblondes Haar offen getragen, so wie es in den 60er und 70er Jahren modern gewesen war, obwohl ihr auch der Maskenbildner und ihre Freundin Verena geraten hatten, sich einen modernen Haarschnitt zuzulegen. Allerdings hatte sie sich mit Verenas Hilfe für die Show neu eingekleidet: Zwei Designer-Hosenanzüge, einer in knallrotem Samt, der andere aus schwarzer Seide. Privat lief sie am liebsten in Jeans, T-Shirts oder weiten Pullovern herum.

Joe hörte sich die modischen Ratschläge ihres ewig jung gebliebenen Vaters mit halbem Ohr an. Bevor er ihr auch noch Kosmetiktips für die nächste Sendung geben würde, unterbrach sie ihn: Und wie hat dir diese Astrologin gefallen? Ich nehme an, sie ist dein Typ. Sie hat mich fertiggemacht, ist dir das zufällig aufgefallen?

Bevor er antworten konnte, sagte sie hastig: Ich bekomme gerade einen anderen Anruf, ich ruf dich gleich zurück.

Sie legte auf und schaltete das Radio ein.

… die berühmte Astrologin Marlene Helmer …

Oh nein, stöhnte Joe und drehte das Radio sofort wieder ab.

An Schlaf war nun nicht mehr zu denken. Sie stand auf, taumelte gegen den Kleiderständer, fing sich sogleich wieder, griff zum Telefon und wählte Verenas Nummer.

Außer Christian war ihre Redakteurin der einzige Mensch, mit dem sie jetzt reden wollte. Sie galt zwar als schwierig und sehr verschlossen, doch Joe fühlte sich zu ihr hingezogen.

Verena hob nicht ab. Auch ihr Anrufbeantworter schaltete sich nicht ein.

Verfluchter Mist! Joe blickte noch einmal auf die Uhr.

Madame laufen gerade Marathon, und ich habe hoch und heilig versprochen, um Punkt Neun am Start in Schönbrunn zu sein. Sie hatte ihre Freundin zuerst mit dem Fahrrad begleiten und die letzten paar hundert Meter als Zugpferd mitlaufen wollen.

Der Wecker war schuld, er läutete zu leise. Sie würde endlich lernen müssen, die Weckfunktion ihres neuen Handys zu aktivieren.

Joe öffnete die Fensterläden. Die Sonne schien, die Vögel zwitscherten. Fast wie im Bilderbuch, dachte sie, konnte sich aber weder über die Morgensonne noch über das blühende Unkraut in ihrem Garten freuen.

Das kleine Wiener Vorstadthaus aus dem 19. Jahrhundert hatte einen großen, begrünten Innenhof, der an der Rückseite durch eine Holzhütte begrenzt wurde. An die niedrige Mauer links vom Hof schloss sich ein unbebautes, verwildertes Grundstück an, rechts war eine Karosseriewerkstatt. Die Lärmbelästigung von dort hielt sich in Grenzen. Die kaputten, mit Pappe zugeklebten Fenster waren Joe jedoch ein Dorn im Auge. Sie hatte den Besitzer der Werkstatt bereits mehrmals gebeten, neue Fenster einzusetzen. Bisher war er auf beiden Ohren taub geblieben.

Joe schaltete wieder das Radio ein.

Wetterbericht: Wolkenloser Himmel, Temperaturen um 25 Grad. Ab morgen drohte allerdings ein neuer Wintereinbruch. Die Temperaturen würden schon übermorgen wieder unter zehn Grad fallen.

Warum nicht schon heute? Fünfundzwanzig Grad waren nicht gerade eine ideale Temperatur für einen Stadtmarathon.

Verena wird's trotzdem schaffen, auch ohne meine Betreuung. Letztes Jahr war sie unter den ersten dreißig. Heuer müsste ein Platz unter den ersten zwanzig drin sein.

Verena hatte den ganzen Winter lang hart trainiert.

Im Sommer war Joe mit ihr jeden Sonntag im Prater die Hauptallee auf und ab gelaufen, bis sie kapiert hatte, dass sie für ihre sportliche Freundin nur ein Klotz am Bein war. Beim ersten herbstlichen Nebel hatte sie das sonntägliche Joggen wieder aufgegeben.

Auch die Psycho-Show war Verenas Idee gewesen. Ursprünglich hatte sie Christian Nowotny, mit dem sie vor Jahren eine kurze Affäre gehabt hatte, die Moderation angeboten. Christian aber scheute öffentliche Auftritte und empfahl ihr seine ehemalige Analysandin.

Die beiden Frauen waren sich gleich beim ersten Treffen sympathisch gewesen. Und Verena war es gelungen, Joe als Moderatorin der vierzehntägigen Sendung DER DIWAN beim Programmdirektor des größten österreichischen Privatsenders, der AUSTRIAN WORLDWIDE TELEVISION, durchzusetzen.

Schon vor zwei Jahren hatte Joe ein bisschen TV-Luft geschnuppert. Damals hatte sie sich bei einer Diskussion zum Thema Psychiatrie tapfer geschlagen und war beim Fernsehpublikum sehr gut angekommen.

Der DIWAN erreichte jedoch nicht die erwarteten Quoten. Joe und Verena wurden nach Ausstrahlung der dritten Show vom Programmdirektor schwer unter Druck gesetzt und praktisch dazu gezwungen, die beliebte Astrologin Marlene Helmer für die nächste Live-Sendung als Stargast einzuladen.

Während Joe die Kaffeemaschine einschaltete, dachte sie wieder an das Desaster von gestern Abend.

4

Der DIWAN artete in eine Astro-Show aus. Feuerzeichen, Wasserzeichen, eiskalte Jungfrauen, mörderische Skorpione ... Marlene Helmer war eine jener Frauen, die unentwegt reden. Immer nur reden und reden und keinen anderen zu Wort kommen lassen. Wie fast überall, setzen sich auch im Fernsehen nur die Wortgewaltigen durch. Joe hatte keine Chance. Auch die Studiogäste hatte die Astrologin fest im Griff. Der Einpeitscher und Stimmungsmacher sorgte bei jedem ihrer Sager für frenetischen Applaus. Die meisten ihrer Scherze gingen auf Joes Kosten.

Ohnmächtig vor Wut, flüchtete sich Joe in trotziges Schweigen.

Marlene galt als absolute Durchstarterin, moderierte eine Talkshow im Vorabendprogramm und hätte ursprünglich auch den DIWAN moderieren sollen. Laut einer Meinungsumfrage des Senders hatte das Publikum jedoch nach einem neuen Gesicht verlangt. Wollten sie tatsächlich mein Gesicht, fragte sich Joe. Hätte ich der Helmer diesen Job nicht lieber überlassen sollen?

Als ihr Patenkind Kathi noch klein war, hatte sie oft zu ihr gesagt: Fernsehen macht dick und dumm. Nun arbeitete Joe selbst für diese Verblödungsmaschinerie. Aber die Leute lechzen förmlich danach, verblödet zu werden, dachte sie. Um Tristesse, Monotonie und Langeweile, die der Alltag mit sich brachte, zu vergessen, schütteten sie sich freiwillig und begeistert mit diesem Müll zu.

Joe hörte Marlene nicht mehr zu. Sie fühlte sich wie gelähmt. Seit sie fürs Fernsehen arbeitete, unterwarf sie sich lauter Zwängen. Schon nach kurzer Zeit beugt man sich – unbewusst oder gar bewusst – einer Selbstzensur, dachte sie. Natürlich könnte ich dieser hysterischen Tussi und den Zusehern durch Blicke, Gesten und Mimik signalisieren, dass sie dummes Zeug spricht. Doch bei Marlene würden weder Mimik noch Gestik viel ausrichten. Ich müsste sie erwürgen, um sie zum Schweigen zu bringen.

Die meisten Anrufer während der Sendung wollten mit der berühmten Astrologin über ihre Zukunft sprechen. Marlene ließ die Leute kaum ausreden. Und sie gab auch den Ton vor, zerrte alles ins Lächerliche, was nur entfernt mit Psychologie zu tun hatte. Verzweifelte Anrufer fertigte sie mit banalen, vorgekauten Pseudoweisheiten ab. Und da sie die Zuschauer für Idioten hielt, ernannte sie sich selbst zur Sprecherin der »Idioten«, indem sie die wenigen intelligenten Statements, zu denen sie Joe Gelegenheit gab, durch naive Zwischenfragen unterbrach.

Ein einziger Anrufer stellte Fragen an Joe. Dieser Psychopath hatte schon in den ersten beiden Sendungen angerufen. Damals hatte sie ihn raffiniert abgestellt. Dieses Mal ließ sie sich auf seine Fragen ein, erklärte ihm den Ödipus-Komplex und langweilte damit die Gäste im Studio.

Sie war vor Zorn den Tränen nahe. Trotz der dicken Schminke war sie kreidebleich im Gesicht. Die Sushi, die sie kurz vor der Sendung in der Kantine gierig verschlungen hatte, kamen hoch. Ekelhafter Fischgeschmack breitete sich in ihrem Mund aus.

Nach dem Ende der Show verließ sie fluchtartig das Fernsehstudio. Am Hintereingang musste sie sich durch eine Schlange von Autogrammjägern kämpfen. Sie hielt sich die Hände vors Gesicht, um ihre tränenden Augen vor den Blitzen der billigen Kameras zu schützen.

Am liebsten hätte sie all diese Typen geohrfeigt. Sie empfand kein Mitleid mit den einfältigen Leuten, die sich für wichtig hielten, wenn sie einem sogenannten Prominenten die Hand schütteln durften.

Joe gab keine Autogramme, eilte im Laufschritt zum Parkplatz, sprang in ihren Spider und raste mit siebzig Sachen die Höhenstraße entlang. Vor einem stadtbekannten Heurigen in Grinzing bremste sie, wagte sich aber aus Angst, dass einer der Gäste sie erkennen würde, nicht in dieses noble Lokal, sondern genehmigte sich ein Achtel Weiß in einem schäbigen Espresso schräg gegenüber. Als sie sich umsah, bemerkte sie um sich herum nichts als Verzweiflung. Zwei ältere Männer an der Theke stierten mit dumpfen Mienen in ihre Gläser. Sie konnte nur ahnen, was sich hinter ihren Augen verbarg. Hoch über der Theke thronte ein kleiner Fernsehapparat. Der Barkeeper schien fasziniert von der dümmlichen Quiz-Show. Als sie eine Runde für sich und die zwei Alkoholiker bestellte, schenkte er ihr und den beiden nach, ohne seinen Blick vom Bildschirm zu wenden. Die Männer prosteten ihr zu und starrten dann wieder konsequent auf ihre Gläser.

Joe legte einen Hunderter auf die Theke, ließ ihr halbvolles Glas stehen und ging zurück zu ihrem Wagen.

Langsam fuhr sie Richtung Innenstadt.

5

Das schrille Klingeln ihrer Türglocke war nicht zu überhören.

Joe zog ihren schmutzig weißen Kimono, den sie sich vor Jahren für einen Karate-Kurs gekauft hatte, über und lief die steilen Stiegen hinunter.

Das Läuten wurde heftiger.

Alex, wer sonst würde es wagen, sie an einem Sonntagmorgen aus dem Bett zu holen?

Ich komme schon, rief sie und warf einen kurzen Blick in den Spiegel am Fuß der Treppe.

Ihre grünen, leicht schräg stehenden Augen wirkten noch heller und schmäler als sonst. »Schlitzauge«, hatten sie die Buben in der Volksschule genannt. Kritisch betrachtete sie auch ihre Figur. Kein Busen, kein Arsch, wie ihr charmanter Herr Papa zu sagen pflegte. Alles andere an sich fand sie zu groß, ihre Nase, ihren Mund und vor allem ihre Füße. Sie hatte Schuhgröße 41. Ich seh aus wie ein gehemmter und zu groß geratener Teenager, dachte Joe.

Vor ihrer Haustür standen zwei gut aussehende Männer. Genau genommen war ihrer Meinung nach nur einer der beiden gut aussehend. Er könnte der groß gewachsene Sohn von Arnold Schwarzenegger sein, dachte Joe und schenkte ihm ein freundliches Lächeln, als sie öffnete.

Der andere, ein auffallend großer und sehr hagerer Mann mit markanten Zügen, war älter. Die vielen Falten um Augen und Mund verrieten, dass er weit über vierzig war. Da sie für ältere Männer nicht viel übrig hatte, würdigte sie den Grauhaarigen mit der modischen schwarzen Hornbrille und dem dichten, gepflegten Schnurrbart, der schon mehr weiß als grau war, keines weiteren Blickes.

Chefinspektor Serner verschlug es die Sprache. Seit dem Selbstmord seiner langjährigen Freundin vor sechs Jahren, hielt er sich für vollkommen unempfänglich, was weibliche Reize betraf. Doch diese große, schlanke, ja fast dünne Frau mit den langen, blonden Haaren und den endlos langen Beinen drohte den eingefleischten Junggesellen von seiner Aversion gegen alles Weibliche innerhalb von Sekunden zu befreien.

Schon vor dreißig Jahren hatten sich beim Anblick von Jane Birkin oder Françoise Hardy sämtliche männlichen Geister in ihm geregt. Er hatte geglaubt, dass es solche Frauen inzwischen nicht mehr gäbe. Und nun stand plötzlich die Reinkarnation des französischen Schönheitsideals der späten 60er Jahre vor ihm. Er starrte sie an, als wäre sie ein Wesen von einem anderen Stern und fragte sich, wie sie reagieren würde, wenn er sie in die Arme nehmen und küssen würde.

Frau Doktor Bellini?

Steht an der Türklingel.

Ihre sanfte, tiefe Stimme war eine weitere angenehme Überraschung für ihn.

Chefinspektor Serner. Kriminalpolizei. Er zückte einen Ausweis. Und das ist mein Kollege, Bezirksinspektor Egger. Wir würden Ihnen gern ein paar Fragen ... Ein Hustenanfall ließ ihn den Satz nicht zu Ende bringen.

Sein Blick wanderte über ihre langen, nackten Beine, über ihre schmalen Hüften, zu ihren kleinen, kaum bedeckten Brüsten.

Sie spürte, wie sie errötete.

Worum geht's, fragte sie ungehalten.

Marlene Helmer …, sagte Bezirksinspektor Egger.

Nicht schon wieder!

… ist in der Nacht von gestern auf heute ermordet worden.

Verdammte … Joe beherrschte sich und sagte leise: Gehen Sie schon mal rein. Ich zieh mir nur rasch was an.

Sie öffnete die Tür zu ihrem Wohnzimmer.

Als sie die Stiegen hinauflief, bildete sie sich ein, die Blicke beider Männer auf ihrem Körper zu spüren.

In Jeans und langem, ausgeleiertem Baumwollpullover, der ihre nur spärlich vorhandenen weiblichen Reize völlig verdeckte, fühlte sie sich gleich viel sicherer.

Ich brauche erst einmal Kaffee, möchten Sie auch einen?

Kann nicht schaden.

Bezirksinspektor Egger grinste von einem Ohr zum anderen.

Mit Milch oder schwarz?

Schwarz.

Chefinspektor Serner schaute ihr in die Augen.

Sie auch Kaffee? herrschte sie ihn an.

Serner nieste.

Pardon, nein, danke.

Sein durchdringender Blick irritierte, ja belästigte sie. Außerdem fand sie große Männer prinzipiell arrogant und viel zu selbstbewusst. Kleine Männer verdächtigte sie, ihre mangelnde Körpergröße durch wichtigtuerisches und rechthaberisches Gehabe kompensieren zu müssen. Am ehesten gefielen ihr mittelgroße, muskulöse, südländische Typen. Ihr war bewusst, dass viele ihrer Liebhaber eine gewisse Ähnlichkeit mit ihrem Herrn Papa in jungen Jahren aufwiesen. Christian hatte es nicht verabsäumt, sie des öfteren darauf hinzuweisen. Selbst Alex, der vor kurzem erst zweiunddreißig geworden war, sah ihrem Vater ein bisschen ähnlich. Auch er war mittelgroß, schlank, dunkelhaarig und beinahe ebenso selbstgefällig wie ihr Herr Papa.

Sie genierte sich für die Unordnung in ihrem Wohnzimmer, schaffte die Zeitungsstapel ins Vorhaus und stellte die schmutzigen Gläser auf ein Tablett.

Meine Putzfrau kommt erst am Montag, sagte sie entschuldigend, ärgerte sich aber gleichzeitig über ihre hausfraulichen Anwandlungen.

Kaum war sie in der Küche verschwunden, begann Chefinspektor Serner in den psychoanalytischen Büchern und den handschriftlichen Notizen, die auf dem großen, französischen Landhaustisch lagen, zu blättern.

Finger weg von meinen Krankengeschichten, rief Joe aus der Küche.

Als sie den Kaffee brachte, funkelte sie den Chefinspektor böse an.

Die beiden Beamten standen unschlüssig herum. Serner betrachtete das großformatige, abstrakte Bild über der Couch.

So setzen Sie sich doch!

Ich kann keine Schwangere erkennen, murmelte Serner und schnäuzte sich herzhaft.

Sie müssen eben genauer hinsehen, sagte sie schnippisch und fühlte sich nicht bemüßigt, ihm zu erklären, dass ihre Freundin Lisa in diesem Bild einfach nur ihre Gefühle während ihrer Schwangerschaft hatte festhalten wollen.

Seine Augen waren stark geschwollen und seine Nase leuchtete wie ein Stopplicht.

Typische Schnapsnase, dachte Joe.

Darf ich rauchen, fragte er, als er einen sauberen

Aschenbecher auf einem schwarzen Beistelltisch entdeckte.

Joe nickte ungehalten und verkniff es sich, ihn um eine Gauloise anzuschnorren.

Vor vier Monaten, genauer gesagt zu Silvester, hatte sie sich vorgenommen, mit der Tschickerei aufzuhören. Seit Jahresbeginn hatte sie sich kein Päckchen mehr gekauft. Hin und wieder schnorrte sie eine Zigarette von Freunden oder Kollegen.

Da sie die beiden Kriminalbeamten rasch wieder loswerden wollte, begann sie die Fragen selbst zu stellen.

Sie meinen, ich habe die arme Marlene am Gewissen? Grund genug hätte ich gehabt. Zufällig ermorde ich aber nicht alle Leute, die mir unsympathisch sind.

Was haben Sie gestern nach der Sendung gemacht, fragte Serner. Seine braunen Augen, versteckt hinter den dicken Brillengläsern, funkelten amüsiert und missbilligend zugleich.

Mich mit einem Valium ins Bett gelegt, antwortete Joe. Falls sie die Sendung gesehen haben, werden sie es verstehen.

Ich bin ein Freund des gedruckten Wortes.

Er hat keinen Fernseher, erklärte Bezirksinspektor Egger und es klang fast wie eine Entschuldigung.

Sehr vernünftig. Es war eine Scheiß-Sendung. Ich hätte diese schamlose Person am liebsten erwürgt, habe es aber, wie gesagt, nicht getan.

Hätten Sie es denn tun können?

Ja, natürlich. Und wie hat man sie erledigt?

Erschlagen.

Wie eine miese, kleine Ratte?

Sie sagen es.

Und womit?

Mit einem schweren Gegenstand.

Einer Sachmet-Figur, warf Serner ein.

Erstaunt sah Joe den Chefinspektor an.

Endlich war es ihm gelungen, einen Funken von Interesse bei ihr zu erwecken.

Sachmet, die blutrünstige Göttin, die mit dem Messer ihre Opfer auf der Schlachtbank tötet, murmelte Joe.

Sind ihre Waffen nicht hauptsächlich Feuer und Flamme gewesen?

Er sollte diesen schrecklichen Schnurrbart abrasieren, dachte sie und fuhr in spöttischem Ton fort: Ein Ritualmord also. Wie originell!

Blödsinn, es handelt sich um einen riesigen Aschenbecher, sagte Bezirksinspektor Egger, bemüht um einen strengen Blick und das gleiche süffisante Lächeln, das sein Chef bei Verhören oft draufhatte. Das Gerede über grausame Göttinnen ging ihm auf die Nerven.

Die gestrige Show war also eine Katastrophe für Sie, sagte Serner.

Frage oder Feststellung? Joe reagierte mit einer Gegenfrage: Wann wurde sie umgebracht?

Kurz vor Mitternacht, antwortete Egger.

Die Sendung war um zweiundzwanzig Uhr zu Ende, danach habe ich zwei Beruhigungsachterl getrunken. Wahrscheinlich habe ich kein Alibi. Außer Sie machen sich auf die Suche nach ein paar alten Säufern, die sich die Nacht in einem Espresso in Grinzing um die Ohren geschlagen haben. Aber das würde auch nicht viel bringen, die Typen waren schon ziemlich blau. Ich war übrigens höchstens eine Stunde dort. Um Mitternacht bin ich ins Bett gegangen, leider allein, ohne Zeugen.

Serner lächelte. Seine Gesichtszüge entspannten sich. Er wirkte gleich um ein paar Jahre jünger.

Bezirksinspektor Egger notierte sich die Adresse des Espressos und nahm dann ihre Personalien auf.

Geboren am 26. 10. 1962. Sie sind ja tatsächlich ein Skorpion. Die Astrologin hat es wirklich erraten, bemerkte er verblüfft.

Und ich kann genauso giftig werden, zischte Joe.

Serner zog seine buschigen Brauen hoch, verdrehte die Augen zur Decke und sagte zu seinem Kollegen: Lass uns gehen.

An der Haustür blieb er stehen und wandte sich noch einmal an Joe.

Kommen Sie morgen ins Sicherheitsbüro, Zimmer 201, Roßauer Lände 5. Sagen wir um elf Uhr. Bis dahin werden Sie wohl ausgeschlafen sein.

Als die Tür hinter den Beamten ins Schloss fiel, ging sie zum Spiegel bei der Treppe, betrachtete wütend ihr Spiegelbild, kniff die Augen zusammen und streckte die Zunge raus. Sie fürchtete, den Chefinspektor unterschätzt zu haben.

6

Wolkenloser Himmel, angenehme 24 Grad – richtiges Kaiserwetter. Joe zog ihren Pullover aus und schlüpfte in ein kurzärmeliges T-Shirt.

Ihr verrosteter Alfa-Spider stand im Innenhof. Sie klappte das Verdeck hoch, holte ihr Fahrrad aus der Werkstatt, verstaute es auf den schmalen Rücksitz und öffnete das Tor ihrer Einfahrt.

Während sie die Ottakringerstraße entlang bis zum Gürtel fuhr, versuchte sie, Marlenes gewaltsamen Tod aus ihren Gedanken zu verdrängen. Doch je mehr sie sich darum bemühte, desto schrecklichere Bilder tauchten auf: Marlene mit eingeschlagenem Schädel, das hübsche Gesicht bis zur Unkenntlichkeit zerstört …

Sie schaltete das Autoradio ein.

Radio-Wien berichtete gerade über die Siegerehrung beim Marathon. Wie so oft in den vergangenen Jahren standen auch dieses Mal drei Afrikaner auf den Stockerln. Trotz der mörderischen Hitze hatte es wieder einen Streckenrekord gegeben. Ein sogenannter Tempo- oder Schrittmacher hatte dem Favoriten den Sieg buchstäblich vor der Nase weggeschnappt, ihn auf den letzten hundert Metern überholt.

Bei der Urania war Endstation. Drei übergewichtige, schweinchenfarbene Männer stolperten, keuchend und schwitzend, hinter der Absperrung vorbei – als Laufen konnte man ihre Art von Fortbewegung nicht mehr bezeichnen. Bevor sie wendete, spornte sie die drei jung gebliebenen Fünfziger mit heftigem Hupen an und dachte dabei an die drei schwarzen, jungen Männer auf dem Siegespodest.

In der Nähe der Praterstraße fand sie einen Parkplatz. Sie radelte los, hatte die Marathonstrecke nicht genau im Kopf, hoffte aber, Verena irgendwo zwischen Lusthaus und Ring zu begegnen.

Am Praterstern lungerten Sandler herum. Ältere Frauen mit vollen Einkaufstaschen eilten zur Straßenbahn. Weit und breit waren keine sportlichen Menschen mit Startnummern auf dem Rücken zu sehen. Vor dem Riesenrad wartete eine Reisegruppe, ordentlich angestellt in einer langen Schlange. Garantiert Deutsche, dachte Joe.

Die Hauptallee glich einer Müllhalde. Tausende blau-weiße Pappbecher und unzählige Bananen- und Orangenschalen säumten die breite Straße. Unter den hohen Kastanienbäumen herrschte Jahrmarktstimmung. Weniger ehrgeizige Hobbyläufer labten sich an den Verpflegungsstellen. Auf den Massagetischen wurden Menschen mit kreidebleichen Gesichtern in die Mangel genommen. Joe entdeckte unter den Verletzten auch einen prominenten Politiker, dem sie die Schmerzen von Herzen gönnte. Die Sirenen der Ambulanzen und die knapp über den Bäumen kreisenden Hubschrauber sorgten für schrille Stimmungsmusik.

Eine größere Gruppe von Läufern näherte sich Kilometer einunddreißig. Obwohl es sich um eine Nachhut handelte – die einzelnen Läufer hatten genügend Platz, sie hätte ihre Freundin nicht übersehen können –, blieb sie stehen und musterte die Entgegenkommenden.

Schweißglänzende, aufgedunsene Gesichter, wogende Brüste, dicke Bierbäuche, fette, wackelnde Ärsche, fleischige Schenkel und kräftige Fußballerwaden – nicht gerade ideale Läuferstaturen. Dabei gewesen sein, ist alles, dachte Joe und radelte weiter.

Beim Lusthaus kam ihr ein Hundert-Kilo-Bröckerl, begleitet von einem anderen Schwergewicht auf Inline-Skatern entgegen.

Joe konnte den beiden Damen, die das Schlußlicht bildeten, ihre Bewunderung nicht verhehlen. Sie feuerte die dicke Lady mit Hopp-, Hopp-, Hopp-Rufen an und begleitete sie ein Stück mit dem Rad, bevor sie Richtung Innenstadt fuhr.

Unterwegs begegnete sie ein paar einsamen Läufern, alle nicht mehr die Jüngsten, ausgedörrte Glatzköpfe, manche kalkweiß, andere rosarot im Gesicht. Darunter ein mindestens Siebzigjähriger mit neckisch verkehrt herum aufgesetztem Kapperl, der es sich wohl noch einmal beweisen musste. Er war fast blau, als er schlapp machte. Herzinfarkt? Zwei Sanitäter kümmerten sich bereits um ihn, als Joe nach ihrem Handy griff.

Erst am Ring traf sie wieder auf einen größeren Pulk von Läufern. Und wieder sah sie viele nackte Bäuche, dieses Mal allerdings feste, muskulöse. Die meist jungen Frauen trugen bikiniähnliche Oberteile und knappe Höschen, die ihre knochigen Hinterbacken kaum bedeckten und ihre schlanken, sehnigen Schenkel gut zur Geltung brachten.

Die Gesichter vor Schmerz und Anstrengung zu hässlichen Fratzen verzerrt, die Körper von Ehrgeiz zerfressen – das Spitzenfeld der Amateure? Verena befand sich nicht unter ihnen.

Joe entdeckte ihre Freundin schließlich zwischen all den stolzen Läufern, die am Ziel beim Rathaus im feuchten Gras lagen.

Verena wirkte normalerweise wesentlich jünger als fünfundvierzig. Ihr ebenmäßiges Gesicht hatte etwas Madonnen-, um nicht zu sagen Puppenhaftes. Die Haare trug sie kurz, was den jugendlichen Eindruck noch verstärkte. Heute sah sie jedoch ihrem Alter entsprechend aus. Hängende Mundwinkel, gerötete Augen. Außerdem war sie ungeschminkt. Jedes geplatzte Äderchen auf ihren Wangen war zu sehen.

Joe beneidete ihre Freundin vor allem um ihren durchtrainierten Körper, war aber viel zu faul, um mit ihr dreimal in der Woche im Fitnesscenter zu trainieren.

Die kleine Radtour hatte sie angestrengt. Sie ließ sich neben Verena in den Rasen fallen.

Was ist passiert?

Ich hab aufgeben müssen, bei Kilometer dreiunddreißig, mitten auf der Hauptallee. Die ganze Quälerei war für die Katz'. – Ja, ein blöder Muskelkrampf. Und dieser Kurpfuscher von Masseur hat wie ein wild gewordener Gorilla auf meinem Bein herumgedrückt und alles nur schlimmer gemacht. Nach weiteren fünfhundert Metern habe ich endgültig aufgegeben. Ich pack's nicht, ich habe trainiert wie eine Irre, bin die ganze Strecke mindestens fünfzig Mal gelaufen und nie habe ich irgendwas gespürt. Es ist zum Verrücktwerden.

Sie war den Tränen nahe.

Laufen scheint doch kein sehr wirksames Antidepressivum zu sein, dachte Joe und legte ihrer Freundin den Arm um die Schulter.

Verena stieß ihre Hand weg. Lass mich, bitte, schluchzte sie.

Brauchst du einen Arzt?

Verena schüttelte den Kopf.

Soll ich dir Wasser holen?

Ihrer selbstbewussten Freundin beim Weinen zusehen zu müssen, war ihr peinlich.

Diese Schande! Verena verbarg ihr Gesicht in den Händen. Ich habe mich zum Gespött des ganzen Hauses gemacht. Die Kollegen von der Sportredaktion haben mich aufgeklaubt und hierher gebracht. Das tepperte Grinsen von diesen Gfraßtern werde ich wohl niemals vergessen. Und weißt du, was dieser vertrottelte Hansi Hinterleitner zu mir gesagt hat?

Wenn Verena Dialektausdrücke verwendete, musste Joe immer lachen. Ihre Freundin kam aus Frankfurt. Obwohl sie bereits seit über zwanzig Jahren in Wien lebte, sprach sie nicht akzentfrei Wienerisch.

Ich soll nächstens lieber beim Seniorenmarathon mitlaufen, das wären nur knappe 4,3 Kilometer, da würde ich vielleicht Erste werden ...

Wenn Blödheit wehtun würde, hätte dieser Minderbemittelte schreckliche Schmerzen. Wie kannst du sein Gequatsche bloß ernst nehmen?

Ich weiß, dass für viele nach etwa dreißig Kilometern die große Krise ausbricht, aber doch nicht für mich. Ich kapier's einfach nicht. Selbst dieser Fettsack von Alfi, du weißt schon, der aus der Presseabteilung, hat's geschafft. Sogar ein paar Politiker sind ins Ziel gekommen, mit einer schlechten Zeit zwar, aber immerhin. Ich überleb das nicht. Ich trau mich morgen nicht in den Sender. Ich melde mich krank.

Joe ließ Verena einfach reden. Zuhören schien das Einzige zu sein, was sie momentan für ihre Freundin tun konnte. Keinesfalls brachte sie es fertig, ihr ausgerechnet jetzt von Marlenes Ermordung zu erzählen.

Ich hätte locker eine Drei-Stunden-Zeit geschafft, ich war so gut unterwegs, jammerte Verena weiter.

Die Sonne brannte erbarmungslos auf die müden Läufer. Verenas Arme und Beine hatten eine ungesunde Rötung angenommen. Obwohl sie dunkelhaarig war, hatte sie die empfindliche, sommersprossige Haut der Rothaarigen. Deshalb lief sie auch im Sommer normalerweise in einem dünnen Trainingsanzug. Heute trug sie eine knappe, kurze, schwarze Hose und ein grellgelbes, ärmelloses T-Shirt.

Stirnrunzelnd betrachtete Joe die hässlichen Hämatome auf den Oberarmen und Schenkeln ihrer Freundin.

Bist du hingefallen?

Sie deutete auf die violetten Flecken.

Bin letzte Woche mit dem Fahrrad gestürzt.

Ich bring dich heim, sagte Joe, du hast einen saftigen Sonnenbrand.

Verena reagierte nicht.

Joe stellte ihr Rad hinterm Rathaus ab und organisierte ein Taxi.

7

Während der Fahrt nach Schönbrunn, wo Verena ihren Wagen geparkt hatte, brachte Joe es auch nicht fertig, den Mord zu erwähnen. Sie tätschelte Verenas Hand und sagte: Gib mir deinen Autoschlüssel, ich werde fahren.

Der griesgrämige Taxler beäugte die beiden Frauen am Rücksitz argwöhnisch im Spiegel.

Joes Schwäche für schicke Autos konnte man fast schon als erotisch bezeichnen. Sie freute sich wie ein Kind, endlich einmal Verenas alten, schwarzen MG fahren zu dürfen.

Beinahe ehrfürchtig öffnete sie die Wagentür, bewunderte die schicke braune Lederpolsterung und sagte enthusiastisch: Der Traum meines Lebens!

Verena wirkte nach wie vor völlig apathisch, ließ sich von Joe auf den Beifahrersitz verfrachten und schloss die Augen.

Bevor sie losfuhr, strich Joe zärtlich über das kleine hölzerne Lenkrad.

Der MG war ein noch älteres Baujahr als ihr Spider, aber viel besser in Schuß. Der Motor lief leise und die Gänge gingen rein wie geschmiert.

Sie war begeistert. Leider währte das Vergnügen nur

recht kurz. Verena wohnte seit zwei Wochen in einem relativ unscheinbaren Neubau am Anfang der Linzer Straße, einen Katzensprung von Schönbrunn entfernt.

Kaum waren sie in der Wohnung, zog sich ihre Freundin ins Bad zurück.

Joe war neugierig, wie sich Verena eingerichtet hatte.

Darf ich mich umsehen, rief sie.

Aus dem Bad war das Geräusch eines Wasserstrahls zu vernehmen.

Joe würdigte die Küche nur eines kurzen Blickes, ging gleich ins Wohnzimmer und war sprachlos angesichts des fast sieben Meter hohen Raumes, der in luftiger Höhe mit einem pyramidenförmigen Glasdach endete. Echt megacool, würde ihr Patenkind Kathi sagen.

Verena war mit dem Mobiliar sparsam umgegangen. Die großzügigen Proportionen des Raumes kamen so bestens zur Geltung. Zwei kleine, schwarze Ledercouchen, zierliche Bücherregale, eine winzige Stereoanlage, ein eingebauter Fernsehapparat mit einem extrem flachen Bildschirm, alles unscheinbar und unaufdringlich.

Eine eiserne Stiege führte ins Obergeschoß.

Joe ging hinauf und blickte von der kleinen Galerie noch einmal hinab auf den mindestens fünfzig Quadratmeter großen Salon. Der Vergleich mit einer modernen Kirche lag nahe.

Oben befanden sich Verenas Schlafzimmer, ein zweites, kleines Bad und ein Arbeitsraum. Vom Arbeitszimmer gelangte man hinaus auf eine Terrasse. Der fantastische Fernblick war sicher einer der Gründe gewesen, warum ihre Freundin diese sündhaft teure Wohnung gemietet hatte. Die Gloriette, der Lainzer Tierpark und das ORF-Gebäude, Verenas früherer Arbeitsplatz, lagen zu ihren Füßen. Fast ein Jahrzehnt lang hatte Verena für das öffentlich-rechtliche Fernsehen gearbeitet. Als ihr dann der Privatsender ein lukratives Angebot machte, kehrte sie dem ORF leichten Herzens den Rücken.

Joe ging wieder hinunter in die Küche und setzte Kaffee auf.

Sei mir nicht böse, aber ich muss ins Bett, ich bin vollkommen fertig, sagte Verena, als sie, mit einem Handtuch um den Körper geschlungen, aus dem Bad kam.

Ich habe Kaffee gemacht, protestierte Joe.

Setz dich auf die Terrasse und trink ihn in Ruhe. Mich musst du entschuldigen, ich kann nicht mehr, ich will nur schlafen. Zieh einfach die Tür hinter dir zu, wenn du gehst.

Sie begab sich nach oben.

Joe hätte ihr am liebsten nachgeschrien: Ich habe auch Probleme. Ein verpatzter Marathon, na gut, aber deswegen brauchst du nicht so ein Theater zu machen.

Und wieder tauchte das Bild von der toten Marlene auf. Verzweifelt griff Joe nach einem knallgelben, fast vollen Zigarettenpäckchen.

Verena sammelte Zigarettenschachteln so wie andere Leute Streichhölzer oder Bierdeckel sammelten. Sie hatte immer extravagante Zigaretten, die sie auf ihren vielen Auslandsreisen besorgte, für Gäste im Haus. Und wenn sie nicht gerade für den Marathon trainierte, rauchte sie hin und wieder selbst eine.

Ich werde sie später anrufen. Auf jeden Fall ist es besser, sie erfährt es von mir, als von der Kriminalpolizei, sagte sich Joe, dämpfte ihre nur bis zur Hälfte gerauchte Zigarette aus und griff nach Verenas Schnurlostelefon.

Zum Glück meldete sich Christian. Wäre es Dorli gewesen, hätte sie sofort wieder aufgelegt.

Hast du Lust, mit mir auf einen Kaffee zu gehen oder

ist der Rest des Nachmittags schon verplant, fragte sie ihn in bemüht forschem Ton und hoffte, er würde nicht bemerken, dass ihre Stimme zitterte.

Was ist passiert?

Ein Mord.

Schweigen.

Hast du gestern meine Show gesehen?

Zum Teil.

Die Polizei war heute bei mir.

Wieder Schweigen am anderen Ende.

Willst du nicht wissen, wer ermordet worden ist und warum die Polizei bei mir war?

Joe war nahe daran die Nerven zu verlieren.

Mein Stargast, diese Astrologin, ist umgebracht worden und ich bin die Hauptverdächtige, schrie sie nicht sehr laut, doch leicht hysterisch in den Apparat.

Komm am Dienstag in die Ordination. Ich hab eine Lücke zwischen vierzehn und fünfzehn Uhr, sagte er.

Sie glaubte zu wissen, dass er nicht reden konnte, weil Dorli neben ihm stand.

Am Dienstagnachmittag habe ich selber Patienten.

Ruf mich morgen in der Ordination an, ich habe meinen Terminkalender jetzt nicht bei mir.

So schnell gab Joe nicht auf.

Hat Dorli die Statistikprüfung geschafft oder ist sie zum dritten Mal durchgefallen?

Wir können am Dienstag darüber reden, warum dich das so brennend interessiert.

Herr Doktor Christian Nowotny legte auf.

Joe wischte sich ein paar Tränen aus den Augen, zündete sich noch eine von Verenas Zigaretten an und verließ mit der brennenden Zigarette im Mund die Wohnung ihrer Freundin.

Als sie die Linzer Straße hinunterschlenderte, hegte sie weder für ihren Lehranalytiker noch für ihre Redakteurin sehr freundschaftliche Gefühle. Bei der Eisenbahnbrücke erwischte sie ein Taxi.

Zum Praterstern bitte, sagte sie zu dem jungen, gut aussehenden Chauffeur und bemühte sich um ein freundliches Lächeln.

Sie hatte keinen Strafzettel, obwohl ihr Wagen auf einem Behindertenparkplatz gestanden hatte.

Die Wiener Parksheriffs haben eben für hübsche Autos was übrig, dachte sie. Ihre Laune besserte sich sogleich. Sie vergaß Christian und Verena, hoffte, ihr Fahrrad würde auch morgen noch hinterm Rathaus stehen – es war uralt, hatte nur fünf Gänge –, und fuhr heim.

Kaum hatte sie ihr hübsches, in noblem Schönbrunnergelb gestrichenes Häuschen betreten, überkam sie jedoch wieder dieses leider allzu bekannte Gefühl der Fremdheit und Verlorenheit.

Jahrelang hatte sie sich nach einem gemütlichen Zuhause gesehnt, hatte sich endlich irgendwo daheim fühlen wollen, und jetzt erstickte sie fast in dieser trügerischen, kleinbürgerlichen Vorstadtidylle. Keine Luft zum Atmen, draußen wie drinnen.

Joe wollte unbedingt mit jemandem reden.

Ihr egozentrischer Vater kam nicht in Frage. Alex? Nein, sie hatte keine Lust, sich heute mit ihrem Liebhaber zu treffen, und darauf würde es unweigerlich hinauslaufen, wenn sie ihn anriefe. Und diesen Günther oder Guntram, den sie vor kurzem abgeschleppt hatte, wollte sie erst recht nicht wiedersehen. Sie hatte seine Visitenkarte am Morgen danach gleich weggeschmissen.

Leider würde ihr auch keine ihrer Freundinnen so aufmerksam und geduldig zuhören, wie Christian es getan hatte. – Als er noch gut dafür bezahlt worden war. Zum ersten Mal tauchte dieser ketzerische Gedanke bei ihr auf.

Sie könnte Verena eine lange E-Mail schreiben. Diese Art von Kommunikation war jedoch nicht das, wonach sie sich heute sehnte. Sie würde Lisa anrufen. Doch schon bevor sie die Nummer wählte, wusste sie, dass ein Gespräch mit ihrer besten Freundin nicht sehr hilfreich sein würde. Bereits nach den ersten Sätzen würde Lisa sie unterbrechen und von sich selbst erzählen. Sie steckte momentan in einer schlimmen Krise. Wann hat sie eigentlich keine Krise, fragte sich Joe. Schon im zarten Alter von acht benützte sie mich als ihren seelischen Mistkübel.

Lisa, die nach mehreren höchst dramatisch verlaufenen Beziehungen ihre Finger noch immer nicht von den Männern lassen konnte, war die meiste Zeit entweder mit unglücklichen Liebesgeschichten beschäftigt oder mit den Problemen ihrer pubertierenden Tochter.

Sie rief Lisa trotzdem an. Und es kam, wie es kommen musste. Noch ehe sie ihren ersten Satz beendet hatte, begann Lisa sich zu beklagen. Sie machte sich Sorgen wegen Kathi, die zur Zeit eine Landschulwoche im schönen Zillertal verbrachte.

Joe liebte Katharina sehr, trotzdem hatte sie jetzt keinen Nerv, sich wieder einmal Lisas mütterliche Ängste davor, dass die Kleine magersüchtig sein könnte, anzuhören.

Sie machte es wie ihr Lehrmeister, hörte ihrer Freundin ein paar Minuten lang schweigend zu und verabredete sich dann mit ihr für Dienstag. Ohne ein Wort über den Mord verloren zu haben, legte sie auf. Allerdings wunderte sie sich, dass Lisa, die eine eifrige Radiohörerin war, noch nicht Bescheid wusste.

8

Die Dämmerung senkte sich über die Vorstadt. Zum obligatorischen, sonntäglichen Abendessen bei ihrem Vater würde sie wieder einmal zu spät kommen.

Ihre notorische Unpünktlichkeit schien für ihren Herrn Papa aber kein Problem zu sein. Seit er Christians Deutung kannte, dass ihr ständiges Zuspätkommen nämlich nichts anderes wäre als pure Aggression, empfing Victor Bellini sie nun jedesmal mit dem Satz: Du hasst mich noch immer!

Ihre Unpünktlichkeit tat ihr vor allem wegen Margarita leid. Papas Freundin hatte bestimmt auch heute wieder groß aufgekocht.

Joe überschritt einige Geschwindigkeitsbeschränkungen. Nach zwanzig Minuten parkte sie vor Margaritas Haus in der Pötzleinsdorfer Straße.

Margarita hatte eine gute Hand für Pflanzen. Die Forsythien blühten, und die Apfelbäume würden wohl auch bald soweit sein. Leider war es zu finster, um die Weingärten, die hinter dem Haus den sanften Hügel hinaufkletterten, sehen zu können. Im Herbst besuchte Joe ihren Vater manchmal schon Sonntag zur Mittagszeit. Da sich Victor und Margarita nach dem Essen aufs Ohr legten, konnte sie dann die ausgedehnten Spaziergänge zwischen den Weinstöcken, allein oder mit Johnny, in Ruhe genießen.

Margaritas Haus war vollgestopft mit Antiquitäten, eine seltsame Mischung aus Museum und Trödelladen. Im Speisezimmer, dem meistbenützten Raum des Hauses, stand auf dem Kaminsims eine Uhr aus dem neunzehnten Jahrhundert. Besonders der Aufsatz, eine romantische Schäferidylle, hatte es Joe angetan. Gegenüber dem Kamin hing ein riesiger, venezianischer Spiegel mit einem vergoldeten Rahmen, in dem sich fast das ganze Zimmer verzerrt widerspiegelte. Margaritas neueste Errungenschaften, einen bequemen Lehnstuhl, dessen Verzierungen abbröckelten, und einen voluminösen Tisch aus der Ära Ludwig des XV., hatte sie schon bei ihrem letzten Besuch bewundert.

Die Freundin ihres Vaters besaß ein kleines Antiquitätengeschäft in der Innenstadt und tauschte ihre Schätze andauernd aus.

Joe hätte diese ewige Herumräumerei wahnsinnig gemacht. Ihren Vater schien die ständige Veränderung seiner vier Wände nicht zu stören. Er lebte mit Margarita seit fast fünf Jahren zusammen. Mit Achtundsechzig war man eben kein flotter Hirsch mehr, auch wenn man sich noch dafür hielt.

Joe betrat das Haus mit zwiespältigen Gefühlen.

Für viele überraschend hatte ihr Vater seine Pensionierung vor drei Jahren großartig geschafft. Joe hatte befürchtet, dass er in eine tiefe Depression fallen würde, stattdessen war er manischer denn je.

Der Herr Burgtheater-Schauspieler in Pension hatte auch heute wieder seinen großen Auftritt. Er empfing seine Tochter mit den geflügelten Worten: O arme Kinder! Mir Bekanntes, nicht Unbekanntes erflehend seid ihr hergekommen.

Sophokles?

Es war nicht schwer zu erraten. Seit dem Ende ihrer Ausbildung versuchte er sie ständig mit Zitaten aus »König Ödipus« auf die Palme zu treiben.

Sie schenkte ihm ein nachsichtiges Lächeln, umarmte ihn und küsste ihn herzlich auf beide Wangen.

Du siehst fantastisch aus, Papa, sagte sie und meinte dieses Kompliment durchaus ernst.

Die lange, orientalische, buntgeblümte Jacke betonte die vornehme Blässe seines gut geschnittenen Gesichtes. Seine schwarze Seidenhose saß locker auf den Hüften. Victor war schlank und rank wie eh.

Er ist und bleibt ein fescher Mann und ich sehe ihm ähnlich, dachte Joe. Dann begrüßte sie Margarita fast ebenso herzlich und zuletzt auch Johnny. Der viel zu fette, schwarze Mops, den sie ihrem Vater zur Pensionierung geschenkt hatte, überschlug sich fast vor Freude. Dieses vollkommen degenerierte und ständig sabbernde Tier hing sehr an Joe, obwohl sie Hunde nicht leiden konnte.

Sie hatte Margarita, die lieber einen Schäferhund gehabt hätte, damals zu diesem kleinen, hässlichen Kerl überredet. Genau genommen hatte sie Margarita erpresst: Wenn ich Papa keinen Mops schenken darf, kriegt er einen schwarzen Pudel. Sie wusste, dass Margarita Pudel einfach abscheulich fand, außerdem war die Gute abergläubisch, mindestens ebenso abergläubisch wie Papa.

Johnny war leider nicht nur schwer asthmatisch, sondern auch vollkommen debil. Im Alter von drei Jahren hatte er noch immer auf Margaritas Teppiche gepinkelt. Sie hatte nicht nur einmal gedroht, ihn ins Tierheim zu geben. Da Victor aber dieses fette Untier inzwischen sehr ins Herz geschlossen hatte, musste sie schweren Herzens alle wertvollen Teppiche wegräumen.

Nachdem Joe letzte Weihnachten Babysitter für Johnny gespielt hatte – ihr Vater und Margarita hatten die Feiertage in einer luxuriösen Kuranstalt verbracht –, war er stubenrein. Dafür litt er unter einer schlimmen Bronchitis. Ihr Herr Papa hatte ihr unterstellt, dass sie das arme Tier bei Minusgraden in den Hof hinausgesperrt hätte. Ja, er hatte sogar behauptet, dass sie auf den kleinen, drolligen Kerl eifersüchtig sei und dass sie ihn fast umgebracht habe. Nach diesem Eklat hatte sie Johnny ein rotes Hundemäntelchen aus Samt verpasst und das trug er nun mit Stolz und Würde, und nicht nur bei Schlechtwetter.

Joe verdächtigte ihren durchaus zur Boshaftigkeit neigenden Vater wiederum, den Mops in ihrer Abwesenheit »Joe« zu nennen – zumindest war ihm schon mehrmals diese Fehlleistung passiert.

Sie machte sich keine Illusionen mehr über ihren Herrn Papa. Er spielte gern den flotten Playboy, war oberflächlich, narzisstisch, furchtbar eitel, ein verwöhntes, ungezogenes Kind eben, gleichzeitig konnte er aber auch sehr liebenswürdig und sehr charmant sein und vor allem war er nie langweilig. Neben ihm kam sich Joe wie ein Mauerblümchen vor.

Als sie neun war, sagte er »mein kleines, hässliches Entlein« zu ihr. Das klang aber sehr liebevoll. Sie hatte sich damals nichts daraus gemacht. Mit vierzehn hatte sie Anita Ekberg zu ihrem Schönheitsideal erkoren. Krampfhaft hatte sie sich bemüht, ihre kindliche Figur den üppigen Formen der schönen Schwedin anzugleichen, hatte Unmengen in sich hineingefressen – mit dem fatalen Resultat, dass sie sich nach dem Essen regelmäßig hatte übergeben müssen. Bis heute behauptete sie hartnäckig, dass sie kein Fall von Bulimie gewesen wäre, sondern sich eben aus lauter Liebe zu ihrem Vater andauernd überfressen hätte.

Anita Ekberg war Papas »Traumfrau«. Bei der Wahl des Vornamens ihrer Tochter hatte sich aber zum Glück Gisela durchgesetzt. Joe war nach ihrer Urgroßmutter mütterlicherseits Johanna genannt worden. Wenn es nach ihrem Vater gegangen wäre, hätte sie Anita geheißen.

Obwohl sie längst nicht mehr wie Anita Ekberg aussehen wollte, bemühte sich Joe auch heute noch darum zuzunehmen. Daraus wurde aber nie etwas. Ihr Leben verlief einfach zu unregelmäßig. Manchmal aß sie zuviel auf einmal, dann vergaß sie wieder fast einen ganzen Tag lang überhaupt aufs Essen. Egal wieviel sie aß, das Essen schlug bei ihr nicht an.

An diesem Sonntag hatte Margarita eins von Joes Lieblingsgerichten gekocht: Gefülltes Huhn mit Erdäpfeln im Rohr. Deftig und kalorienreich, allein die Fülle bestand aus einem Tagesbedarf an Kohlenhydraten.

Wahrscheinlich würde sich Joe daheim übergeben müssen, aber einstweilen langte sie noch kräftig zu.

Ihr Vater sagte, dass er sehr stolz sei, den Namen Bellini jetzt so oft im Fernsehprogramm zu lesen.

Nach ihrer Scheidung hatte Joe den Nachnamen ihres unmöglichen Vaters wieder angenommen. Den Namen ihres Ex-Mannes, »Hasenfurter«, hatte sie fast als Strafe empfunden.

Victor Bellini behauptete italienischer Abstammung zu sein. Seine Vorfahren kamen jedoch aus Ungarn. Er hatte sich seinen wohlklingenden Namen schon in frühen Jahren als Künstlernamen zugelegt und später sogar eine offizielle Namensänderung vorgenommen. Mit dem unaussprechlichen Namen »Bartenzsyi« hätte er als Schauspieler in Österreich unmöglich Karriere machen können. Die Namensfindung war das Ergebnis einer besoffenen Nacht gewesen. Victor trank damals gern Bellinis.

Er war ein mittelmäßiger Schauspieler gewesen. Als er zu alt für die Rolle des jugendlichen Liebhabers wurde, beschaffte er sich einen lukrativen Nebenverdienst als Regisseur an Kleinbühnen. Hin und wieder hatte er auch in Filmen mitgespielt. Auf diese Filme war er über alle

Maßen stolz. Er hielt sich für den »österreichischen Marcello Mastroianni« und sah Mastroianni tatsächlich ein wenig ähnlich, vor allem jetzt im Alter. Ja, der liebe Victor war immer noch ein schöner Mann.

Giselle wäre stolz auf dich gewesen. Du gerätst nach ihr, bist genauso distinguiert und auch genauso klug wie sie. Leider sind diese Qualitäten im Fernsehen nicht gefragt, sagte er plötzlich.

Joe war zusammengezuckt, als er ganz sanft und sehnsüchtig den Kosenamen ihrer Mutter ausgesprochen hatte. In den wenigen harmonischen Zeiten ihrer Kindheit hatte Victor seine Frau immer »Giselle« genannt.

Hast du die Nachrichten gesehen? Diese Helmer, ein schrecklich ordinäres Weib übrigens ...

Victor, sie ist tot.

Joe nannte ihren Vater meist »Papa«, nur wenn sie böse auf ihn war, sagte sie neuerdings »Victor«.

Na und? Deswegen war sie trotzdem ein furchtbares Frauenzimmer. Glaubst du, sie hat mir gefallen, nur weil sie blond war und einen dicken Busen hatte? Da täuschst du dich wieder einmal gewaltig in mir, Liebling.

Aber Victor ...

Nein, es war sinnlos, mit Papa über Frauen zu diskutieren.

Joes Mutter war eine kluge Frau gewesen, aber leider nicht sehr klug, was die Wahl ihres einzigen Ehemannes betraf. Sie hatte ihr Kunstgeschichtsstudium abgebrochen, als sie sich in Victor unsterblich verliebte und kurz darauf mit Joe schwanger geworden war. Joe war Victors einzige legitime Tochter. Wieviele Halbgeschwister sie hatte, wusste sie nicht.

Joe hatte keine Lust, sich weiter die unqualifizierten Äußerungen ihre Vaters anzuhören. Sie fragte Margarita, als sie bereits beim Nachtisch – köstlichen Topfenpalatschinken – angelangt waren, wie sie die letzte Woche verbracht habe.

Ein Fehler. Denn Margarita beschrieb nun, liebevoll ins Detail gehend, all die komplizierten Rezepte, nach denen sie in den vergangen Tagen gekocht hatte.

Victor hörte ihr ebenso wenig zu wie Joe. Er unterbrach seine Freundin mitten in der ausführlichen Schilderung der Zubereitung eines Alt-Wiener Tafelspitzes und bat seine Tochter, ihm bei einem kleinen Verdauungsschnäpschen in der Bibliothek Gesellschaft zu leisten.

Joe wollte nicht unhöflich erscheinen, schaute Margarita fragend an.

Geht ruhig, ihr beiden, ich werde inzwischen abräumen.

Joes halbherziges Angebot, ihr dabei zu helfen, fegte sie mit einer großzügigen Handbewegung vom Tisch.

Früher hatte sich Joe oft über Margarita geärgert, nicht nur einmal hatte sie die Freundin ihres Vaters als »gutmütiges Schaf« beschimpft. Aber all ihre feministisch angehauchten, pädagogischen Ratschläge hatten nichts gefruchtet. Margarita tat nach wie vor alles für den schönen Victor, obwohl er sie nicht besonders liebevoll behandelte. Dabei hätte er sich mit seiner mageren Künstlerpension seine teuren Vorlieben niemals leisten können: Maßgeschneiderte Anzüge, handgemachte Schuhe, Rotweine aus Burgund um hunderte von Schillingen die Flasche … Seine prätentiöse Art ging Joe mindestens ebenso auf die Nerven wie Margaritas Gutmütigkeit.

Joe liebte die Bibliothek ihres Vaters. Zwischen all den hohen, vollgestopften Regalen fühlte sie sich zum ersten Mal an diesem Tag geborgen. Als er ihr ein Gläschen von dem sündhaft teuren Cognac anbot, lehnte sie dankend ab.

Du bist so hoffnungslos altmodisch, Kind, und so furchtbar brav und wohlerzogen, sagte er.

Das ist wohl nicht dein Verdienst.

Nun denn, von neuem werd ich, abermals das Dunkel lichten.

Lass mich bitte heute mit König Ödipus in Frieden.

Daraufhin begann er, ihr Ratschläge für zukünftige TV-Auftritte zu geben.

Ich weiß nicht, ob ich weitermachen werde, Papa, und jetzt hör bitte auf damit. Ich bin müde.

Als Joe ihren Vater und Margarita verließ, war es fast Mitternacht. Zu spät, um Verena anzurufen. Ihre Freundin ging früh zu Bett, im Gegensatz zu Joe, die sich nicht gleich hinlegte, sondern noch ein bisschen aufräumte.

Ihr war bewusst, dass ihre übertriebene Ordnungsliebe nur ein untauglicher Versuch war, ihre innere Unordnung in den Griff zu bekommen.

Zuletzt warf sie noch einen verzweifelten Blick in ihre Küche. Sie hatte am Samstag vor der Sendung weder Zeit noch Nerven zum Aufräumen gehabt. Das Geschirr vom Freitag, als Lisa sie bekocht hatte, stand noch herum. Warum brauchte man für gesundes Essen bloß soviel Geschirr?

Vielleicht war es doch nicht so gescheit gewesen, die Zwischenwand herausreißen zu lassen? Vom Sofa im Wohnzimmer aus war nun die kleinste Unordnung in ihrer Küche sichtbar.

Joe hatte mit ihrer Mutter in einer kleinen Zwei-Zimmer-Wohnung gelebt, und da Gisela berufstätig gewesen war, hatte die Tochter schon früh lernen müssen, ihre Sachen selbst in Ordnung zu halten. Aber die Küche war nicht ihre Welt. Das war immer die Domäne ihrer Mutter gewesen.

9

Um acht Uhr morgens stand Stella mit einer Tasse Kaffee vor Joes Bett und rief: Aufstehen!

Obwohl Joe diesen kleinen Feldwebel schon mehrmals gebeten hatte, nicht vor neun Uhr aufzutauchen, kam ihre Bedienerin nach wie vor, wann es ihr beliebte. Sie hatte einen Schlüssel.

Während sie den Kaffee trank, gingen Joe die Ereignisse der letzten Tage durch den Kopf.

Mord, Marathon, das Abendessen bei ihrem Vater – es ist alles Fiktion, dachte sie. Auch die graue, feuchte Enge in ihrem Haus, die niedrige, mit Stuck verzierte Decke, das alte, schwere Mobiliar – alles erdrückend und beklemmend, fast surreal. Fiktion ist zwar nicht dasselbe wie Verzweiflung, aber ihr doch sehr verwandt.

Um jeden Preis hatte sie diese eigene kleine Höhle haben müssen – die ewige Sehnsucht nach der Mutter, ja, ja, ich weiß, Herr Doktor Nowotny – und nun war sie ihrer nach kurzer Zeit schon überdrüssig.

Ich gehöre nicht hierher. Was für eine masochistische Idee, dieses gottverlassene Grundstück in Ottakring zu kaufen. Um dasselbe Geld hätte ich auch eine große, luftige Terrassenwohnung in der Innenstadt gefunden.

Vor ihrem Haus lag ein verwahrloster Beserlpark. Zwischen den sterbenden Kastanienbäumen und den verwilderten Fliederbüschen tummelten sich tagsüber Mütter mit kreischenden Kleinkindern. Die Sandkiste war voller Hundescheiße, die einsame Schaukel, von gelangweilten Jugendlichen ruiniert, baumelte seit Monaten nur mehr an einem Seil. Sandler und ein paar arme Junkies entdeckten den Park jetzt im Frühjahr als Nachtquartier. Um den kleinen Platz mehrten sich leerstehende Geschäftslokale. Die eingeschlagenen Fensterscheiben waren zugeklebt mit vergilbten Plakaten und handgeschriebenen Zetteln, die eine günstige Miete versprachen. In dem benachbarten, einstöckigen Fabriksgebäude standen die Maschinen schon seit mindestens dreißig Jahren still. Von den abbröckelnden Mauern lächelten verloren die Porträts längst vergessener Politiker. Der Schlot sah aus, als würde er nicht dazugehören, verschämt ragte er in den meist bewölkten Himmel. Neben dem Schlot gähnte eine riesige Baugrube, ein Tummelplatz für Ratten und anderes Ungeziefer. In den Mietskasernen dahinter gingen die Lichter schon früh am Abend aus.

Die Trostlosigkeit des Wiener Außenbezirks wurde Joe normalerweise erst abends bewußt. Tagsüber konnte sie dem Viertel, in dem nach wie vor ein- bis zweistöckige Häuser dominierten, noch einen gewissen dörflichen Charme zubilligen. Doch wenn sich kurz nach neunzehn Uhr die Straßen und Gassen leerten, die Leute die Vorhänge an ihren Fenstern zuzogen und sich vor ihren Fernsehschirmen niederließen, wenn an den billigen Geschäften die Rolläden heruntergelassen wurden und die düsteren Beiseln ihre Türen schlossen, dann breiteten sich Trübsal und Melancholie über dem ganzen Bezirk aus und hielten trotz der dicken, alten Mauern auch Einkehr in ihrem Haus. Und an warmen Tagen, wie heute, stank es, wie es immer gestunken hatte, nach Scheiße und Urin, nach Eintönigkeit und vergeudetem Dasein.

Joe hielt es abends nicht allein zu Hause aus. Unter der Woche bemühte sie sich um möglichst viele Abendtermine. Die Wochenenden verbrachte sie meist mit Lisa und Kathi oder mit ihrem Vater.

Ihr einstöckiges Häuschen hatte etwa hundertzwanzig Quadratmeter Wohnfläche, gleichmäßig verteilt auf zwei Ebenen. Die relativ breite Einfahrt teilte das Haus in zwei Hälften.

Im Erdgeschoß lagen Wohnzimmer und Küche. Im rechten Teil des Hauses hatte sie unten ihr Behandlungszimmer, eine Gästetoilette und einen Abstellraum untergebracht. Über eine schmale, sehr steile Stiege gelangte man von der Einfahrt aus hinauf in ihr Schlafzimmer und in ein geräumiges Bad. Über dem Behandlungsraum hatte sie sich ein Arbeitszimmer und einen begehbaren Schrank eingerichtet.

In allen Räumen, auch im Behandlungsraum, hingen Bilder ihrer Freundin. Lisa hatte vor Jahren mit dem Malen aufgehört. Tafelbilder wären blanker Anachronismus, hatte sie damals ihren Entschluss gerechtfertigt. Joe fragte sich, warum der figurativen Plastik, der sie sich nun verschworen hatte, nicht ebenfalls der Geruch von Anachronismus anhaftete. Aber Joe hatte es längst aufgegeben, Lisa auf ihre Widersprüchlichkeit hinzuweisen. Im Gegensatz zu vielen ihrer Kollegen und Kolleginnen neigte sie nicht dazu, die Menschen in ihrem Freundes- und Bekanntenkreis zu analysieren oder gar zu pathologisieren.

Während ihre resolute Putzfrau mit dem Staubsauger durchs Haus zog, läutete mehrmals das Telefon.

Joe begab sich in den Garten, holte den grünen Schlauch aus der Werkstatt und begann Apfelbäume, Büsche, Wiesenblumen und Unkraut ausgiebig zu gießen.

Lisa und Joe waren sich einig, dass man diesen natürlich bewachsenen Hinterhof nicht durch Ziersträucher und Blumenbeete verschandeln dürfte. Also ließen sie das Gras wachsen und das Unkraut sprießen. Stella war anderer Meinung. Sie konnte nicht verstehen, dass Joe kein

Gemüse anbaute, nicht einmal Erdbeeren oder Küchenkräuter pflanzte. Und diese Lisa, die immer so viel Dreck hinten in der Werkstatt machte, war Stella sowieso ein Dorn im Auge. Die beiden hatten schon einmal Streit gehabt. Joe hatte damals all ihre Überredungskünste aufbieten müssen, um ihre Bedienerin nicht zu verlieren.

Seit diesem Krach betrat Stella die Werkstatt nicht mehr. Lisa war das nur recht. Stellas Gründlichkeit waren damals einige unfertige Gipsmodelle zum Opfer gefallen.

Joe und Lisa kannten sich seit ihrem sechsten Lebensjahr. Sie hatten zwölf Jahre lang die Schulbank geteilt. Nach der Matura hatten sich ihre Wege getrennt. Lisa hatte sich der Bildenden Kunst verschrieben. Heute diente ihr die baufällige Hütte auf Joes Grundstück als Atelier. Ihren Lebensunterhalt verdiente sie hauptsächlich mit der Illustration von Kinderbüchern.

Kaum war Joe mit dem Gießen fertig, kam Stella in den Hof und fragte scheinheilig: Soll ich heute Rasen mähen?

Joe amüsierte sich insgeheim über die Sturheit ihrer Putzfrau, blieb aber ernst und sagte: Sie wissen doch, der Garten ist nicht Ihr Reich, um den kümmert sich meine Freundin.

Kümmern? Stella deutete auf das wuchernde Unkraut an der Hausmauer. Sie werden sehen, Sie werden bald Pilze haben im Haus, alles feucht. Mit einem bedeutungsvollen Blick wechselte sie das Thema, als sie bemerkte, dass Joe nicht gewillt war, nachzugeben.

Schade um die schöne Frau.

Haben Sie es im Radio gehört?

Nein, im Fernsehen, habe auch die Show gesehen. Sehr schön waren Sie, so elegant …

Joe war heute nicht nach einer Plauderei mit ihrer Bedienerin zumute. Sie beschloss in die Innenstadt zu fahren und noch auf einen Kaffee zu gehen, bevor sie ins Sicherheitsbüro musste.

Seit den frühen Morgenstunden hatte fast ununterbrochen das Telefon geläutet. Einige Journalisten hatten um Rückruf gebeten. Sie würden umsonst darauf warten.

Stella ging zum Glück nie ans Telefon. Bevor sie das Haus verließ, schärfte Joe ihr noch einmal ein, ja keine Fremden hereinzulassen.

Entrüstet fragte Stella, wie sie denn auf so eine verrückte Idee komme.

Joe fuhr zuerst zum Rathaus.

Ihr altes Rad hatte keinen Liebhaber gefunden. Einsam und verlassen lehnte es in einem Fahrradständer.

Während sie das Verdeck ihres Spiders runterklappte und das Rad auf den Rücksitz verfrachtete, überlegte sie, wohin sie Kaffee trinken gehen sollte. Die alten, von Journalisten bevorzugten Kaffeehäuser im ersten Bezirk kamen nicht in Frage. Außerdem konnte ihr das vielgerühmte Wiener Kaffeehaus sowieso gestohlen bleiben. Schmutziges Mobiliar, arroganter Service, schlechtes Essen, teure Getränke.

Sie entschied sich, einen Großen Braunen in einem Studentencafé, in der Nähe der Universität zu trinken. Marlenes Konterfei zierte die Titelseiten der Regenbogenpresse. Joe blätterte alle Tageszeitungen durch, erfuhr aber nichts Neues. Zwar hatte die Ermordung der berühmten Astrologin großes Aufsehen erregt – die kleinformatigen Boulevard-Blätter widmeten der Bluttat ganzseitige Artikel –, doch die Berichterstattung bestand fast ausschließlich aus oberflächlichem, sensationsgeilem Gewäsch.

Auch die Artikel in der halbwegs seriösen Presse boten keinerlei relevante Informationen. Kein Wort über die seltsame Tatwaffe, keine genaue Angabe der Tatzeit. Die Kripo war mit ihren Informationen ziemlich zurückhaltend gewesen.

Joe ärgerte sich über die zweifelhafte Ehre, in einigen Zeitungsartikeln ebenfalls erwähnt zu werden. Anscheinend hatte die gesamte Wiener Journaille am Samstagabend die Show gesehen. Zum Glück gab es wenigstens kein Foto von ihr.

Diese Art von Popularität konnte ihr gestohlen bleiben. Sie hatte die Nase voll von dem ganzen Geschwätz über berühmte Leute. Das abartig große Interesse der sogenannten breiten Masse an Fernsehstars und anderen Prominenten bereitete ihr tiefes Unbehagen. Nicht zum ersten Mal dachte sie ernsthaft daran, die Moderation der Psycho-Show aufzugeben.

Ihre Mutter hatte gewollt, dass sie etwas Ordentliches studierte. Auf Wunsch ihres Vaters hatte sie sich mit Neunzehn für die Aufnahmeprüfung am Reinhardt-Seminar angemeldet. Erst nachdem sie aufgenommen worden war, inskribierte sie sich auch für Medizin, wechselte zwei Semester später zur Psychologie, gab die Schauspielerei auf und schaffte das Psychologiestudium fast in der Mindestzeit. Jahre später, während ihrer Ausbildung als Psychotherapeutin, ließ sie sich dann von Freunden dazu überreden, es mit der Schauspielerei erneut zu probieren. Sie nahm ein paar Stunden bei einer Freundin ihres Vaters, spielte kleinere Rollen auf einer Kellerbühne und einmal sogar die Blanche in »Endstation Sehnsucht«. Noch heute genierte sie sich für ihre desaströse Darbietung. Sie war unfreiwillig komisch gewesen. Mit dem wunderbaren Satz: »Das, wovon du sprichst, das ist ein brutaler Trieb – nicht Sehnsucht, sondern einfach Begierde!« hatte sie einen großen Lacherfolg geerntet.

Selbst Victor, der die ambitionierte junge Schauspieltruppe zur Premiere mit seiner Anwesenheit beehrt hatte, fand sie in dieser Rolle grauenhaft. Er behauptete seither jedoch manchmal, dass sie komisches Talent habe. Damals ließ er sich nach der Premiere immerhin dazu herab, seine heulende Tochter zu trösten. Joe erinnerte sich bis heute daran. Es war in ihrem Leben nicht sehr oft vorgekommen, dass ihr Vater sie in die Arme genommen hatte.

Die Schauspielerei ließ sie nach diesem Fiasko ein für alle Male bleiben.

10

Joe traf einige Minuten nach elf in der Roßauer Kaserne ein.

Die langen Gänge wirkten überraschend freundlich. Frisch getünchte, weiße Wände, sauber aufgewaschene Steinböden, nur der seltsame Geruch irritierte sie. Es roch nach Haushaltsreiniger und Lysoform.

Wolfgang Egger empfing sie im Büro des Chefinspektors.

Guten Tag, Herr Oberinspektor!

Leider nur Bezirksinspektor, sagte Egger. Wir müssen uns ein bisschen gedulden. Chefinspektor Serner ist noch beim Rapport. Dauert heute etwas länger. Es wird ja nicht jeden Tag ein Fernsehstar umgebracht.

Serners Büro war einfach, aber geschmackvoll eingerichtet. Ein schwerer Schreibtisch, ein bequemer Ledersessel dahinter, zwei schmale Sessel ohne Armlehnen davor. An den Wänden hingen gerahmte Landschaftsfotografien. Die vier Jahreszeiten in der Provence, vermutete Joe.

Den Topfpflanzen unter den Fenstern schien es gut zu gehen, obwohl die Luft von Zigarettenrauch geschwängert war.

Sie kramte in ihrer Tasche. Wieder einmal hatte sie nichts zum Rauchen dabei.

Er muss jeden Moment hier sein, sagte Egger.

Das will ich hoffen.

Als der Chefinspektor endlich auftauchte, war sie angefressen.

Auch er schien nicht gerade bester Laune zu sein, entschuldigte sich nur knapp für seine Verspätung, setzte sich hinter seinen Schreibtisch und starrte wütend auf einen Aktenordner, der geöffnet vor ihm auf dem Tisch lag.

Ohne aufzublicken, steckte er sich eine Gauloise an.

Kann ich auch eine haben?

Sichtlich verwirrt reichte er ihr sein zerknülltes Päckchen.

Filterlos, sagte er.

Zu stark für eine Frau? Sie grinste ihn nur herablassend an.

Seine dünnen Lippen blieben fest zusammengepreßt.

Haben Sie auch Feuer?

Er reichte ihr ein brennendes Streichholz.

Kann ich einen bequemeren Stuhl haben?

Hol einen von drüben, befahl Serner seinem Kollegen.

Joe zog heftig an ihrer Zigarette, begann zu husten und dämpfte die Gauloise nach ein paar Zügen wieder aus.

Doch zu stark?

Sie ließ sich nicht provozieren. Als der Bezirksinspektor ihren Stuhl durch einen Drehstuhl mit Armlehnen austauschte, bedankte sie sich höflich.

Bequem genug?, fragte Serner, der sich fest vorgenommen hatte, sich dieses Mal nicht von seinen Gefühlen leiten zu lassen, obwohl er fand, dass sie heute noch besser aussähe als bei ihrem ersten Treffen.

Ihr Gesicht wirkte unverschämt nackt, wies kaum Spuren kosmetischer Verschönerung auf. Die vollen Lippen waren blass. Stirn und Kinn glänzten ein wenig. Nur die Wimpern hatte sie schwarz getuscht. Das vom Wind zerzauste Haar hatte sie zu einem Pferdeschwanz zusammengebunden. Der graue Minirock und der hellgraue Seidenpulli betonten ihre Figur. Die Kostümjacke hatte sie locker um die Schultern gehängt. Am linken Ringfinger trug sie wieder den altmodischen Smaragdring, der Serner schon bei ihrer ersten Begegnung aufgefallen war. Diesen Ring legt sie wohl auch im Bett nicht ab, dachte er. Ein Verlobungsring?

Er lag nicht völlig falsch mit seiner Vermutung. Es war der Verlobungsring ihrer Mutter.

Joe schlug ihre langen Beine übereinander und wippte ungeduldig mit dem Fuß.

Serner starrte auf ihre halbhohen, knallroten Pumps.

Können wir endlich beginnen, fragte sie gereizt und leierte, wie bei einem Vorstellungstermin, ihren Lebenslauf herunter.

Zuerst habe ich mich bei der Wiener Psychoanalytischen Vereinigung als Kandidatin beworben. Man hat mir empfohlen, eine therapeutische Analyse zu machen und erst danach mit der Ausbildung zu beginnen. Da ich schon damals das Gefühl gehabt habe, keine Zeit mehr verlieren zu dürfen, habe ich mich für die unkonventionelle und weniger langwierige Ausbildung bei Doktor Christian Nowotny entschieden.

Warum erzähle ich eigentlich diesen Bullen das alles? Sie versuchte sich kürzer zu fassen. Ich bin also Psychologin mit psychotherapeutischer Ausbildung und habe ein paar Jahre in der Psychiatrie gearbeitet, bevor ich meine eigene Praxis eröffnet habe.

Joe wagte es nicht, sich als Psychoanalytikerin zu bezeichnen. Ihr Respekt vor Sigmund Freud war nach wie vor sehr groß.

Doktor Nowotny? Der Name kommt mir bekannt vor, unterbrach sie Serner.

Er ist Psychiater und Psychoanalytiker, gilt aber in Fachkreisen als sogenannter »wilder« Analytiker. Methodisch beruft er sich vor allem auf den ungarischen Psychoanalytiker Ferenczi und auf den frühen Freud. Joe wusste bis heute nicht genau, warum Christian der Freudschen Lehre abgeschworen und eine neue Vereinigung, die sich ebenfalls »psychoanalytisch« nannte, gegründet hatte. Erst nach dem Ende ihrer Ausbildung hatte sie erfahren, dass Christian von der Wiener Psychoanalytischen Vereinigung nie als ordentliches Mitglied, geschweige denn als Lehranalytiker akzeptiert worden war. Ihr waren Gerüchte darüber zu Ohren gekommen, dass er, nicht nur wegen seiner Großzügigkeit, was das Setting betraf, und seiner recht freizügigen Auslegung der Abstinenzregel von den seriösen Analytikern abgelehnt worden war, sondern auch, weil er ein Verfahren wegen sexuellen Mißbrauchs am Hals gehabt hatte. Joe hatte nie gewagt, mit ihm darüber zu reden, machte sich aber seither viel weniger Gedanken um die Unmöglichkeit ihres Begehrens.

Wo haben Sie Ihre Praxis, fragte Serner.

In meinem Haus. Ich habe es vor zwei Jahren gekauft ...

Und sich mit der Renovierung ein bisschen übernommen?

So könnte man sagen. Ich habe mich zu der Moderation dieser Psycho-Show hauptsächlich wegen des Geldes überreden lassen.

Sie haben Schulden gemacht und sehen sich jetzt finanziell ohne diesen TV-Job nicht mehr raus, unterbrach sie der Chefinspektor ein zweites Mal.

So schlimm ist es auch wieder nicht. Doktor Nowotny und meine früheren Kollegen überweisen mir mehr Patienten, als mir lieb ist, protestierte Joe und erröte, wie immer, wenn sie log.

Serner war das zarte Rosarot auf ihren Wangen nicht entgangen. Im Fernsehen aufzutreten, hat Sie halt einfach gereizt, sagte er spöttisch.

Ja, ich habe gehofft, dass ich eine größere Öffentlichkeit mit der Psychoanalyse vertraut machen könnte, habe aber bald einsehen müssen, dass man im Fernsehen nicht viel sagen kann, vor allem kann man nicht das sagen, was man sagen möchte. Die Wahrheit ist am wenigsten gefragt. Die Themen werden einem aufgezwungen und die Redezeit ist begrenzt. Am besten man beschränkt sich überhaupt auf pointierte Sager.

Haben Sie bei der Auswahl der Stargäste Mitspracherecht?

Ich kann Vorschläge machen. Die Entscheidung trifft das Redaktionsteam und im Fall von Marlene Helmer hat sie der Programmdirektor höchstpersönlich getroffen.

Sie hätten also Frau Helmer niemals eingeladen?

Ich weiß nicht. Ich frage mich bei jedem Gast, ob er etwas zu sagen hat, und ob das, was er sagen wird, überhaupt wert ist, gesagt zu werden. Vor jeder Show habe ich aus lauter Angst, dass es wieder nur das übliche Breittreten von Allgemeinplätzen, hochtrabenden Phrasen und nichtssagenden Floskeln werden wird, eine schlaflose Nacht verbracht. Die Leute, die zu uns kommen, tun dies meist nicht, um etwas zu sagen oder weil sie etwas zu sagen haben, sondern um sich zu zeigen und gesehen zu werden. Im Fernsehen wahrgenommen werden, von Journalisten und Publikum beachtet werden, bedeutet, dass man jemand ist, eine wichtige Persönlichkeit ...

Jeder Mensch sollte wenigstens einmal im Leben für fünf Minuten berühmt sein, hat Andy Warhol behauptet. Oder war es eine Viertelstunde?

Irritiert sah Joe den Chefinspektor an.

Ich habe bald kapiert, dass ... Er hatte sie mit seiner Bemerkung aus dem Konzept gebracht.

Dass so eine Show nicht der richtige Weg ist. Obwohl, wer weiß, vielleicht würde Sigmund Freud heute auch via Bildschirm Träume deuten, scherzte Serner.

Sie fühlte sich auf den Arm genommen.

Was hat das alles mit dem Mord zu tun, fragte sie ihn verärgert.

Egger bekam einen Anruf und ließ Joe mit Serner kurz darauf allein.

Nachdem er den Raum verlassen hatte, kehrte peinliches Schweigen ein.

Nehmen Sie mit mir allein vorlieb oder möchten Sie, dass ich einen anderen Kollegen rufe? Sie können auch gern einen Anwalt beiziehen, unterbrach Serner das Schweigen.

Nein, bringen wir's hinter uns. – Haben Sie für mich auch noch eine, fragte Joe, als Serner nach einer Zigarette griff.

Obwohl er die filterlose Gauloise bereits mit seinen Lippen berührt hatte, reichte er sie ihr.

Danke, murmelte sie und ließ sich wieder von ihm Feuer geben. Sie machte einen Zug, stieß den Rauch mit einem tiefen Seufzer aus.

Ich werd's wohl nie schaffen. Mir geht's wie den trockenen Alkoholikern. Kaum trinken sie einen Schluck, werden sie rückfällig. Ich habe mir vor ein paar Monaten das Rauchen abgewöhnt ... Sie grinste verlegen.

Serner hatte ihr nicht zugehört, nicht verstanden, was sie sagte, hatte nur ihre tiefe, erotische Stimme wahrgenommen.

Erzählen Sie mir ein bisschen mehr von sich, bat er sie.

Lebensbeichte? Okay. Mein Vater wollte, daß ich Schauspielerin werde, aber ich war wohl nicht hysterisch oder exhibitionistisch genug für diesen Beruf und gab nach einem Jahr wieder auf. – Aber vielleicht besitze ich doch eine gewisse exhibitionistische Ader. Warum hätte ich mich sonst wohl auf dieses TV-Spektakel eingelassen?

Väterliches Erbe?

Sie kennen meinen Vater?

Meine Mutter hat sich alle Filme mit ihm angesehen.

Joe musste unwillkürlich lächeln.

Ja, mein Vater ist vor der Kamera in seinem Element. Auch Marlene Helmer war wie geschaffen fürs Fernsehen. Der Bildschirm ersetzt dem Narziss heute die klare Quelle. Mich machen diese riesigen Objektive nur nervös. Aber Marlene war ein richtiges Medienprodukt, eine Kunstfigur, kreiert von cleveren Programmmachern und dem geistig minderbemittelten Publikum, vollkommen unnatürlich ...

Authentizität ist im Fernsehen nicht gefragt, warf Serner ein.

Dafür sind Gemeinplätze sehr gefragt. Um ein Medienstar zu werden, muss man vor allem banale, konventionelle Phrasen von sich geben, und zwar auf möglichst eindrucksvolle Art und Weise. Die redselige Marlene hat den Medienbossen keine Schwierigkeiten gemacht, weil sie eben nichts zu sagen gehabt hat, sie war eine Meisterin des Smalltalks, fast eine Idealbesetzung.

Das Fernsehen bevorzugt also Dauerredner, die geistiges Fast Food anbieten, resümierte Serner amüsiert.

Die meisten Moderatoren reden ziemlich leichtfertig daher, ohne sich ihrer Verantwortung gegenüber Zusehern bewusst zu sein. Aber ihre so einfach dahingesagten Worte sind wichtig, können Ängste erzeugen, Vorurteile und vollkommen falsche Vorstellungen hervorrufen.

Sie manipulieren und sind Manipulierte zugleich. Und Frau Helmer war eine von ihnen?

Ihre narzisstische Selbstgefälligkeit ist mir unheimlich auf den Geist gegangen, aber ich habe sie nicht umgebracht. Trotzdem fühle ich mich irgendwie schuldig. Ich weiß überhaupt nicht, warum, obwohl Schuldgefühle doch mein Metier sind.

Wenn ich mich richtig erinnere, hat Sigmund Freud behauptet, dass Schuldgefühle mit dem Ödipus-Komplex zusammenhängen, quasi eine Reaktion sind auf die beiden großen verbrecherischen Absichten in der frühen Kindheit …

Macht er sich jetzt wieder über mich lustig oder will er mich beeindrucken, fragte sich Joe.

Wir haben übrigens heute Morgen ein Bekennerschreiben bekommen. Nach einem Mord kriegen wir fast immer reichlich Anrufe von Spinnern. Entweder gestehen sie, dass sie das Verbrechen begangen haben, oder sie bieten ihre Mithilfe bei der Aufklärung des Falles an, oder sie versuchen gar, uns absichtlich auf eine falsche Spur zu lenken. Wir glauben nicht ernsthaft, dass dieser Briefschreiber der mysteriöse Unbekannte ist, der Frau Helmer erschlagen hat. Aber wir werden der Spur trotzdem nachgehen.

Ein »Verbrecher aus Schuldbewußtsein«, warf Joe ein. Zum Glück leide ich nicht unter dem Zwang, Verbrechen zu gestehen, die ich nicht begangen habe.

Und Sie sehnen sich auch nicht danach, für diese nicht begangenen Verbrechen bestraft zu werden, sagte Serner grinsend.

Ein Polizist liest Freud?

Serner wurde wieder ernst. Dieser Brief entlastet Sie nicht wirklich, obwohl er ganz offensichtlich zu Ihrer Entlastung geschrieben worden ist. Sie werden persönlich darin erwähnt und Ihre Unschuld wird nachdrücklich beteuert. Ich wollte Ihnen diese Information nicht vorenthalten. Vielleicht können Sie mehr damit anfangen als wir.

Sie glauben doch nicht, dass ich ...?

Nein, aber vielleicht einer Ihrer Patienten?

Joe verwahrte sich massiv und lautstark gegen diese, ihrer Meinung nach, völlig unbegründete Verdächtigung ihrer Klienten.

Es ist ja nur eine von vielen Möglichkeiten, versuchte Serner sie zu besänftigen.

Das wär's dann wohl, sagte sie patzig. Sie haben meine Aussage zwar nicht zu Protokoll genommen, aber ich nehme an, wir können sie trotzdem begraben. Ist die Geschichte damit zu Ende? Sie stand auf.

Serner antwortete mit einem zweideutigen Lächeln und erhob sich ebenfalls.

Sie fand den Chefinspektor nicht mehr ganz so übel, im

Gegenteil, er hätte diesen Bekennerbrief nicht zu erwähnen brauchen.

Er begleitete sie zum Ausgang, sah ihr zum Abschied tief in die Augen und gab ihr seine Visitenkarte, auf der auch seine Privatnummer stand.

11

Mit ihrer Kondition war es nicht weit her. Als sie die Stiegen zu seiner Ordination im fünften Stock hinauflief, kam sie schwer ins Schnaufen. Der enge Rock, den sie bewusst für diesen Besuch gewählt hatte, erwies sich als nicht gerade ideal. Bei jedem Schritt rutschte er um ein paar Zentimeter höher und legte die nackte Haut über ihren halterlosen Strümpfen bloß. Zum Glück ging keiner hinter ihr.

Christian Nowotny wohnte am Fleischmarkt, in einem der wenigen Wiener Jugendstilhäuser. Zweihundert Quadratmeter Altbau. Vor einigen Jahren hatte er das Dachgeschoss dazugekauft und als Ordination eingerichtet.

Joe läutete.

Christian öffnete erst nach dem dritten Klingeln die Tür.

Bei seinem Anblick bekam sie zittrige Knie. Selbst mit Bauchansatz und vielen, neuen weißen Strähnen in seinem dunkelblonden Haar fand sie ihn noch attraktiv. Sie hatten sich eine kleine Ewigkeit nicht gesehen. Zumindest kamen Joe die vier Wochen, die seit ihrer letzten Begegnung vergangen waren, wie die Ewigkeit vor.

Ich fürchte, ich brauche eine Extrastunde, sagte sie kokett.

Christian zog seine Brauen, die am Nasenrücken fast zusammengewachsen waren, hoch, traf jedoch keinerlei Anstalten, sie hineinzubitten.

Kann ich reinkommen?

In zehn Minuten erscheint mein nächster Patient, sagte er mürrisch.

Seit wann arbeitest du auch mittags? Du hast doch früher zwischen zwölf und fünfzehn Uhr Pause gemacht.

Habe momentan ein paar Leute zuviel.

Warum schickst du sie nicht zu mir?

Ich hab dir erst letzte Woche einen Studenten zu einem Erstgespräch überwiesen. Ein Computerfreak mit paranoiden Zügen. Hat er noch nicht angerufen?

Joe schüttelte den Kopf, murmelte danke und drängte sich an ihm vorbei. Zum ersten Mal bemerkte sie, dass sie mit hohen Absätzen fast so groß war wie er.

Das kleine Wartezimmer war leer. Die Tür zu seinem Behandlungsraum stand offen. Kein Mensch war zu sehen.

Ich werde dich nicht lange aufhalten, muss dich nur kurz was fragen.

Christian folgte ihr in die Ordination und schloss die mit rotem Leder gepolsterte Tür hinter sich.

Sie setzte sich in seinen Stuhl.

Er blieb neben dem Schreibtisch stehen.

Was kann ich für dich tun?

Dich setzen.

Folgsam nahm er ihr gegenüber Platz.

Trotz ihrer Erregung registrierte sie, dass sie einander in Augenhöhe gegenübersaßen. Sein Schreibtischsessel schien etwas höher zu sein als der Stuhl für die Patienten. Das war ihr während ihrer Ausbildung nie aufgefallen.

Nervös zupfte sie an ihrem Rocksaum.

Er zündete sich eine Zigarette an, bot ihr aber keine an.

Du rauchst immer noch Pall Mall? Ich liebe diesen kräftigen, würzigen Geruch. Manchmal rieche ich ihn sogar bei mir zu Hause.

Sie kam sich wie ein verliebter Teenager vor.

Christian griff nach der halb vollen Kaffeetasse, die neben einem aufgeschlagenen Notizbuch auf dem Schreibtisch stand, und fragte noch einmal: Was willst du?

Sie kramte in ihrer großen, schwarzen Handtasche.

Bekomme ich nichts zu trinken?

Du wolltest dich kurz halten. In ein paar Minuten wird es läuten.

Während sie noch überlegte, wo und wie sie beginnen sollte, begann er zu reden. Und sein Ton war keineswegs freundlich.

Du hast mich da in eine ziemlich üble Geschichte hineingezogen. Ich habe heute Morgen einen Anruf von der Kriminalpolizei bekommen. Der Inspektor hat von Mord gesprochen. Was hast du dir bloß dabei gedacht?

Es gibt keinen Inspektor, sagte Joe und bereute diese blöde Bemerkung sogleich.

Wie hast du nur diesem Inspektor gegenüber meinen Namen erwähnen können?

Wie ein trotziges Kind wiederholte sie: Es gibt keinen einfachen Inspektor, sie heißen entweder Bezirksinspektor oder Chefinspektor oder …

Hör auf, fauchte Christian. Dieser Oberkommissar …

Den gibt es auch nicht, murmelte Joe.

… hat mir jede Menge Fragen über dich gestellt. Ich habe die Antworten, so gut es ging, verweigert.

Das heißt, du hast ihm alles über mich erzählt, was du weißt, dachte Joe. Aber sie schwieg. Er ließ sie ohnehin nicht zu Wort kommen.

Hast du die Berichterstattung über den Mord verfolgt, unterbrach sie ihn schließlich leise.

Nein, habe ich nicht. Und jetzt muss ich mich von dir verabschieden, wir haben eine Minute vor drei.

Widerstrebend erhob sie sich.

Er brachte sie zur Tür, gab ihr zum Abschied aber nicht die Hand.

Ich rufe dich an, sagte sie leise.

Am Treppenabsatz blieb sie stehen und winkte. Die Tür zu seiner Ordination war bereits geschlossen.

Erst jetzt ließ sie ihrer Wut und Enttäuschung freien Lauf. Während sie die Stiegen hinuntereilte, schlug sie mit der Hand rhythmisch aufs Stiegengeländer und fluchte: Verdammter Feigling, präpotenter Macho, arroganter Hund!

Draußen hatte es sich merklich abgekühlt. Joe fröstelte. Wegen des Fahrrads auf dem Rücksitz musste sie mit offenem Verdeck fahren. Sie bereute, keine Mütze mitgenommen zu haben.

Zu Hause war auf ihrem Anrufbeantworter, neben weiteren Bitten von Journalisten um Rückruf, auch eine Nachricht von Verena.

Ihre Freundin beschwerte sich, dass sie ihr gestern nichts von der Ermordung Marlenes gesagt hatte.

Joe hatte keine Zeit, sich Verenas Vorwürfe anzuhören oder gar zurückzurufen, es läutete an ihrer Haustür.

12

Marianne W., eine große, kräftig gebaute Frau, aschblond und meist unvorteilhaft gekleidet, arbeitete als Bibliothekarin in einer städtischen Bücherei. Sie hatte Joe wegen verschiedener psychosomatischer Beschwerden und einer gefährlichen Neigung zu Unfällen aufgesucht, hatte sich aber bisher nicht auf eine ordentliche Analyse eingelassen.

Für Joe war Marianne W. im Prinzip eine ideale Analysepatientin. Sie idealisierte ihren Vater und litt unter ihrer tyrannischen Mutter. Insgeheim bezeichnete Joe sie als ihre Lieblingspatientin.

Seit dem Tod ihres abgöttisch geliebten Vaters kümmerte sich Marianne W. um ihre alte Mutter, die ihr das Leben zur Hölle machte. Obwohl sie an sich eine vernünftige Frau war, betrachtete Marianne W. die gemeinsam mit dem Vater verbrachten Jahre durch eine rosarote Brille, war übertrieben empfindsam und wurde oft rührselig, wenn die Sprache auf ihn kam. Andere Männer hatten in ihrem Leben bisher keine bedeutende Rolle gespielt. Ein paar lieblose Affären, die letzte war schon Jahre her. Sie teilte eine große Altbauwohnung mit ihrer Freundin Cony. Die beiden stritten sich permanent wie ein altes, frustriertes Ehepaar.

Am Samstag habe ich mit meiner Mutter nach Eichgraben fahren müssen, sagte Marianne W. mit Grabesstimme. Wir haben Frühjahrsputz gemacht, das heißt, ich habe geputzt und meine Mutter hat mich herumkommandiert.

Joe atmete erleichtert auf. Sie wusste, dass ihre Patientin in ihrem Wochenendhaus kein Kabel-TV empfangen konnte. Also hatte sie von ihrem katastrophalen Fernsehauftritt nichts mitbekommen. Der größte österreichische Privatsender war nur über Kabel- oder Satelliten-TV zu empfangen.

Zuletzt hab ich sogar noch die Fensterläden gestrichen, sagte Marianne W.. Sie hat darauf bestanden. Ich bin ausgerutscht und von der Leiter gefallen, habe irrsinniges Glück gehabt, mir nur den Knöchel verstaucht. Ich hätte mir weiß Gott was brechen können ... Beinahe stolz zeigte sie den Verband um ihren Knöchel.

Joe hielt einen mitfühlenden Blick für eine angemessene Reaktion.

Cony war wieder sauer, weil ich sie das ganze Wochenende allein gelassen habe. Aber Sie wissen ja, meine Mutter kann sie nicht ausstehen.

Joe hatte ihre Patientin schon öfters auf die Ähnlichkeit zwischen ihrer Freundin und ihrer Mutter hingewiesen und vor allem die Eifersucht zwischen den beiden angesprochen. Sie würde es wieder tun müssen, weil Marianne W. diese Interpretationen von Stunde zu Stunde zu vergessen schien.

Die einzige Sorge meiner Mutter war, daß ich sie, wegen des kaputten Knöchels, eine Zeitlang nicht chauffieren werde können, jammerte Marianne W.. Allein kommt sie nirgends mehr hin. Sie ist total auf mich angewiesen.

Obwohl Joe hoffte, ihre Schuldgefühle in ihrer eigenen Therapie gründlich bearbeitet zu haben, tauchten während der Sitzungen mit dieser Patientin, öfter als ihr lieb war, Erinnerungen an ihre eigene Mutter auf. Joe hatte sie abgelehnt, ja zeitweise richtiggehend verachtet, war immer ihrem glamourösen Vater hinterhergejagt, hatte von ihm geliebt werden, ihm gefallen wollen. Heute suchte sie

Geborgenheit eher bei Frauen, obwohl sie gerade auch von Frauen oft enttäuscht worden war.

Marianne W. suchte inzwischen in ihrem Rucksack verzweifelt nach einem Taschentuch.

Joe reichte ihr ein Papiertaschentuch.

Die Patientin dankte ihr mit einem traurigen Lächeln und wischte sich die Tränen aus den Augen. Wissen Sie, worauf ich mich wirklich freue, sagte sie auf einmal. Auf Pfingsten, auf Grado, das Meer.

Wenn sie lächelte, konnte man sie fast als hübsch bezeichnen. Trotz ihrer sechsundvierzig Jahre hatte sie etwas Mädchenhaftes.

Die hängenden Mundwinkel werden wir schon wegkriegen, nahm sich Joe vor und sagte, ebenfalls versonnen lächelnd: Ja das Meer … Als sie selbst einmal auf Christians Couch bei der Vorstellung, ein ganzes Jahr lang das Meer nicht zu sehen, in Tränen ausgebrochen war, hatte er gesagt, dass es die große Sehnsucht nach der Mutter sei, die sie immer wieder ans Meer treiben würde. Auch ihre damalige Anfälligkeit für Unfälle und Verletzungen hatte er darauf zurückgeführt, dass sie sich nach der Geborgenheit im Schoße ihrer Mutter sehne und in Krankenhäusern einen kümmerlichen Ersatz dafür finde.

Vielleicht sollte ich diese Deutungen jetzt an Marianne W. weitergeben? Joe ärgerte sich über ihre Unentschlossenheit und zitierte schnell, bevor Marianne W. womöglich das Thema wechselte, ihre berühmte Kollegin Marie Bonaparte: Das Meer ist für alle Menschen aller Zeiten ein allgemein gültiges und phylogenetisches Symbol für die Mutter.

Da ihre Patientin literarisch gebildet war, fügte sie auch noch hinzu: Das hat Marie Bonaparte in ihrer psychoanalytischen Studie über Edgar Allan Poe geschrieben.

Marianne W. strahlte. Mit Edgar Allan Poe verglichen zu werden, war wohl eins der größten Komplimente, das ihr ihre Therapeutin machen konnte. Sie liebte Kriminalliteratur, vor allem die angloamerikanische.

Als sie trotzdem noch einmal auf ihre Schuldgefühle zu sprechen kam, weil sie sich in nächster Zeit nicht um ihre Mutter würde kümmern können, zitierte Joe rasch, wohl wissend, dass er auch einer von Mariannes bevorzugten Autoren war, Arthur Miller. Er schrieb in seiner Biografie: Schuld bietet Schmerz ohne die Notwendigkeit, handeln zu müssen und ohne die Demütigung der Reue. Kurz gesagt, indem wir Schuld empfinden, schwächen wir das Bedürfnis, unser Leben zu ändern.

Nach diesen Worten verließ Marianne W. kaum mehr humpelnd das Behandlungszimmer.

13

Joe rief ihre Redakteurin zurück.

Verena hob nicht ab.

Warum legt sie sich nicht endlich ein Handy zu? In ihrer Position ist es heutzutage beinahe fatal, nicht ständig erreichbar zu sein.

Wahrscheinlich lehnte Verena Handys genau aus diesem Grund prinzipiell ab.

Joe hatte sich gerade so ein schickes Gerät gekauft, ließ es aber meistens ausgeschaltet. Außerdem hatten nur Lisa, Christian und ihr Vater die Nummer.

Alex rief an und fragte, ob er vorbeischauen dürfe. Er

war äußerst liebenswürdig, bot an, für sie zu kochen. Dabei konnte er genauso wenig kochen wie sie selbst.

Joe hatte keine Lust, ihn zu sehen, schaffte es aber wieder einmal nicht, nein zu sagen.

Als er kurze Zeit später mit einem Strauß wunderschöner Teerosen vor ihrer Tür stand, war sie froh, den Abend nicht allein verbringen zu müssen.

Sie machte sich auf die Suche nach einer Vase.

Alex umarmte sie von hinten, biss zärtlich in ihr Ohr und flüsterte: Ich hab dich so vermisst.

Halb verärgert, halb belustigt, sah sie ihm dabei zu, wie er ihr Jeanshemd aufknöpfte und ihr die engen, schwarzen Jeans auszog. Während er ihren flachen Bauch streichelte und ihre kleinen Brüste küsste, sprach er unentwegt davon, wie geil er sei und wie sehr er sie begehre.

Joe verhielt sich passiv, ließ ihn mit ihr machen, was er wollte, erwiderte weder seiner Zärtlichkeiten noch sein Liebesgeflüster.

Er hob sie hoch, setzte sie auf den kleinen Küchentisch und drang in sie ein.

Sie stöhnte, bewegte sich aber kaum.

Alex nahm ihr Kinn in die Hand, zwang sie, ihm in die Augen zu sehen. Sein Gesicht ganz nahe an ihrem, hörte sie ihn sagen: Du wirst in der nächsten Show einfach großartig sein.

Da rammte sie ihm mehr oder weniger absichtlich ihr Knie in den Unterleib.

Bist du wahnsinnig? Du hättest fast meine Eier erwischt!

Was bist du doch für ein Ausbund an Sensibilität. Wie kannst du mich bloß ausgerechnet jetzt an diesen schrecklichen Abend erinnern? Wer weiß, ob ich Samstag in einer Woche überhaupt imstande sein werde, aufzutreten.

Alex redete leise auf sie ein, versuchte sie zu überreden, die Moderation nicht aufzugeben. Der nächste DIWAN würde nach dem Mord garantiert ein Quotenhit werden. Er machte mit seinem Gerede alles nur noch schlimmer.

Sie warf ihm vor, ein eitler Quotengeier zu sein. Einschaltziffern, Werbeminuten, telegene Gesichter, ich kann das alles nicht mehr hören, schrie sie. Ich werde den ganzen Krempel hinhauen.

Du brauchst nicht zu glauben, dass du die Einzige bist, die die fürchterlichen Zwänge, die von der Schlacht um die Einschaltquoten ausgehen, durchschaut hat. Denkst du, es macht mir Spaß, seit Jahren den unsichtbaren Handlanger im Hintergrund zu spielen, während hübsche Larven wie Marlene, die keinen vernünftigen Satz zu Ende bringen, im Rampenlicht stehen und die Riesengagen kassieren? Ich hätte ihren Job genauso gut, wenn nicht besser, machen können. Was sind denn die wichtigsten Voraussetzungen für einen Moderator? Neugier, Schlagfertigkeit, gutes Aussehen …

Und hemmungslose Eitelkeit, setzte Joe seinen Satz fort. Sie sprang vom Tisch. Ich bin müde, Alex, es ist besser, du gehst jetzt.

Wolltest du nicht mit mir über Marlene reden?

Sie gab ihm keine Antwort.

Er betrachtete ihr Schweigen als Zustimmung.

Wusstest du, dass Werner ihr Geliebter war?

Sie schüttelte den Kopf, konnte sich den dicken, unappetitlichen Marcovec beim besten Willen nicht als Liebhaber der schönen Astrologin vorstellen.

Als Alex ihr jedoch erzählte, dass Marlene den Programmdirektor sitzen gelassen hatte, wurde sie nachdenklich.

Hast du nicht bemerkt, wie kühl sie ihn vor der Show begrüßt hat? Du hast letzten Samstag leider nicht sehen können, wie er sie angestarrt hat, er hat sie mit seinen Schweinsäuglein buchstäblich verschlungen. Und seine Blicke haben nichts Gutes verheißen. Während der ganzen Show hat er neben mir ausgeharrt und das will was heißen. Sonst sieht er sich doch höchstens mal einen kurzen Ausschnitt auf Video an.

Es war eine entscheidende Sendung, warf Joe ein.

Nein, glaub mir, er war total verrückt nach ihr. Und ein Mann wie er lässt sich nicht so einfach abschieben wie ein jugendlicher Lover.

Joe hatte den Programmdirektor von Anfang an nicht leiden können. Sie hielt ihn für unberechenbar und jähzornig. Und sie gestand sich ein, vor ihm Angst zu haben. Seine Wutausbrüche nach den ersten beiden Sendungen hatte Verena abgefangen. Aber Joe hatte auch miterlebt, wie er, wegen nichts und wieder nichts, mit Sekretärinnen herumgebrüllt hatte. Aber war ihm ein Mord im Affekt zuzutrauen? Der Gedanke, dass Werner der Mörder sein könnte, erschien ihr jedenfalls nicht mehr so abwegig. Sie konnte es kaum erwarten, dass Alex sie verließe. Energisch wehrte sie all seine Versuche, über Nacht bei ihr zu bleiben und dort weiterzumachen, wo sie vorhin aufgehört hatten, ab.

Bist du heute noch mit jemand anderem verabredet?

Du wirst doch nicht etwa eifersüchtig sein, spottete Joe und drängte ihn zur Tür.

Alex spielte den Beleidigten, gab ihr zum Abschied nicht einmal einen Kuss.

Kaum war das Tor der Einfahrt zugefallen, zog Joe die Visitenkarte des Chefinspektors aus ihrer Hosentasche und griff nach dem Telefon. Obwohl es bereits ziemlich spät war, rief sie seine Privatnummer an.

Nach mehrmaligem Klingeln hob er ab und meldete sich mit vollem Namen.

Seine Stimme klingt wie ein Reibeisen, dachte Joe.

Anscheinend hatte sie ihn geweckt. Sie entschuldigte sich höflich. Bevor er etwas sagen konnte, teilte sie ihm Namen und Adresse des neuen Verdächtigen mit.

Ich verstehe nicht ...

Joe ließ ihn nicht ausreden. Sie war nervöser, als ihr lieb war, redete wie aufgezogen, sprach über Werners Jähzorn, seine Arroganz und über sein Motiv.

Als Serner endlich zu Wort kam, fragte er sie ironisch, ob sie nun die Rollen getauscht hätten. Spielen Sie jetzt Sherlock Holmes?

Sie meinen Doktor Watson?

Haben Sie getrunken?

Ihr Adrenalinspiegel stieg.

Keinen Tropfen! Joe hatte große Mühe, ruhig zu bleiben, versuchte jedoch weiter, ihn von der Wichtigkeit ihrer Informationen zu überzeugen.

Das gibt unserem Fall eine ganz neue Wendung, sagte sie. Eifersucht ist ein sehr häufiges Mordmotiv. Er war total scharf auf sie, aber sie hat ihn links liegen lassen.

Wissen Sie überhaupt wie spät es ist?

Der Fall ist klar ...

Sie sollten jetzt auch ins Bett gehen. Wir werden morgen noch einmal in Ruhe darüber reden, unterbrach sie der Chefinspektor ein zweites Mal.

Verärgert legte sie auf.

Dieser verschlafene Bulle wird den Fall niemals aufklären, dachte sie verächtlich und beschloss, selbst aktiv zu werden.

14

Ihr Wagen stand vorm Haus. Seit sie den Boden der Einfahrt mit Steinfliesen ausgelegt hatte, parkte sie nur mehr selten im Hof. Der Spider war den ganzen Winter über im Freien gestanden, was ihm nicht besonders gut bekommen war. Die Bodenplatte war fast durchgerostet. Demnächst würde sie mitlaufen müssen.

Sie hatte kein bestimmtes Ziel, fuhr einfach los. In der Sandleitengasse behinderte eine Straßenbahn den Verkehr. Joe kroch im Schritttempo hinter ihr her. An der nächsten Haltestelle überholte sie die Tramway rechts. Der Fahrer drohte ihr mit heftigem Gebimmel.

Straßenbeleuchtung und Leuchtreklamen tauchten die Mietskasernen in ein gespenstisches orangefarbenes Licht. In Neuwaldegg war nur noch wenig Verkehr. Die Scheinwerfer eines Wagens hinter ihr blendeten sie.

Trottel, schimpfte sie und versuchte ihn auf der Höhenstraße abzuhängen. In einer langen Kehre glaubte sie, dass es ihr endlich gelungen wäre, doch plötzlich tauchte der Wagen wieder hinter ihr auf.

Sie verlangsamte ihr Tempo, hoffte, er würde sie überholen. Das Scheinwerferlicht machte sie nervös.

Der andere fuhr auch langsamer.

Joe wurde unruhig. Dieser Wagen machte ihr Angst. Sie gab wieder Gas. Er fiel zurück. Sie verlor ihn im Rückspiegel aus den Augen. Erleichtert fuhr sie weiter.

Links und rechts der kurvenreichen Straße nichts als Laubwald und dichtes Gebüsch. Die wenigen Gasthäuser, an denen sie vorbeikam, hatten geschlossen. Auch im »Häuserl am Roan« brannte kein Licht mehr.

Ihr Magen knurrte. Sie wäre gern irgendwo eingekehrt.

In einer schwach beleuchteten S-Kurve bemerkte sie wieder den hellen Wagen hinter sich. Sie war nun überzeugt, dass er ihr absichtlich folgte. Obwohl sie die Heizung nicht angedreht hatte, begann sie zu schwitzen. Ihre Hände wurden feucht. Sie bildete sich ein, das Lenkrad nicht mehr im Griff zu haben.

Sowohl Werner Marcovec als auch Alex fuhren silber-metallic lackierte Autos. Doch warum sollte einer der beiden sie verfolgen? War Alex eifersüchtiger, als sie dachte? Aber warum sollte sie sich vor Alex fürchten? Und Werner hatte erst recht keinen Grund, sie zu verfolgen. Es war einfach lächerlich. Joe schimpfte sich selbst paranoid, beobachtete den anderen Wagen aber weiter im Rückspiegel.

Die Fahrbahn war nass, das Kopfsteinpflaster extrem rutschig. Sie fuhr zu schnell. Der andere blieb knapp hinter ihr. In einer langen Kehre setzte er zu einem Überholmanöver an. Er drängte sie an den Straßenrand. Joe erschrak, blickte kurz auf die steile Böschung zu ihrer Rechten, verriss in der Kurve, geriet ins Schleudern, lenkte gegen und gab vorsichtig Gas. Zu spät, der Spider stellte sich quer. Die Hinterräder drehten durch. Sie saß fest.

Die Rücklichter des anderen Wagens verschwanden hinter der nächsten Kurve. Er war in höllischem Tempo an ihr vorbeigerast.

Mit zitternden Knien verließ Joe ihren Wagen. Sie brauchte unbedingt eine Zigarette, durchsuchte die Taschen ihrer Jacke und stellte entsetzt fest, dass sie auch ihr Handy zu Hause gelassen hatte. Erst jetzt begann sie sich wirklich zu fürchten. Wald und Wiesen, keine Menschenseele weit und breit. Und wenn er zurückkommen würde?

Die Hinterräder ihres Wagens steckten im feuchten, modrigen Gras.

Verzweifelt versuchte sie ihren Spider auf die Straße zu schieben. Sie geriet auf der steilen Böschung ins Rutschen, hielt sich an der Stoßstange fest und fing an zu weinen. Die Feuchtigkeit kroch unter ihre Kleider. Sie bekam nasse Füße. Die Sohlen ihrer alten Turnschuhe waren nicht dicht.

Erst beim dritten Versuch gelang es ihr, den Wagen um ein paar Zentimeter zu bewegen.

Sie setzte sich in den Spider, sperrte die Türen zu, rutschte ganz tief in den Sitz und starrte in die Finsternis. Als sie sich etwas beruhigt hatte, fuhr sie langsam los. Bei einer Ausweichstelle machte sie kehrt. Ihr Blick pendelte ständig zwischen Straße und Rückspiegel. Keine Scheinwerfer hinter ihr.

Joe fuhr extrem vorsichtig. Die schmale, steile Straße schlängelte sich zwischen Weingärten hinunter in die Stadt. Als die beleuchtete Bierreklame eines beliebten Ausflugslokals in Sicht kam, wusste sie, wohin diese Straße führte. Ein paar Minuten später parkte sie vor dem Haus ihres Vaters in Pötzleinsdorf.

15

Das Haus lag im Dunkeln. Das hohe Gartentor war zugesperrt. Sie drückte heftig auf die Klingel und blickte sich ängstlich um. Kein Mensch war zu sehen.

Gerade als sie über die Hecke klettern wollte, ging das Licht über der Haustür an.

Kurz darauf öffnete ihr Vater die Tür. Sein Haar glänzte silbern im Licht.

Papa, rief Joe erleichtert.

Victor eilte zum Gartentor und schloss auf.

Was sie auch will, wird alles ihr von mir besorgt, sagte er, anstatt sie zu begrüßen.

Joe fiel ihm um den Hals und schluchzte: Kann ich heute bei dir schlafen? Ich habe Angst.

Victor legte den Arm um seine Tochter und führte sie ins Haus.

Margarita kam die Treppe herunter. Sie trug den gleichen seidenen, roten Morgenrock wie Victor.

Was ist denn los, fragte sie verschlafen.

Nichts, murmelte Victor.

Soll ich dir einen Tee machen, Kind, und ein paar Brote?

Geh wieder ins Bett. Sie braucht jetzt was Stärkeres, sagte Victor energisch, führte Joe in die Bibliothek und schloss die Tür.

Vielleicht bilde ich mir alles nur ein. Vielleicht sind meine Nerven überreizt? Ich schlafe schlecht in letzter Zeit … Joe redete und redete, während ihr Vater die Cognacflasche und zwei Gläser aus einem Regal nahm.

Er schenkte großzügig ein, steckte sich eine Zigarre an und sagte: So und jetzt erzähl mir, was passiert ist.

Joe schaute ihn verwirrt an.

Nach einem kräftigen Schluck sagte sie: Glaub mir, das war kein Zufall. Der Typ hat mich absichtlich von der Straße abgedrängt.

Vielleicht hat sich irgendein Wichser einen blöden Spaß erlaubt. Eine hübsche, junge Frau am Steuer, allein in der Nacht ... Er hat deine lange Mähne gesehen und wollte dir ein bisschen Angst einjagen. In dieser Stadt fahren genügend perverse Idioten herum. Vielleicht war er auch nur neidisch auf deinen schnellen Spider und musste sich und dir was beweisen.

Jedenfalls trau ich mich jetzt nicht nach Hause. Wer weiß, ob er nicht ein paar Meter weiter am Straßenrand steht und auf mich wartet, unterbrach sie ihren Vater.

Selbstverständlich bleibst du hier. Soll dir Margarita das Bett im Wohnzimmer machen?

Nein, lass sie schlafen. Ich kann mich doch hier hinlegen. Sie deutete auf das schmale Sofa, auf dem ihr Vater sein Mittagsschläfchen zu halten pflegte.

Johnnys Gewinsel draußen machte sie nervös. Willst du ihn nicht reinlassen?

Victor öffnete die Tür.

Der kleine schwarze Teufel raste auf das Sofa zu, war mit einem Satz neben ihr und leckte begeistert ihre Hand.

Ich habe nie verstanden, warum du dir ausgerechnet in dieser miesen Gegend ein Haus gekauft hast, sagte Victor. Und dass du dort allein wohnst, hat mir soundso nie behagt. Du bist überhaupt zuviel allein.

Soll ich schon wieder umziehen?

Weißt du, wie oft ich in meinem Leben umgezogen bin?

Mindestens dreißig Mal. Aber muss ich dir denn alles

nachmachen? Warum sind wir bloß so unstet? Andere Leute schaffen es ja auch, zumindest in einem gewissen Alter, sesshaft zu werden. Aber wir sind Getriebene, immer unterwegs, so als ob wir auf der Flucht wären.

Der Weg ist das Ziel …

Ja, ich kenne diesen Spruch. Ich kann ihn nicht mehr hören. Ich will ihn nicht zu meinem Lebensmotto machen. Deine Freundinnen hast du mindestens ebenso oft gewechselt wie deine Adresse. Joe sagte es nicht vorwurfsvoll, trotzdem wollte Victor sich rechtfertigen.

Nein, lass nur, Papa, ich leide ja selber unter Don Juanismus.

Sie grinsten einander an.

Mein Verschleiß an Männern hat inzwischen durchaus sportliche Dimensionen angenommen.

Sie dachte an die »wilden Jahre« nach ihrer Scheidung. Damals hatte sie manchmal zwei, drei Affären gleichzeitig gehabt. Oft war sie nur aus Langeweile mit einem Mann ins Bett gegangen.

Dauernd auf der Flucht, diese Bellinis. Aber wovor flüchten wir bloß? Sie erwartete keine Antwort von ihrem Vater. Du vor den Frauen und ich vor den Männern? Beide vor der Verantwortung, vor der Liebe? Joe fiel es schwer, das Naheliegende zu akzeptieren.

Victor ging zu der alten Truhe unterm Fenster, nahm Bettzeug raus und legte es auf einen Stuhl.

Joe warf ihm einen irritierten Blick zu, bevor sie weiterredete: Ich steuer auf die vierzig zu und habe oft das Gefühl, keinen von meinen Träumen realisiert zu haben, nichts Besonderes geleistet zu haben. Die Jahre sind vergangen, ich habe weder die Ophelia noch das Gretchen gespielt, habe keine Kinder großgezogen, kein Buch geschrieben, keine Patienten geheilt, und ich habe nie wirklich geliebt. Ich habe mein Leben lang immer nur gelernt, fühle mich auch heute mit achtunddreißig Jahren noch oft wie eine Schülerin, jetzt beim Fernsehen, zum Beispiel.

Macht dir denn die Moderation überhaupt keinen Spaß? unterbrach Victor sie.

Wer steht nicht gern im Rampenlicht? Aber ich glaube, ich bin selbstkritisch genug, um zu durchschauen, was mich vor die Kamera getrieben hat. Außerdem geht's mir mit diesem Fernsehjob wie mit allem anderen. Sobald ich etwas erreicht habe, interessiert es mich nicht mehr. So ist es mit dem Uniabschluss gewesen und auch mit der psychotherapeutischen Ausbildung. Ich habe mich so sehr auf meine eigene Praxis gefreut, habe es kaum erwarten können, selbstständig zu arbeiten, und jetzt bleiben die Patienten aus. Und die Arbeit mit ihnen fasziniert mich, ehrlich gesagt, auch nicht gerade.

Schickt dir denn dein Psychiater keine Leute mehr?

Doch, hin und wieder. Aber ich habe gehofft, dass mir die Fernsehshow zu neuen Patienten verhelfen wird.

Du hast in keiner Show erwähnt, daß du eine eigene Praxis hast. Etwas PR in eigener Sache und du hättest ein volles Haus.

Ja, ich weiß … Außer lästigen Anrufen von prominentengeilen Zuschauern hat sich jedenfalls bisher nichts ergeben.

Kriegst du viel Fanpost?

Ich werde im Schnitt mit etwa dreißig Briefen beglückt, die ich meist ungelesen in den Papierkorb werfe. Manchmal bekomme ich auch kleine, meist kitschige Geschenke. Zum Glück schicken die Leute das Zeug an den Sender. Meine Kolleginnen kriegen aber oft hundert und mehr Verehrerbriefe in einer Woche.

Magst du noch einen Schluck Cognac? fragte Victor.

Nein, danke. Aber ich hätte gern ein Mineralwasser. Bleib sitzen, ich hol's mir selbst.

Als Joe aus der Küche zurückkam, hatte ihr Vater das Sofa in ein Bett verwandelt.

Du solltest jetzt schlafen, Kleines. Weißt du, wie spät es ist?

Oh mein Gott, sagte Joe nach einem Blick auf ihre Armbanduhr. Du hast Recht, wir gehören beide längst ins Bett. Sie zog Schuhe und Hose aus und schlüpfte unter die Decke.

Victor breitete die warme Daunendecke über ihre Füße, so wie er es früher immer getan hatte.

Freiheit für die Füße, sagte Joe kichernd und streckte die Zehen wieder raus.

Er gab ihr einen Gutenachtkuss und sagte: Schlaf gut. Johnny passt auf dich auf. An der Tür blieb er stehen und fragte zögernd: Soll ich sie einen Spalt offen lassen?

Sie begannen beide zu lachen. Joe hatte als Kind immer auf dem kleinen, offenen Spalt bestanden.

Die Bibliothek ihres Vaters war ihr Lieblingszimmer. Sie fühlte sich geborgen zwischen all seinen Büchern. Als er damals zu Margarita gezogen war, hatte sie ihm dazu geraten, sich eine Bibliothek oder eine Art Herrenzimmer einzurichten.

Kaum waren die Schritte ihres Vaters auf der Treppe verklungen, begann sie sich wieder zu fürchten. Die Stille war ihr unheimlich.

Sie stand auf, zog den Vorhang an der Terrassentür zur Seite und schaute hinaus in den Garten. Das Licht einer Straßenlaterne beleuchtete das Tor. Die eisernen Spitzen ragten wie kleine, schwarze Pfeile in den sternenlosen Himmel. Keine Menschenseele war auf der Straße.

Sie legte sich wieder hin.

Der Schrei eines Käuzchens, gefolgt vom Kläffen eines Köters durchbrachen die ländliche Ruhe.

Johnny, der neben dem Sofa auf dem Teppich lag, begann zu knurren.

Sei still, fauchte sie.

Konzentriert auf jedes noch so leise Geräusch, blieb sie wach liegen. Plötzlich bildete sie sich ein, Schritte zu hören.

Auch Johnny schien etwas gehört zu haben, er winselte und verkroch sich unterm Sofa.

Das ist nur der Wind, beruhigte sie den Hund und sich selbst.

Noch einmal verließ sie das warme Bett und vergewisserte sich, dass die Terrassentür abgeschlossen war. Dann versuchte sie, Johnny unter dem Sofa hervorzulocken. Komm zu mir, na komm schon …

Doch die Aussicht, das schmale Bett mit ihr teilen zu müssen, schien ihm nicht verlockend. Er blieb, an die Wand gekauert, unter dem Sofa liegen.

Du bist mir ein schöner Wachhund!

Joe durchsuchte den Schreibtisch ihres Vaters nach Zigaretten, fand aber nur eine Holzkiste mit Zigarren. Sie steckte sich eine Monte Christo an und paffte den Rauch in die Luft. Nach ein paar Zügen dämpfte sie die Zigarre wieder aus und griff nach den staubtrockenen Keksen, die ihr Vater auf den kleinen Tisch gestellt hatte.

Die ganze Situation kam ihr plötzlich völlig absurd vor. Da spazierte sie nun um drei Uhr morgens ruhelos in Papas Bibliothek herum, rauchte Monte Christos, knabberte vertrocknete Kekse und ärgerte sich über einen feigen Hund.

Sie setzte sich an Victors Schreibtisch und schrieb ihrem Vater ein paar Zeilen: Ich konnte nicht schlafen, bin heimgefahren. Mach Dir keine Sorgen, ich rufe Dich morgen an. Danke für alles!

Bussi

Joe

16

Wenn Verena Langer einen ihrer höchst seltenen Wutanfälle bekam, wackelten die kahlen Betonwände des Senders.

Serner beobachtete amüsiert, wie ihr die Zornesröte ins Gesicht stieg, unmittelbar gefolgt von einer fast gespenstischen Blässe.

Hören Sie auf, Joe zu verdächtigen! Sind Sie denn total verblödet, donnerte sie los, nachdem Serner sie zum dritten Mal nach der Beziehung zwischen Joe Bellini und Marlene Helmer gefragt hatte.

Verena Langer hatte den Kriminalbeamten früh morgens, nur mit einem weißen Bademantel bekleidet, die Tür geöffnet.

Serner fand den Anblick durchaus erfreulich.

Bei diesem Fall lerne ich jede Menge halbnackte Frauen kennen, dachte er amüsiert. Die attraktivste von allen, die schöne Leiche, hatte ihn am wenigsten beeindruckt.

Verena bat Serner und Egger nicht in ihre Wohnung, sondern blieb mit ihnen im Flur stehen. Sie hatte keine Lust, die Fragen der Beamten zu beantworten, wollte aber Joe vor den ungeheuerlichen Anschuldigungen in Schutz nehmen.

Kümmern Sie sich lieber um all die windigen Kerle, mit denen sich unsere schöne Marlene eingelassen hat. Wegen einer verpatzten Sendung würde Joe niemals einen Mord begehen. Dazu interessiert sie dieser Job viel zu wenig. Ich habe sie praktisch gezwungen, den DIWAN zu machen, habe sie psychisch richtiggehend unter Druck gesetzt. Im Prinzip hat sie nur mir zuliebe die Moderation übernommen. Leider habe ich damals nicht kapiert, dass sie mit Rivalität nicht umgehen kann. Konkurrierendes Verhalten von Frauen lähmt sie buchstäblich, macht aber aus ihr noch lange keine Mörderin.

Serner ließ die gut aussehende Fernsehredakteurin ungestört weitertoben.

Ihre Stimme hatte inzwischen Bühnenreife angenommen. Ein leicht hysterischer Ton schlich sich ein, als sie ihn anschrie: Verstehen Sie das?

Bevor er antworten konnte, fuhr sie fort: Knöpfen Sie sich lieber mal diesen Psychoheini vor, der kann Ihnen viel mehr über Marlene und vor allem über ihre Ränkespiele erzählen. Aber erwähnen Sie bloß Joe gegenüber nicht, dass Marlene ebenfalls bei ihrem geliebten Psychiater in Therapie war. Sie wäre glatt imstande, aus lauter Angst, dass man ihn verdächtigen könnte, die Schuld auf sich zu nehmen. Übertragungsliebe nennen das diese Shrinks.

Sie sah den Chefinspektor direkt an. Sie hat es einfach nicht geschafft, sich von ihm zu lösen. Passiert öfter bei diesen langjährigen Analysen. Ich kenne ihn von früher, wir haben zusammen bei der UTA trainiert. Leichtathletik. Er kann sehr charmant sein, der Herr Doktor. Aber er ist ein Scharlatan, wenn Sie mich fragen. Er berührt seine Patienten, das heißt, er lässt körperlichen Kontakt, der übers Händeschütteln hinausgeht, zu, bietet seinen Analysanden schon nach wenigen Sitzungen das Du an und verkehrt auch privat mit ihnen. Jetzt wollen Sie sicher wissen, warum ich weiß, dass Marlene bei Doktor Nowotny in Behandlung war – stimmt's?

Sie erwartete keine Antwort, kehrte ihm kurz den Rücken zu und griff nach ihrem Terminplaner, der neben ein paar Zeitungen auf einer kleinen Kommode im Vorraum lag.

Egger, den sie die ganze Zeit ignoriert hatte, riskierte einen neugierigen Blick in ihre Wohnung.

Marlene hat mich unter dem Vorwand, dass sie ihn, den berühmten Analytiker, der ursprünglich als Moderator für den DIWAN vorgesehen war, in ihre Astro-Show einladen möchte, nach seiner Adresse gefragt. Ja, und dann habe ich sie eines schönen Nachmittags rein zufällig aus seinem Haus spazieren sehen. Sie hat die Gesichtsfarbe gewechselt, und ich habe es mir nicht verkneifen können, sie nach dem Erfolg ihrer Therapiestunde zu fragen. Sie hat etwas von Supervision gestammelt. Christian macht garantiert keine Supervision für Astrologen, selbst wenn sie Fernsehstars sind. So unseriös ist er nun auch wieder nicht.

Verena holte kurz Luft und fragte in gemäßigterem Ton: Möchten Sie seine Adresse?

Obwohl er sich die Anschrift des Doktors längst besorgt hatte, nickte Serner schmunzelnd.

Wer weiß, vielleicht brauche ich bei diesem Fall auch einen Psychiater, scherzte er, entlockte aber Verena nicht das kleinste Lächeln.

Sie riss einen Zettel aus ihrem Filofax und schrieb ihm die Adresse und Telefonnummer von Christian Nowotny auf. Ihr weißer Bademantel, den sie die ganze Zeit über vorne mit der rechten Hand zusammengehalten hatte, sprang auf, entblößte einen schlanken, durchtrainierten Körper.

Verena suchte hastig nach dem nicht vorhandenen Gürtel, schloss den Mantel rasch wieder mit der Linken, drückte Serner den Zettel in die Hand und sagte: Ich denke, das war's. Kann ich mich jetzt wieder hinlegen?

Egger räusperte sich und sagte: Halten Sie sich zu unserer Verfügung. Wir werden Sie demnächst noch einmal einvernehmen müssen.

Wozu, herrschte Verena den Chefinspektor an. Ich habe Ihnen mehr erzählt, als ich hätte erzählen müssen.

Serner nickte besänftigend und verabschiedete sich.

Egger folgte ihm grußlos.

Diese Langer hat ziemlich blöd aus der Wäsche geschaut, als wir sie aus dem Bett geholt haben, findest nicht, sagte er, nachdem Verena die Wohnungstür hinter ihnen zugeknallt hatte. So eine arrogante Pfunsen!

17

Früh am Morgen rief Verena an.

Sie weiß genau, dass ich fast nie vor neun Uhr aufstehe, ärgerte sich Joe, war jedoch bemüht, sich ihre Verärgerung nicht anmerken zu lassen.

Verena schlug vor, sich am späten Nachmittag zu treffen.

Wenn du so gegen fünf Zeit hast, schau ich auf einen Sprung bei dir vorbei. Der Marathon steckt mir noch in den Knochen. Außerdem war gerade die Polizei bei mir.

Sie sind vor einer Minute gegangen. Ich war vollkommen unvorbereitet auf ihren Besuch, habe sie praktisch im Nachthemd empfangen. Das machen diese geilen Idioten absichtlich.

Bei mir sind sie ebenfalls in aller Herrgottsfrüh aufgekreuzt, unterbrach Joe ihre Freundin.

Ich fürchte, ich muss mich gleich wieder hinlegen, habe schreckliche Kopfschmerzen.

Daran ist aber nicht die Kripo schuld, dachte Joe. Verenas Migräneanfälle häuften sich in letzter Zeit.

Du hättest mich zumindest vorwarnen können.

Der Vorwurf war nicht zu überhören. Joe bekam sofort ein schlechtes Gewissen. Kaum hatte ihre Freundin aufgelegt, zog sie sich die Decke wieder über den Kopf und versuchte in lustvolle Träume zu flüchten.

Der Schlaf ließ sich nicht erzwingen. Die übliche Verzweiflung an einem grauen Morgen machte sich breit. Die beste Zeit zum Grübeln. All die nicht erledigten Dinge, all die unerfüllten Sehnsüchte – nichts als altvertraute, angstvolle innere Monologe, nichts Besonderes also. Die Abende sind besser als die Morgen. Aber ich werde mir was einfallen lassen, werde die morgendliche Verzweiflung überlisten lernen, nahm sie sich vor.

Schritte in ihrem Vorhaus.

Sie schreckte auf.

Schläfst du noch, schrie Lisa.

Joe hatte die Verabredung mit ihrer besten Freundin völlig vergessen.

Kaffee?, fragte Lisa, stellte Wasser zu und kam dann ins Schlafzimmer.

Während Joe sich anzog, ließ Lisa ein paar belanglose Bemerkungen über Marlenes Tod fallen. Der Mordfall schien sie nicht zu interessieren. Kritisch musterte sie den nackten Körper ihrer Freundin.

Peinlich berührt, beeilte sich Joe in ihre Hose zu schlüpfen. Sie konnte es nicht leiden, taxiert zu werden, nicht einmal von ihrer besten Freundin.

Du wirst immer dünner, bist nur mehr Haut und Knochen, aber dafür hast du noch keinen Hängebusen.

Danke, ich wüßte allerdings nicht, was bei mir hängen sollte, bemerkte Joe sarkastisch und zog einen warmen Pullover über.

Die Wetterfrösche auf der Hohen Warte hatten wieder einmal Recht gehabt. Aus und vorbei mit dem angenehmen Frühlingswetter. Draußen sah es saukalt und sehr windig aus.

Lisa schob zwei tiefgefrorene Croissants in die Mikrowelle und servierte ihrer Freundin wenig später ein komplettes Frühstück mit aufgebackenen Croissants, Butter, Marmelade und heißem Kaffee in ihrem Atelier.

Gerümpel, Liegen, Sonnenschirme und Campingmöbel hatten sie letzten Herbst in den fensterlosen, linken Teil des Ateliers verbannt. Die übrigen etwa dreißig Quadratmeter waren von dicken, weiblichen Gipsfiguren bevölkert. Die »Venus von Ottakring« gab es inzwischen in verschiedenen Größen. Das waren die einzigen von Lisas Plastiken, die sich relativ gut verkauften. Die Figuren hatten, zumindest körperlich, eine gewisse Ähnlichkeit mit der Künstlerin selbst. Große Brüste, breite Hüften, runde Popos.

Du solltest sie in Massenproduktion anfertigen lassen. Joe nahm eine der kleineren Figuren auf den Schoß und streichelte sie liebevoll.

Lisa war heute nicht an einem Gespräch über die Vermarktung ihrer Kunst interessiert. Sie beklagte sich über ihre Tochter, die sich noch nicht aus Tirol gemeldet hatte, und erzählte Joe, dass sie gerade ein Buch über Anorexie lese.

Warum sind immer nur die Mütter schuld, fragte sie und rollte verzweifelt die Augen.

Was ist das wieder für ein pseudowissenschaftliches Zeug, schimpfte Joe, als sie sich das Buch ansah.

Das ist ein offizieller psychotherapeutischer Ratgeber!

Rausgeschmissenes Geld! Du weißt, dass ich von diesem vulgärpsychologischen Geschwafel nichts halte. Zufällig bin ich Psychotherapeutin, falls du das vergessen haben solltest. Kathi hat doch letzten Montag, als du in der Sitzung deines Berufsverbandes warst, bei mir geschlafen. Und deine Tochter war nicht nur bei bestem Appetit, sondern hat auch mehr Kilos auf die Waage gebracht als ich.

Sie verschwindet jedes Mal nach dem Essen aufs Klo, warf Lisa ein.

Die Kleine verweigert halt Mamas gesunde Kost und bevorzugt Junk Food, dachte Joe, die ihrem Patenkind eine Riesenpizza serviert hatte.

Warum fragst du nicht mich, wenn du Probleme mit ihr hast?

Habe ich ja, aber du nimmst meine Probleme sowieso nie ernst, bist in Gedanken immer ganz woanders.

Zufällig bin ich gerade in einen Mordfall involviert, liebste Freundin, dachte Joe, sprach aber auch diesen Gedanken nicht aus, sondern zündete sich eine von Lisas Camel an.

Lisa war eingeschnappt. Obwohl sie ihren Kaffee noch nicht ausgetrunken hatte, machte sie sich an die Arbeit, leerte Gips in einen Kübel, hielt ihn unter den laufenden Wasserhahn und begann mit heftigen Bewegungen – so als würde sie auf jemanden einschlagen –, Wasser und Gips mit einer großen Spachtel zu verrühren.

Joe blieb an dem schmutzigen Tisch sitzen, auf dem sich, zwischen den feuchten, fleckigen Fetzen und halbleeren Terpentin- und Acetonflaschen, Farbtuben, Marmelade- und Gurkengläser voller Pigmente sowie Werkzeug und Trichter in verschiedenen Größen türmten. Fachmännisch begutachtete sie die neuen Pinsel, die Lisa letzte Woche besorgt hatte.

Willst du wieder zu malen anfangen?

Lisa gab ihr keine Antwort.

Joe wusste, dass es ihre Freundin nicht störte, wenn sie ihr bei der Arbeit zusah. Im Gegenteil, Lisa plauderte dabei gern mit Joe. Doch heute schwiegen beide.

Joe ging der eine Satz »Warum sind immer nur die Mütter schuld?« nicht aus dem Kopf.

Sie war sich nicht sicher, ob sie ein Kind wollte oder nicht. Die Frage lautete vor allem: Von wem? Wer sollte, könnte als Vater in Frage kommen? Ihr momentaner Liebhaber sicher nicht, und all die anderen Knaben, die sie zwischendurch vernascht hatte, auch nicht. Vielleicht sollte ich einfach irgendeinen gut aussehenden, halbwegs intelligenten und charakterlich akzeptablen Typen zum Vater machen und ihn dann vor seinen Vaterpflichten verschonen? Ein Samenspender ohne väterliche Ambitionen, ja das wäre fast ideal. Dieser Gedanke kam ihr nicht zum ersten Mal.

Bis später, rief sie Lisa zu und verließ das Atelier.

18

Chefinspektor Serner ließ eine Sekretärin beim Sender anrufen und nach Werner Marcovec fragen. Obwohl sie sich mit »Kriminalpolizei Wien« gemeldet hatte, wollte man ihr keine Auskunft geben. Mit einem Schulterzucken gab sie den Hörer an Serner weiter.

Muss man hier alles selber machen, schimpfte er.

Nach den morgendlichen, für ihn sehr unbefriedigend verlaufenen Gesprächen mit Verena Langer und ihrem Assistenten, war der Chefinspektor auf Fernsehleute nicht gut zu sprechen.

Alex hatte er am Vormittag ins Sicherheitsbüro zitiert. Der junge Mann hatte sich die Würmer aus der Nase ziehen lassen, besaß anscheinend ein hieb- und stichfestes Alibi und wusste von nichts. Allerdings hatte er, nachdem Serner laut geworden war, seine Arroganz rasch abgelegt und ihm einige Tratsch- und Klatschgeschichten erzählt.

Im selben Ton, in dem er mit Alex gesprochen hatte, schnauzte Serner nun Marcovecs Sekretärin an und bekam sogleich die gewünschte Auskunft.

Der Programmdirektor weilte bei einer Besprechung in einem Nobelschuppen am Stephansplatz. Geschäftsessen nennt man das in diesen Kreisen, dachte Serner. Und wie auf Kommando begann sein Magen zu knurren.

Grinsend rief er Bezirksinspektor Egger zu sich.

Möchtest du dich heute einmal statt von McDonald's von einem Drei-Sterne-Koch verwöhnen lassen, Wolferl?

Die Aussicht auf ein Drei-Hauben-Menü hatte die Laune des Chefinspektors innerhalb von Sekunden verbessert.

Egger bekam ernsthafte Zweifel an der Zurechnungsfähigkeit seines Chefs.

Na komm schon, ich lad dich auf eine Vorspeise ein, mehr kann ich mir dort nicht leisten. Hast nicht eh gerade erst Geburtstag gehabt?

Ja, aber …

Kein aber.

Dem Bezirksinspektor blieb vor Staunen der Mund offen.

Die beiden Beamten machten sich zu Fuß auf den Weg in die Innenstadt.

Der hat gesungen wie ein Lercherl. Aber hättest du dir gedacht, dass sich diese Bellini mit so einem windigen Bürschchen einlässt, fragte Egger.

Serner gab ihm keine Antwort.

Da seine Stimmungsschwankungen berüchtigt waren, schenkte der Bezirksinspektor diesem mürrischen Schweigen keinerlei Beachtung. Andererseits wundert's mich auch nicht. Wenn das alles stimmt, was der uns erzählt hat, dann treibt's beim Fernsehen jeder mit jedem.

Serner war nicht gewillt, mit seinem Kollegen Joe Bellinis Liebesleben zu diskutieren, obwohl auch er mehr als nur entsetzt gewesen war, als Alex sich damit gebrüstet hatte, ihr Freund und Liebhaber zu sein.

Mir sind die beiden ziemlich am Keks gegangen. Schade, dass ihre Alibis dicht sind. Ich hätte sie gern noch länger in die Mangel genommen. Egger rieb sich die Hände.

Diesen intriganten Wichser find ich fast noch unsympathischer als die beiden Fernsehtussis. Die sind bestimmt lesbisch. Hast bemerkt, wie sie ihre Freundin verteidigt hat? Die steht total auf die Bellini.

Jetzt hör schon auf, Wolferl, werd nicht immer gleich

so dramatisch. Freu dich lieber auf das zarte Fasanenbrüstchen mit Himbeersauce.

Himbeersauce? Pfui Teufel!

Sie waren vor dem teuren Restaurant angelangt und fuhren mit dem Lift in den obersten Stock. Serner zeigte dem livrierten Empfangschef seine Dienstmarke und verlangte einen Tisch für drei Personen.

Haben Sie reserviert?

Serner schüttelte den Kopf.

Bedaure, wir sind ausgebucht.

Holen Sie mir Herrn Werner Marcovec aus dem Restaurant. Wir warten an der Bar auf ihn. Und in einer halben Stunde hätte ich dann gern einen Tisch – für zwei. Der Chefinspektor sprach betont leise.

Das Lokal war ziemlich voll. Dicke Rauchschwaden beeinträchtigten die schöne Aussicht.

Kaum hatten Serner und Egger an der Theke Platz genommen, tauchte auch schon der Empfangschef mit einem dicken, etwa fünfundfünfzigjährigen Mann im Schlepptau auf.

Serner begrüßte den Programmdirektor und zeigte auch ihm seinen Ausweis.

Was bilden Sie sich ein, schnauzte ihn Marcovec an. Ich bin mitten in einer wichtigen Besprechung! Er war hochrot im Gesicht. Serner befürchtete, eins seiner wichtigen Äderchen könnte jeden Moment platzen.

Gleich werden Sie in einer noch wichtigeren sein, sagte er.

Marcovec verzog verächtlich den Mund.

Kann man hier irgendwo ungestört reden, fragte Serner den Empfangschef.

Ein kleiner Tisch in der dunkelsten Ecke der Bar war das Einzige, was er ihnen anbieten konnte.

Egger und Serner zwängten sich nebeneinander auf die schmale Bank und überließen dem Programmdirektor den unbequemen Hocker.

Diskret ließ der Empfangschef die drei Männer allein und gab dem Kellner, der sofort an ihren Tisch geeilt war, durch einen Wink zu verstehen, dass er sich ebenfalls zurückziehen solle.

Eine Unverschämtheit …

Serner ließ Marcovec nicht ausreden, sondern konfrontierte ihn sogleich mit Alex' Aussagen.

Wir wissen, dass Frau Marlene Helmer ihre Geliebte war.

Marcovec wollte wieder aufbrausen.

… und dass es in letzter Zeit öfter zu ernsthaften Auseinandersetzungen zwischen ihnen gekommen ist.

Bevor der schwer nach Luft japsende Programmdirektor etwas erwidern konnte, fragte Egger: Hat sie Ihnen nicht kurz vor der letzten Psycho-Show den Laufpass gegeben?

Das ist schlicht und einfach eine Lüge.

Serner trat Egger gegen das Schienbein, beugte sich vor, sah dem schwitzenden Programmdirektor fest in die Augen und sagte: Erzählen Sie uns Ihre Version.

Marcovec presste die Lippen fest zusammen. Seine feisten Wangen zitterten vor Empörung.

Sie wurden Sonntagnacht vor ihrem Haus in der Gumpendorferstraße beobachtet. Ein Nachbar, der seinen Hund Äußerln führte, hat sie erkannt. Er hat behauptet, Sie schon öfter in Begleitung von Frau Helmer gesehen zu haben.

Serner nahm es mit der Wahrheit nicht so genau, wenn es darum ging, einen Verdächtigen zum Reden zu bringen. Einem Hausbewohner war tatsächlich ein Mann, der sich nach Mitternacht vor dem Haustor herumgedrückt hatte, aufgefallen. Er hatte ihn jedoch keineswegs als Werner Marcovec identifiziert.

Die Lüge verfehlte nicht ihre Wirkung.

Marcovec gestand, dass er Marlene Helmer an jenem Abend hatte besuchen wollen.

Aber es war alles ganz anders. Marlene und ich haben vor der Show eine kleine Meinungsverschiedenheit gehabt. Nach ihrem tollen Auftritt haben wir uns wieder versöhnt und unsere Versöhnung gebührend feiern wollen ... Er fuhr sich mit der Hand über die Augen und lockerte den Kragen seines Hemdes. Ich habe sie gefunden. Marcovec begann zu schluchzen.

Es war zu dunkel, um zu erkennen, ob er schauspielerte oder betroffen war.

Ich habe den Kopf verloren, habe nicht gewusst, was ich tun sollte. Der Mörder hatte sie furchtbar zugerichtet. Ich werde diesen Anblick mein Leben lang nicht vergessen.

Warum haben Sie den Mord erst am nächsten Morgen gemeldet, fragte Egger. Sie waren doch der Mann, der anonym bei uns angerufen hat?

Serner zündete sich eine Zigarette an, lehnte sich zurück und überließ den Rest seinem Kollegen. Die schlaflose Nacht und die schrecklichen Qualen, die der Programmdirektor beschrieb, interessierten ihn nicht.

Erst als er sagte, er habe eine große, sehr schlanke, ganz in Schwarz gekleidete Gestalt aus dem Haus kommen sehen, schenkte ihm der Chefinspektor wieder seine volle Aufmerksamkeit.

Sie ist gerannt, richtig schnell gerannt.

Sie?

Ich weiß nicht.

Frau oder Mann?

Eher ein Mann, würde ich sagen.

Oder eine große Frau?

Ja, möglich, eine androgyne Person jedenfalls. Es könnte auch irgendein Hausbewohner gewesen sein. Ich habe mir zuerst keine Gedanken darüber gemacht. Aber im Nachhinein ist mir diese Person verdächtig vorgekommen. Sie ist im Laufschritt die Straße runter gerannt. Um diese späte Stunde geht keiner Joggen.

Wann genau haben Sie diesen Jogger gesehen?

Es muss so um Mitternacht gewesen sein. Ich bin erst gegen halb Zwölf vom Sender weggekommen.

Der Mann hatte große Angst. Solche Angst, dass nicht einmal die abrupte Unterbrechung ihres Gesprächs durch den Kellner ihm Erleichterung verschaffte. Serner konnte die Angst nicht nur in seinen Augen lesen, sondern förmlich riechen.

Wenn die Herren jetzt speisen möchten? Ihr Tisch wäre bereit.

Der Chefinspektor erhob sich.

Marcovec hatte alle Mühe, von dem niedrigen Hocker hochzukommen. Vor Anstrengung lief sein Gesicht wieder rot an. Er streckte Serner die Hand hin.

Ich stehe Ihnen jederzeit zur Verfügung, murmelte er und verdrückte sich Richtung Toilette.

Serner und Egger waren sich einig, dass Marcovec ihnen nicht die ganze Geschichte erzählt hatte.

Warum hast du nicht weitergemacht, er war eh schon butterweich, fragte Egger vorwurfsvoll.

Wenn wir ihn noch einen Tag zappeln lassen, wird er erst recht streichfähig sein.

Serner widmete sich genüsslich der Speisekarte, studierte sie ausgiebig und empfahl dem Bezirksinspektor gefüllte Avocados mit Lachsstreifen.

Egger runzelte zweifelnd die Stirn.

Such dir aus, was du willst.

Serners Studium der Weinkarte brauchte auch seine Zeit.

Er debattierte eine Weile mit dem Kellner über Vor- und Nachteile gewisser französischer Rotweine und entschied sich schließlich für einen Spätburgunder, Jahrgang 96. Möchtest du auch ein Glas Wein oder lieber ein Bier, fragte er Egger.

Wir sind im Dienst.

Na und? Glaubst, ich bin nach einem Achterl stockbesoffen?

Egger entschied sich für ein Seidl.

Ich glaube, wir haben's bald geschafft. Die Beschreibung der verdächtigen Person passt doch haargenau auf unsere Bellini, sagte der Bezirksinspektor.

Ich würde jetzt gern in Ruhe essen, wenn's erlaubt ist.

Als das Essen kam, wurde Serner noch wortkarger. Seine auffallend gute Laune von vorhin war wie weggeblasen. Eine große, schlanke Frau in Schwarz – der Gedanke ließ ihn nicht mehr los.

Lustlos stocherte er in seinem Meeresfrüchtesalat herum und beschwerte sich bei seinem Kollegen darüber, dass die Garnelen tiefgefroren gewesen seien.

Wo sollten's denn in Wien frische Garnelen herkriegen – aus der Donau vielleicht?

Egger genoss seine Hühnerbrust auf Blattsalaten. Das vornehme Ambiente schien ihm ebenfalls zu behagen. Die prominenten Gäste beeindruckten ihn fast noch mehr als das gute Essen.

Schau, ist das nicht die …? Der Name der berühmten Schauspielerin lag ihm auf der Zunge.

Der Chefinspektor blickte nicht einmal auf.

Und weißt, wer dort hinten im Eck sitzt? Der Tormann von unserer Nationalmannschaft und daneben, nein, das darf nicht wahr sein, dreimal darfst raten …

Pele?

Wer?

Und hier sitzen der Herr Oberinspektor Egger und der Herr Chefinspektor, sagte Serner betont laut.

Musst du so schreien? Außerdem weißt du genau, dass ich es nicht mag, wenn du Oberinspektor zu mir sagst.

19

Andrea D. kam fünfzehn Minuten zu spät. Sie entschuldigte sich wortreich – der Bus war ihr vor der Nase davongefahren – und verfiel dann in vorwurfsvolles Schweigen.

Joe ließ sie zehn Minuten schweigen, spürte während dieser endlos scheinenden Minuten die Aggression ihrer Patientin beinahe körperlich.

Frauen wie Andrea D. machten ihr Angst. Ihre Patientin hatte zwei kleine Kinder von zwei verschiedenen Männern. Sie zeigte für ihre Mädchen kein besonderes Interesse. Die Kleinen lebten bei ihrer Mutter, einer rüstigen Frühpensionistin. Christian Nowotny hatte ihr schriftlich bestätigt, dass sie nicht fähig wäre, sich um die beiden Mädchen selbst zu kümmern. »Endogene Depression« stand auf dem formlosen Blatt Papier, das Andrea D. Joe beim Erstgespräch mit einem traurigen Lächeln überreicht hatte. Seit drei Wochen war sie wegen ihrer

Depression im Krankenstand. Sie arbeitete als Krankenschwester in einem Wiener Gemeindespital. Da sie diese neue Stelle erst vor ein paar Monaten angetreten hatte, würde sie wohl schon bald wieder arbeitslos sein.

Joe musste an das Buch »Frauen, die töten« von Ann Jones denken, das sie vor kurzem gelesen hatte: Solche Frauen, die nur in bestimmten Räumen ein- und ausgehen, in Räumen, die unsere Gesellschaft für sie geschaffen hat, zünden eines Tages ihre Häuser an, wenn sie die Räume zu eng und die Türen immer nur verschlossen finden. Wenn die Worte fehlen oder nichts ausrichten, wenn Ertragen und Erdulden nicht länger möglich sind, wenn Wut und Verzweiflung grenzenlos geworden sind, dann sind diese Frauen fähig zu töten.

Joe musste sich auch immer wieder vorsagen, dass es in einer psychoanalytischen Therapie in erster Linie darum ging, den Leuten das Unbewusste bewusst zu machen und nicht, sie zum Funktionieren zu bringen. Oft genug war sie nahe daran, ihrer Patientin gute Ratschläge zu erteilen.

Andrea D. wurde von Christian weiterhin medikamentös behandelt. Er hatte nie Probleme mit ihr gehabt.

Kein Wunder, sicher hing sie mit ihren himmelblauen Augen und einem andächtigen Gesichtsausdruck an seinen Lippen.

Joe hatte sich beim Erstgespräch in einem Anfall von Mitleid dazu hinreißen lassen, von Andrea D. weniger Honorar als von ihren anderen Klienten zu verlangen. Inzwischen verfluchte sie ihr soziales Gewissen, empfand sie doch gerade die Arbeit mit ihr als besonders anstrengend.

Nach zwölf Minuten sprach sie das Zuspätkommen vorsichtig an. Sie bekam wieder keine Antwort. Obwohl sie keine Lust hatte, auf Andreas Widerstand gegen die Therapie näher einzugehen, versuchte sie es noch einmal.

Die Antwort war wie immer die Gleiche: Ich komme nur zu Ihnen, weil Doktor Nowotny gesagt hat, ich müsse eine Therapie machen, wenn ich gesund werden wolle.

Und weil er keinen Nerv hatte, sich mit dir abzuplagen, fügte Joe in Gedanken hinzu.

Plötzlich begann Andrea D. zu sprechen. Mit ihrer weinerlichen Kleinmädchenstimme erzählte sie von einem Mann, einem neuen Mann, den sie vor kurzem kennen gelernt hatte und der sie auch wieder nur benützen würde.

Joe hatte Probleme, sich zu konzentrieren. Sie kannte diese Geschichte bereits. Dieser Mann war auch das Thema der letzten Stunden gewesen. Sie ließ ihre Patientin einfach reden, war froh, dass sie überhaupt aus ihrem Mauseloch hervorkroch.

Aber vielleicht war Andrea gar kein armes Mäuschen? Joe sah die kleine, zierliche Frau mit einem großen Messer in der erhobenen Hand, stellte sich vor, wie sie damit auf ihren beschissenen Vater einstach, immer wieder zustach, bis sein Blut nicht nur ihre Hände, sondern ihren ganzen Körper bedeckte.

Joe schüttelte sich vor Ekel.

Ihre sechsundzwanzigjährige Patientin hatte ein sehr hübsches Gesicht, zarte, fast kindliche Züge, und das blonde, gelockte Haar, das ihr Gesicht umrahmte, verlieh ihr etwas Engelhaftes. Auch ihr Körper war eher kindlich, um nicht zu sagen, unterentwickelt, von hinten konnte man sie glatt für eine Fünfzehnjährige halten. Keine Hüften, kein Hintern. Ihre mädchenhafte Kleidung – sie trug meistens taillierte, hochgeschlossene, zart geblümte Sachen – betonte noch die Unreife ihrer Figur. Man konnte sich kaum vorstellen, dass dieses zerbrechliche Wesen zwei Kinder geboren hatte. Wahrscheinlich würde sie demnächst zum dritten Mal schwanger werden. Von diesem »schrecklichen Mann«, den sie gerade erst kennen gelernt hatte.

Muss ich das verhindern?, fragte sich Joe und fühlte sich so gar nicht als souveräne Psychoanalytikerin, sondern höchst verzweifelt und selber deprimiert.

Andrea D. besaß eine perverse Vorliebe für brutale Schläger und Nichtsnutze. Der Vater ihres zweiten Kindes schien noch der Beste von allen zu sein. Er zahlte freiwillig viel mehr für seine Tochter, als gesetzlich vorgeschrieben war, und bemühte sich heute noch um die Mutter, die ihn aus tiefster Seele hasste. Vielleicht gerade, weil er ein halbwegs anständiger Kerl war?

Joe war froh, als die Zeit um war, hatte aber, wie immer, Mühe, Andrea D. zu verabschieden. Sie spielten auch heute wieder dasselbe alte Spiel. Kaum waren die fünfzig Minuten vorbei, wurde ihre Patientin sehr lebhaft und begann laut und deutlich zu sprechen.

Warum haben Sie mir nicht gesagt, dass Ihr Stargast in der letzten Psycho-Show Marlene Helmer sein würde? Ich war ein großer Fan von ihr.

Joe bemühte sich Verständnis dafür zu zeigen, dass ihre Patientin wegen des furchtbaren Verbrechens, dem diese tolle Frau zum Opfer gefallen war, schrecklich deprimiert war. Sie musste sehr energisch und ziemlich unhöflich werden, um Andrea D. nach sechzig Minuten loszuwerden.

Nach dieser anstrengenden Sitzung widerstand sie heldenhaft der Versuchung, hinüber ins Atelier zu gehen und Lisa um eine Zigarette anzuschnorren.

Sie zupfte an ihren gespaltenen Haarspitzen und wartete auf den einzigen Mann, den sie momentan behandelte. Er war ihr ebenfalls von Christian überwiesen worden. Den verrückten Friedrich K. hatte er wohl auch nicht ausgehalten.

Friedrich K. war tatsächlich ein schwieriger Fall. Sie hielt ihn für schizophren. Er weigerte sich standhaft, Medikamente zu nehmen. Joe konnte ihn gut leiden, amüsierte sich insgeheim ein bisschen über seine Verrücktheiten, hatte aber trotzdem ihre liebe Müh und Not mit ihm. Das horrende Honorar, das sie von ihm verlangte, nachdem ihr Christian erzählt hatte, dass er ein reicher Müßiggänger sei, tröstete sie über so manch katastrophale Stunde hinweg. An sich sollte er zweimal in der Woche kommen. Er blieb jedoch der heutigen Sitzung, so wie vorgestern und so wie Mittwoch letzter Woche, wieder unentschuldigt fern.

Das macht er erst, seit ich diesen idiotischen DIWAN moderiere, dachte Joe. Auf jeden Fall sollte ich sein Fernbleiben in der nächsten Sitzung ansprechen.

Geld schien für den fünfzigjährigen Mann tatsächlich keine große Rolle zu spielen, er zahlte, ohne mit der Wimper zu zucken, für jede nicht genützte Stunde.

Joe wartete eine halbe Stunde vergeblich auf Friedrich K. und ging dann hinüber in die Werkstatt.

20

Während der Sitzung mit Andrea D. hatte wieder Verena angerufen. Sie hatte ihr ausrichten lassen, dass sie heute nicht mehr vorbeikommen könne, weil sie um achtzehn Uhr dreißig zu einer wichtigen Krisensitzung wegen der gefährdeten DIWAN-Sendung müsse und sich darauf gründlich vorbereiten wolle.

Lisa imitierte Verenas deutschen Akzent, als sie Joe die Nachricht übermittelte. Anscheinend will euer Big Boss die nächste Show absagen.

Was hast du bloß gegen Verena, fragte Joe, obwohl sie auch ein bisschen sauer auf ihre vielbeschäftigte Redakteurin war.

Ich mag sie nicht, ich weiß zwar nicht genau, warum, aber sie ist mir von Anfang an unsympathisch gewesen.

Findest du sie arrogant?

Sie ist so typisch deutsch.

Na, na, nur keine Vorurteile gegenüber unseren Nachbarn.

Ein Anruf von Margarita unterbrach ihr Gespräch.

Dein Vater hat ein Verhältnis, schrie Margarita hysterisch in den Apparat. – … Mit dieser Anita, dieser fetten, alten Schachtel. Du kennst sie!

Die Ekberg?

Ihr Scherz war fehl am Platz.

Dieser gemeine Kerl hat die Geschmacklosigkeit begangen, sie zu meinem dreiundsechzigsten Geburtstag einzuladen. Damals habe ich keine Ahnung gehabt, dass sich zwischen den beiden was abspielt. Ich hab gerade einen Anruf von ihr bekommen. Sie hat mich gebeten, Victor freizugeben. Kannst du dir das vorstellen, schrie Margarita weiter.

Joe zog sich mit dem Schnurlostelefon ins Haus zurück und hielt den Hörer in zehn Zentimeter Abstand von ihrem Ohr.

Geschenkt kann sie diesen alten Tatterich haben, ich hasse ihn …

Anscheinend hatte Victor der aufgebrachten Margarita den Hörer aus der Hand gerissen, denn nun vernahm Joe die sonore Stimme ihres Vaters.

Glaub ihr kein Wort, sie übertreibt maßlos, du kennst sie ja, schrie er in den Apparat. Geht's dir gut, Kind? Bist du letzten Montag heil nach Hause gekommen?

Rein rhetorische Fragen, dachte Joe und behielt den Sicherheitsabstand bei.

Meine Kollegin hat nur gewagt zu fragen, ob ich nächsten Sonntag zu ihr zum Essen kommen dürfe, jammerte Victor und fing wieder an Ödipus zu zitieren: Denn meine Übel ist kein Sterblicher imstand zu tragen außer mir.

Aber von den Leiden schmerzen die am meisten, die sich als selbstgewählt erweisen, brachte Joe ihren Vater nun ebenfalls mit einem Zitat aus »König Ödipus« zum Schweigen.

Bereits als Zwanzigjährige hatte sie sich stundenlang die Klagen von Vaters Geliebten anhören und diese armen, blöden Frauen in langen, alkoholgetränkten Nächten trösten müssen. Seit ein paar Jahren – Rat von Christian – hatte sie sich in seine Beziehungsdramen nicht mehr eingemischt. Doch dieses Mal schien es ernst zu sein.

Margarita nahm wieder den Hörer an sich und gab schluchzend ein paar Drohlaute von sich.

Joe verstand nur jedes zweite Wort.

Blöde Kuh …, Diva, verschwinden …, sofort ausziehen …

Eigentlich zum Lachen, doch wenn es sich bei einem achtundsechzigjährigen Frauenhelden um den eigenen Vater handelt, kann einem das Lachen vergehen.

Nimm ein halbes Valium, leg dich aufs Ohr und lass mich jetzt mit Papa sprechen, versuchte Joe sie zu überschreien.

Unter heftigem Schluchzen gab Margarita den Hörer an Victor weiter.

Joe nahm sich vor, ihren Vater streng ins Gebet zu nehmen. Aber er ließ sie nicht zu Wort kommen, wollte ihr unbedingt zuerst von einem neuen Wundermittel, mit dem man dem eigenen Haar seine ursprüngliche Farbe zurückgeben kann, erzählen.

Ich hab's bereits ausprobiert und bin schwer begeistert von dem Ergebnis.

Deine tolle Anita wird dir mit oder ohne graue Haare kein Wiener Schnitzel mit Erdäpfel-Mayonnaisesalat und auch keinen selbstgebackenen Guglhupf auf den Tisch zaubern, unterbrach ihn Joe wütend.

Schnitzel mit Mayonnaisesalat war Papas absolutes Lieblingsgericht. Er legte großen Wert auf gutes, deftiges Essen und mit fortgeschrittenem Alter war sein Interesse an einem ordentlichen Mittagessen noch stärker geworden. Joe wunderte sich, wie er es schaffte, bei den Unmengen, die ihm Margarita täglich servierte, so gut bei Figur zu bleiben. Vielleicht musste er nach dem Essen auch immer kotzen?

Sie fuhr fort, ihm die Leviten zu lesen: Und dieses überwutzelte Anita-Mausi wird auch nicht im Traum daran denken, deine Hemden und deine dreckigen Socken zu waschen. Und wenn du eines Tages ein Pflegefall sein wirst, dann rechne nicht mit mir. Ich werde mich sicher nicht um dich kümmern, Victor! Und jetzt geh gefälligst ins nächste Blumengeschäft, kauf zwanzig langstielige, rote Rosen und besorg am besten auch gleich noch einen hübschen Ring im Dorotheum – Margarita steht auf große Gesten – und entschuldige dich bei deiner Liebsten. Vergiss diese dreimal geliftete Tussi! Wenn du das nicht tust, rede ich nie mehr ein Wort mit dir!

Mein Gott, wie oft habe ich ihm das schon angedroht und es hat nie was bewirkt, dachte Joe.

Überraschenderweise sagte ihr Vater in schuldbewusstem Ton: Du klingst wie deine Mutter, und du hast Recht, so wie sie im Grunde auch immer Recht hatte.

Dann legte er einfach auf.

Will er mich jetzt verarschen? Spielte er wieder einmal die gekränkte Diva?

Obwohl Victor seine Frauen fast so oft gewechselt hatte wie seine Unterhosen, behauptete er, sie alle auf seine Art geliebt zu haben. Er bezeichnete sich gern als den »letzten Anarchisten«, besaß aber einen speziellen Hang zu wohlhabenden, großbürgerlichen Frauen.

Zum Glück hatte er sich nie für eine von Joes Freundinnen interessiert. Wenigstens diese Peinlichkeit war ihr erspart geblieben. Victor bevorzugte mütterliche Frauen seines Alters.

Aber wie konnte er nur so blöd sein und diese Anita zu Margaritas Geburtstag einladen?

Wütend wählte Joe die Nummer ihres Vaters.

Bitte, Papa, sei vernünftig …

Er unterbrach sie sofort und zitierte mit gebrochener Stimme: Nichts zu Dank tat er! Denn wäre ich damals gestorben, wär ich den Meinen nicht, nicht mir so zur Qual.

Ihr verschlug es die Sprache, sie legte auf, ging wieder

in den Garten, schaute ins Atelier. Lisa war inzwischen gegangen.

Nachdenklich betrachtete sie die rundlichen Gipsfiguren, streichelte sanft über die dicken Bäuche, berührte mit den Fingerspitzen die hängenden Gipsbrüste und musste unwillkürlich an ihre Mutter denken.

Gisela Bellini war Papas Schönheitsideal ziemlich nahe gekommen, trotzdem hatte er sie bei jeder sich bietenden Gelegenheit betrogen. Als Joe zwölf Jahre alt war, hatte Gisela die Scheidung beantragt. Joe hatte damals allein ihrer »spießigen« Mutter die Schuld an der Zerstörung der Familie gegeben. Dabei hatte Gisela sich und ihre Tochter als Sekretärin am Institut für Theaterwissenschaft allein durchbringen müssen. Victor hatte gern den großzügiger Vater gespielt, Joe mit teuren, ausgefallenen Geschenken verwöhnt, war aber seiner Ex-Frau nur allzu oft die monatlichen Alimente schuldig geblieben.

Joe war ein braves, überangepasstes Kind und eine ziemlich gute Schülerin gewesen, bis sie mit sechzehn um jeden Preis die lästige Jungfernschaft hatte loswerden wollen. Nachdem ihr auf einem Skikurs ein pickeliger Mitschüler diesen Gefallen getan hatte, verliebte sie sich in einen viel älteren, drogensüchtigen Musiker. Diese Affäre dauerte zum Glück nur zwei Monate. Ihr Vater entschuldigte ihr Verhalten als verspätete Pubertät. Ihre Mutter sagte damals den prägenden Satz: »Du bist wie dein Vater«, und sie meinte es nicht als Kompliment. Daraufhin hatte Joe alle paar Wochen einen anderen Freund gehabt. Die Matura hätte sie trotzdem beinahe mit Auszeichnung geschafft. Ein faschistoider Biologieprofessor machte ihr einen Strich durch die Rechnung.

Nach dem Tod ihrer Mutter zog Joe zu ihrem Vater, der zu dieser Zeit gerade mit einer bekannten Schauspielerin liiert war. Joe hielt es nicht länger als drei Monate bei diesen beiden Egozentrikern aus, die sich dauernd nur gegenseitig anschrieen. Gleich nach der Matura ergriff sie die Flucht, trampte durch Südeuropa, lebte eine Zeit lang auf einer griechischen Insel und war rechtzeitig zu Beginn des zweiten Semesters wieder zurück in Wien. In den ersten Studienjahren hielt sie sich von Männern eher fern. Gegen Ende des Studiums lernte sie den Publizistikstudenten Max kennen, zog mit ihm zusammen und heiratete ihn bald darauf. Drei Jahre später war sie geschieden.

Das Läuten des Telefons riss Joe aus ihren Gedanken. Sie ging zurück ins Haus.

Auf ihrem Anrufbeantworter waren neue Nachrichten, hauptsächlich von Zeitungsjournalisten, aber auch von Fernsehleuten.

Joe löschte das Band, nachdem sie es abgehört hatte, und rief Werner Marcovec zurück.

Er wollte Verena sprechen. Sie hatte ihm ausrichten lassen, dass sie bei Joe erreichbar wäre. Obwohl er nicht laut wurde, hatte Joe das Gefühl, dass sich hinter jedem seiner Worte eine gefährliche Drohung verbarg. Das unerfreuliche Gespräch dauerte nicht lange, und statt sich zu verabschieden, sagte er mit schneidender Stimme: Wir können uns keinen Flop mehr leisten!

Sie starrte noch eine Weile nachdenklich auf den Hörer, aus dem nur mehr das Freizeichen ertönte. Dann schlüpfte sie aus ihren bequemen Klamotten, zog den neuen, scharlachroten Samtanzug an und fuhr zum Sender. Marcovec hatte sie nicht zur Krisensitzung eingeladen. Nach diesem Telefonat wollte sie nun doch daran teilnehmen oder zumindest Verena abfangen, um zu erfahren, was aus dem DIWAN werden würde.

21

Serner war sich ziemlich sicher, dass ihn der vielbeschäftigte Psychiater nicht empfangen würde. Er beschloss, ihn zu überrumpeln. Bei seinem ersten Telefonat hatte ihn der Doktor, unter Berufung auf seine ärztliche Schweigepflicht, rasch abgewimmelt. Doch Serner brauchte unbedingt mehr Informationen über Joe Bellini. Und wer würde diese Frau wohl besser kennen als ihr Psychoanalytiker? Marcovecs Aussage hatte ihn verunsichert. Die Beschreibung der großen, schlanken, schwarz gekleideten Person passte haargenau auf sie, das hatte nicht nur Wolferl gleich erkannt.

Auf einem schlichten Türschild stand »Dr. Nowotny«. Darunter klebte ein Zettel, auf dem mit Buntstiften die Namen »Dorli und Sebastian« gemalt waren.

Serner läutete.

Eine rundliche Blondine mit großen Brüsten und Gesundheitsschlappen an den nackten Füßen öffnete die Tür. Ein plärrendes Kind zerrte an ihren ausgeleierten Leggins, die ihre kräftigen Schenkel unvorteilhaft betonten.

Serner fragte sich, ob es sich bei dieser schlampigen Person um die Putzfrau oder um die Dame des Hauses handelte.

Guten Tag. Chefinspektor Serner, Kriminalpolizei. Ich würde gern mit Ihrem Mann sprechen, sagte er höflich.

Ein Stock höher, murmelte die Frau.

Der kleine Junge zeigte ihm die Zunge.

Die große Messingtafel an der einzigen Tür im Dachgeschoss war wesentlich beeindruckender als das Schild an der Wohnungstür.

»Dr. med. univ., Facharzt für Psychiatrie und Neurologie, Psychoanalytiker und Psychotherapeut«. Es folgten die Ordinationszeiten und die verschiedenen Kassenzulassungen.

Ein gut erhaltener Mittvierziger öffnete nach dem vierten Klingelton die Tür.

Doktor Nowotny? Kriminalpolizei. Der Chefinspektor zog seinen Ausweis aus der Tasche. Kann ich reinkommen?

Bevor ihm der Herr Doktor die Tür vor der Nase zuschlagen konnte, stand Serner schon mitten im Wartezimmer.

Was fällt Ihnen ein …

Die Tür zur Ordination wurde von innen aufgerissen und eine hübsche, weibliche Person huschte mit hochrotem Gesicht, grußlos, an den beiden Männern vorbei und verschwand im dunklen Stiegenhaus.

Doktor Nowotny starrte den Chefinspektor wütend an.

Serner kehrte ihm den Rücken zu und betrat den Behandlungsraum. Christian Nowotny blieb nichts anderes übrig, als die Tür zu schließen und ihm zu folgen.

Ich finde Ihr Benehmen impertinent, entrüstete er sich.

Serner nahm unaufgefordert vor dem Schreibtisch Platz, zündete sich eine Zigarette an und musterte den aufgebrachten Psychiater herablassend.

Was Sie sich da erlauben, nennt man Hausfriedensbruch. Verlassen Sie sofort meine Ordination, herrschte Nowotny ihn an. Er traf keine Anstalten, sich ebenfalls zu setzen.

Sie können sich gern über mich beschweren. Aber dann werde ich Sie leider vorladen müssen. Ich nehme an, dass es Ihnen nicht besonders gefallen wird, das Wiener Sicherheitsbüro von innen kennenzulernen.

Christian Nowotny wirkte nach wie vor sehr ungehalten. Serners Worte hatten ihre Wirkung jedoch nicht verfehlt. Er setzte sich und zündete sich ebenfalls eine Zigarette an.

Ich habe Ihnen nichts zu sagen.

Das werden wir erst sehen. Eine Ihrer Patientinnen ist ermordet worden und eine Ihrer ehemaligen Analysandinnen steht unter Mordverdacht. Ich will von Ihnen weder ein medizinisches Gutachten noch intime Details aus der Vergangenheit Ihrer Patientinnen, sondern nur ein paar Auskünfte, die uns eventuell weiterbringen könnten.

Christian Nowotny ging weder auf die Tatsache, dass Marlene Helmer seine Patientin gewesen war, noch auf den Mordverdacht gegen Joe Bellini ein. Er hielt dem Chefinspektor einen langen Vortrag über seine Schweigepflicht und rauchte dabei eine Zigarette nach der anderen.

Serner konnte mit ihm, was das Rauchen betraf, locker mithalten.

Ich weiß nicht, was Sie von mir wollen. Erwarten Sie eine Art Psychogramm oder besser gesagt eine Falldarstellung?

Frau Doktor Bellini wird, wie gesagt, verdächtigt, Marlene Helmer umgebracht zu haben. Ihre Einschätzungen könnten sehr entscheidend dazu beitragen, diesen Verdacht zu entkräften, lenkte Serner ein, der mehr über seine Hauptverdächtige erfahren wollte als über die schöne Leiche.

Nowotny konzentrierte sich auf den Rauch seiner Zigarette, als er zu reden begann.

Doktor Bellini ist intelligenter als die meisten Frauen, die ich kenne. Und dass sie eine sehr verführerische Frau ist, brauche ich Ihnen wohl auch nicht zu verraten.

Er schaute den Chefinspektor an, als überlegte er, ob er als ernsthafter Rivale in Frage käme. Die Antwort schien negativ auszufallen. Er setzte ein arrogantes Lächeln auf.

Präpotenter Macho, dachte Serner und unterstellte dem selbstbewussten Doktor, in Joe verliebt zu sein. Er musterte den Psychiater nun seinerseits von Kopf bis Fuß und entschied, ihn äußerst unsympathisch zu finden.

Volles, dunkelblondes Haar, hellgraue Schläfen, wachsame, graue Augen, makellose Haut. Keine schlechte Figur, trotz Bauchansatz, den er geschickt mit Hilfe des preußischblauen und dezent violett gestreiften Sakkos kaschierte. Serner beneidete ihn um seinen Mut zur Farbe. Am liebsten hätte er ihn gefragt, wo er dieses extravagante Sakko gekauft hatte. In seinem Schrank hingen nur eintönig schwarze, graue und braune Sakkos. Zuletzt fiel sein Blick auf die Hände des Arztes. Er hatte auffallend schlanke Hände mit kräftigen Sehnen. Die Fingernägel waren kurz geschnitten. Serner stellte sich vor, wie diese Hände Joes Gesicht und Körper streichelten, die manikürten Nägel sich in ihr zartes Fleisch bohrten – er fand diesen Gedanken unerträglich.

Sein Schweigen schien Doktor Nowotny nicht zu behagen.

Sie leidet bis heute unter dem frühen Verlust ihrer Mutter, fuhr er unaufgefordert fort. Ihre Kindheit war von schrecklichen Auseinandersetzungen zwischen ihren Eltern geprägt. Es ist erstaunlich, dass sie so diszipliniert und angepasst agiert. Natürlich hat die Analyse das ihre dazu beigetragen. Aber unter dem Einfluss ihres chaotischen Vaters hätte sie sich auch ganz anders entwickeln können. Haben Sie schon mit ihm gesprochen?

Serner schüttelte den Kopf. Inzwischen hatte er eine Mordswut auf diesen selbstgefälligen Psychiater, er verdächtigte ihn, Joes Familiengeschichte so bereitwillig preiszugeben, um Marlenes Intimsphäre zu schützen.

Ich habe Victor Bellini nie persönlich kennengelernt, ihn nur immer durch Joes Augen gesehen. Sie hat sich nie ganz von ihm gelöst. Aber ich bin überzeugt, dass ich einiges zur Entidealisierung beitragen konnte. Als Analysandin war sie fast ideal. Sie hat sich brav an unsere Abmachungen gehalten. Ehrlichkeit ist das Um und Auf für eine erfolgreiche Analyse.

Serner interessierte sich wenig für Joes Analyse, er wollte mehr über ihre Beziehung zu Frauen wissen.

Mit Frauen kommt sie im Allgemeinen gut zurecht. Sie neigt dazu, sich ihnen zu unterwerfen, ist nur wenig konkurrierend und macht sich dadurch sehr beliebt. Immer auf der Suche nach der guten Mutter, wie gesagt. Probleme hat sie eher mit dem männlichen Geschlecht. Ich halte sie nicht für liebesfähig. Sie spielt mit Männern wie mit Puppen, ist nicht unbedingt kastrierend, nein ... Vielleicht fürchtet sie sich auch vor dem Männlichen an sich. Aber kontraphobisch, wie sie nun einmal ist, geht sie offensiv auf das, was sie fürchtet, zu, konfrontiert sich damit, anstatt es zu meiden.

Würden Sie Doktor Bellini als aggressiv bezeichnen?

Nowotny zündete sich noch eine Zigarette an, bevor er antwortete.

Ihr Aggressionspotential ist sehr hoch. Aber sie hat es bisher gut verstanden, ihre Wut zu kanalisieren. Früher hatte sie ein ausgesprochenes Faible für Kampfsportarten, Karate, Aikido, Taekwondo. Ich glaube, sie hat fast nichts ausgelassen.

Aikido dient nur der Selbstverteidigung, warf Serner ein.

Christian Nowotny ließ sich nicht gern korrigieren.

In letzter Zeit trainiert sie leider nicht mehr, sagte er. Damit will ich keinesfalls andeuten, dass sie heute ihre Aggressionen weniger gut im Griff hat …

Hat Doktor Bellini gewusst, dass Marlene Helmer bei Ihnen in Therapie war, unterbrach ihn Serner wieder.

Irritiert schüttelte Nowotny den Kopf.

Es läutete.

Serner erhob sich, reichte dem Psychiater die Hand und sagte: Ich will Sie nicht länger von Ihrer Arbeit abhalten. Wenn Sie mir jetzt noch die Sitzungsprotokolle von den Stunden mit Marlene Helmer geben, verspreche ich Ihnen, Sie nicht weiter zu belästigen.

Sind Sie verrückt? Nowotny sprang auf.

Noch nicht. Die Protokolle, Herr Doktor, oder ich muss Ihrem nächsten Patienten leider mitteilen, dass Ihre Ordination bis auf weiteres geschlossen ist, weil Sie unter Mordverdacht stehen.

Ich rufe meinen Anwalt an.

Tun Sie, was Sie nicht lassen können. Serner amüsierte sich. Er wusste, dass er im Grunde keine Chance hatte, aber er pokerte gern.

Es läutete zum zweiten Mal.

Der Psychiater wurde nervös. Winzige Schweißperlen ließen sich auf seinem blütenweißen Hemdkragen nieder.

Ich führe nicht über jede Sitzung Protokoll, mache mir meist nur ein paar kurze Notizen – damit werden Sie kaum was anfangen können.

Das lassen Sie meine Sorge sein.

Serner, der nach wie vor mit überkreuzten Beinen im Patientensessel saß, grinste ihn freundlich an.

Ihre Aufzeichnungen und Sie sind mich in zwei Sekunden los.

Nowotny riss die oberste Lade seines Hängekästchens auf und reichte Serner eine Diskette.

Darauf finden Sie eine Kurzzusammenfassung ihrer Familiengeschichte. Weiter sind wir noch nicht gekommen. Sie war erst seit drei Wochen bei mir in Behandlung.

Herzlichen Dank! Wenn ich noch weitere Informationen von Ihnen brauche, rufe ich vorher an.

Serner verließ die Ordination mit gemischten Gefühlen. Er hatte sich nicht viel von diesem Gespräch erwartet, hatte gefürchtet, der Psychiater würde sich an seine ärztliche Schweigepflicht halten und nicht nur mit ihr kokettieren wie zu Anfang ihres Gesprächs. Die Redseligkeit des Mannes hatte ihn überrascht und unangenehm berührt.

Im Grunde hatten ihn die neuen Informationen über Joe nicht weitergebracht oder gar das Bild, das er sich von ihr machte, verändert. Die Anspielung auf ihre erhöhte Aggressionsbereitschaft hätte sich der Herr Doktor ruhig ersparen können. Wahrscheinlich hatte Joe diesen eingebildeten Psychiater doch abblitzen lassen, obwohl ihre Freundin Verena das Gegenteil behauptete. Realitätsverleugnung nennt man das, du seniler, verliebter Tepp, schimpfte Serner sich selbst.

Und wenn sie wüsste, dass ihre Konkurrentin bei Nowotny auf der Couch gelegen hatte? Es wollte ihm nach wie vor nicht gelingen, sich Joe als weiblichen Othello vorzustellen.

Er nahm nicht den schnellsten Weg zurück ins Büro, machte einen kleinen Umweg über die Kärntnerstraße und probierte im Kaufhaus Steffl ein sündhaft teures Designer-Sakko in Karmesinrot und dazu noch eine eng anliegende, schwarze Jeans. Als er sich im Spiegel betrachtete und die nette Verkäuferin in Begeisterungsrufe ausbrach – Sie haben eine richtige Modelfigur, Sie können absolut alles tragen –, begann er ernsthaft an seinem Verstand zu zweifeln. Ohne mit der Wimper zu zucken, bezahlte er einen weit überhöhten Preis für beides und verließ beschwingt die Herrenmodenabteilung. Vermutlich würde er weder die fast ordinär enge Jeans noch das auffällige Sakko je tragen. Die CARITAS wird sich freuen oder, besser gesagt, der Sandler, den sie damit beglücken werden. Verliebtheit hat immer etwas Lächerliches, sagte er sich.

Serner war im Grunde ein uneitler Mann. Im Winter trug er beige Cordhosen, im Sommer dunkle Jeans, dazu irgendwelche einfarbigen Hemden und dezente Sakkos. Das Einzige, worauf er stolz war und was er auch sorgfältig pflegte, war sein Schnurrbart. Davon würde er sich nie trennen. Er nahm an, dass er den Oberlippenbart als Schutz brauchte oder als Imagesymbol oder als was auch immer, er brauchte ihn jedenfalls.

Gut gelaunt spazierte er die Kärntnerstraße hinauf zum Graben und genehmigte sich, bevor er sich ein Taxi zurück zum Büro leistete, noch ein Gläschen Champagner und ein Schinkenbrötchen im Stehen.

Einkaufen als Ersatzbefriedigung? Ein neurotisches Verhalten, das man hauptsächlich unbefriedigten Frauen nachsagt? Er nahm sich vor, Joe Bellini danach zu fragen. Vielleicht war Kaufwahn doch keine geschlechtsspezifische Perversion?

22

Bevor Joe die Sendeanstalt betrat, sah sie sich nach Verenas MG um. Der silbergraue 500er Mercedes des Programmdirektors war nicht zu übersehen. Verenas Abstellplatz daneben war frei. Auch Alex' neuer A3 stand nicht auf seinem Platz.

Joe ging in das mit postmodernem Kitsch überladene Foyer aus Stahlbeton, Glas und Marmor. Lisas mollige Venus von Ottakring würde einen witzigen Kontrast zu dem vergoldeten Knabenkörper abgeben, dachte sie. Ich sollte den technischen Direktor einmal zu mir nach Hause einladen. Die AWT hatte bei der Innenausstattung des Fernsehsenders wirklich keine Kosten und keine Verletzung des guten Geschmacks gescheut.

An den Anblick der fast lebensgroßen Jünglingsstatue, die in der Mitte eines großen, mit türkisfarbenen Steinen besetzen Springbrunnen thronte, hatte sie sich noch immer nicht gewöhnt. Der Tag und Nacht angestrahlte Narziss, der sich mehrmals im klaren Wasser des Brunnenbeckens spiegelte, brachte sie nach wie vor zum Schmunzeln.

Bei der Rezeption, die mit echtem Marmor verkleidet und einer sich drehenden, vergoldeten Weltkugel geschmückt war, lief sie Toni in die Arme.

Was machst du denn hier, fragte er sie verblüfft.

Joe stammelte etwas von einer wichtigen Sitzung.

Die sind schon alle weg. Der Krisenstab hat nur bis halb sieben getagt.

Wahrscheinlich hatte Lisa wieder einmal die Termine durcheinandergebracht. Ihre Freundin hatte nicht nur Probleme mit Geld, sondern auch mit der Zeit.

Lass uns was trinken gehen. Ich hab gerade erfahren, dass ich morgen den blauen Brief kriegen werde. Entweder habe ich das dieser Kröte von Alex oder diesem Luder Marlene, Gott hab sie selig – er bekreuzigte sich –, zu verdanken.

Joe glaubte ihm kein Wort. Sie hielt die Kündigungsgeschichte für einen seiner makabren Scherze.

Im Ernst, ich muss mich heute besaufen.

Nicht hier im Haus, bat ihn Joe.

Verstehe, Baby, willst wohl keine Schmeicheleien wegen deines letzten Auftritts hören.

Er legte ihr den Arm um die Schultern.

Du siehst übrigens göttlich aus, Darling. Rot steht dir. Solltest du öfters tragen.

Joe ließ ihn gewähren. Sie mochte den stockschwulen, jungen Maskenbildner gern, außerdem amüsierte sie sich über seine Geschichten. Intrigen und Affären waren seine bevorzugten Themen. Toni war die beste Informationsquelle des Hauses. Er war sich seiner Macht über all die eitlen Visagen, die sich täglich nackt und ungeschönt seinen talentierten Händen auslieferten, bewusst und genoss sie in vollen Zügen. Mit weißer oder grüner Gesichtsmaske sahen alle gleich entsetzlich aus, und er verstand es geschickt, so manch brisante Neuigkeit aus ihnen rauszuholen.

Höchstens ein Kleiner Brauner, schlug sie vor. Heute war ihr nicht nach Klatsch zumute.

Und eine Partie Billard? – Super! Dann darf ich endlich einmal mit deinem ultrageilen Wagen fahren.

Mitfahren, korrigierte ihn Joe milde lächelnd. Seine Begeisterung für ihren alten Spider schmeichelte ihr allerdings.

Du solltest ihn silber-metallic spritzen lassen. Das Ferrarirot ist zwar auch okay, aber ein bisschen gewöhnlich.

Obwohl es leicht zu nieseln begonnen hatte, bat er sie, das Verdeck herunterzuklappen.

Joe tippte sich mit dem Zeigefinger auf die Stirn.

Ein Gespräch über Marlenes Tod war unausweichlich. Kaum hatten sie es sich auf der Bank in einer Fensternische des alten Billard-Cafés bequem gemacht, kam er auch schon zur Sache.

Werner war hinter der schönen Marlene her. Entweder hat er sie auf dem Gewissen oder dein geliebter Alex. Sie hat mit beiden rumgemacht, hat sowohl den Chef beglückt als auch den hübschen Adjutanten. Und als dann alles ans Licht gekommen ist, hat sie einen der beiden stehen gelassen. Ich tippe auf Alex. Der Boss war, trotz Bauch und Perversion, der wichtigere Mann für ihre Karriere.

Joe war stolz darauf, nicht eifersüchtig zu sein. Sie liebte Alex nicht. Es war nicht Eifersucht, was sie empfand, sie fühlte sich höchstens ein bisschen in ihrer Eitelkeit gekränkt und nahm sich vor, Alex demnächst endgültig abzuservieren.

Außerdem hatte Toni ein Problem mit der Wahrheit. Meistens stimmte nur die Hälfte seiner Geschichte. Vielleicht hatte er zuviel Phantasie?

Während sie über Lüge und Wahrheit nachdachte, fuhr Toni fort: Werner ist eine perverse Sau. Ich bin bei Gott nicht prüde, aber was dieser Kerl aufführt, das übertrifft garantiert deine Vorstellungskraft. Normaler Sex langweilt ihn. Er hat alles bis zum Überdruss schon gehabt. Früher hat er sich durch die Damenriege des Senders gebumst. In letzter Zeit hat man allerdings wenig Spektakuläres von ihm gehört. Entweder ist er wegen seiner

Scheidung vorsichtiger gewesen, oder er hat keinen mehr hoch gekriegt.

Ein Billardtisch wurde frei.

Joe hoffte, eine Partie würde Toni auf andere Gedanken bringen. Sie erhob sich, zog ihre Anzugjacke aus, hängte sie auf den Garderobenständer und nahm einen Queue aus der Halterung.

Galant überließ ihr Toni den ersten Stoß.

Eine gestreifte Kugel landete mehr oder weniger zufällig im Loch. Bei ihrem zweiten Versuch verließ sie das Glück.

Soviel ich weiß, war die Penetration schon früher nicht gerade seine Stärke. Angeblich braucht er immer einen besonderen Kick, sagte Toni, während er eine volle Kugel anvisierte und sie mit einem gekonnten Stoß knapp vor das linke, obere Loch beförderte.

Du meinst, er ist impotent, warf Joe ein und verfehlte die nächste gestreifte Kugel nur um Haaresbreite.

Ja, irgendwie schon.

Toni landete zwei Volltreffer nacheinander.

Er war dreimal verheiratet!

Was hat denn das damit zu tun? – Er scheiterte an der nächsten Kugel. Lass mich in Ruhe erzählen, sagte er verärgert.

Du kannst mir nicht weismachen, dass sich drei Frauen jahrelang mit einem impotenten Mann zufrieden gegeben haben, unterbrach ihn Joe erneut, während sie sich auf ihren nächsten Stoß konzentrierte.

Sei nicht so schrecklich naiv, Baby. Zwischen Frau und Mann gibt es auch noch was anderes als stinknormalen Geschlechtsverkehr.

Toni sprach wie ein Sexualkundelehrer. Joe musste sich das Lachen verkneifen.

Sie erwischte die weiße Kugel an der Unterseite. Mit lautem Gepolter holperte sie über den Tisch.

Du wirst noch die Bespannung ruinieren, bemerkte Toni missbilligend.

Ich bin aus der Übung, habe seit Jahren nicht mehr gespielt.

Joe griff nach der blauen Kreide und bearbeitete damit die Spitze ihres Queues.

Bist du Linkshänderin?

Nicht dass ich wüsste.

Versuch's trotzdem mal andersherum.

Toni stellte sich hinter Joe, nahm ihre rechte Hand und führte sie bei ihrem nächsten Versuch. Sie spürte seinen alkoholgetränkten Atem in ihrem Nacken.

Der Stoß ging voll daneben.

Toni beförderte zwei weitere volle Kugeln ins Jenseits und ließ sich den nächsten Satz auf der Zunge zergehen: Ich weiß aus erster Quelle, dass Werner sich liebend gern mit Peitsche, brennenden Zigaretten und anderen netten Accessoires vergnügt.

Du hast eine kranke Phantasie, empörte sich Joe und warf ihren Stock auf den Tisch.

Sie blickte auf ihre Uhr. Ich muss unbedingt noch mit Verena reden.

Toni sah ihr tief in die Augen.

Die Langer soll er ebenfalls eine Zeit lang aufs Kreuz gelegt oder besser gesagt, verprügelt haben.

Joe lachte, mehr fiel ihr dazu nicht ein. Und mich vielleicht auch? Darüber müsste ich Bescheid wissen, oder?

Sie war jetzt ernsthaft verärgert.

Während Toni die übrigen Kugeln versenkte, bemühte er sich einzulenken, gab sogar, gegen seine Prinzipien, seine Informationsquelle preis.

Ihre Sekretärin, die Elfi, hat ein paar unmissverständliche E-Mails von ihm abgefangen. Du weißt, dass ich die Langer sehr schätze, vielleicht hat Elfi alles nur erfunden, um sich wichtig zu machen. Ich kann mir auch nicht vorstellen, dass sich unsere kluge Redakteurin mit diesem fetten Schwein eingelassen hat.

Er hat Schiss vor ihr, dachte Joe befriedigt.

Könntest du nicht bei deiner Busenfreundin ein gutes Wort für mich einlegen? Sie würde es sicher schaffen, den Marcovec umzustimmen, egal ob sie seine Geliebte war oder nicht.

Die Vorstellung, dass sich ihre Freundin von diesem fetten Sack den Po verhauen ließ, erschien Joe vollkommen absurd. Verenas Umgang mit Marcovec war stets sehr korrekt und unpersönlich. Sie begegnete ihm eher reserviert und absolut nichts deutete auf Heimlichkeiten oder irgendeine Art von Vertrautheit zwischen den beiden hin. Im Gegenteil, Joe unterstellte ihrer ehrgeizigen Freundin höchstens, auf Werners Job scharf zu sein. Wahrscheinlich würde sie ihn demnächst auch bekommen.

Toni umfasste ihr Handgelenk, stellte sich auf die Zehenspitzen – er war mindestens einen halben Kopf kleiner als Joe – und flüsterte ihr ins Ohr: Der große Clou kommt erst. Hast du gewusst, dass dein geliebter Alex Werners Sohn ist?

Du spinnst!

Illegitim selbstverständlich. In seinen drei Ehen hat er keinen Balg gezeugt. Kein Wunder, wenn er nicht mehr ordentlich hat ficken können. Aber in jungen Jahren scheint er ja zumindest so ein Prachtexemplar wie Alex zusammengebracht zu haben. Ich kenne ihn schon seit einer kleinen Ewigkeit. Er war früher Stammgast in einem

Schwulenlokal, in dem ich als Aushilfskellner gearbeitet habe.

Joe runzelte die Stirn.

Ja, da staunst du, was? Der fesche, saubere Alex ist nicht nur voll Koks, sondern auch voll bisexuell. Hat er dir noch nie von seiner lieben Frau Mama erzählt? Im zarten Alter von sechs Jahren hat sie ihn in eine Ballettschule gesteckt, wollte einen zweiten Nurejew aus ihm machen. Sie hat ihn nicht nur wie ein Mädchen behandelt, sondern ihm auch Mädchenkleider angezogen und ihn nie mit anderen Buben spielen lassen. Und sie hat immer wieder versucht, ihn zu verführen.

Hast du in letzter Zeit zuviele Pasolini-Filme gesehen?

Nein, ehrlich, Alex hat mir selbst erzählt, dass er bis zu ihrem Tod das Bett mit ihr geteilt hat, und als er vierzehn war, hat sie ihn noch eigenhändig gebadet und auch abgetrocknet – du verstehst schon? Die Alte war genauso abartig veranlagt wie unser Boss. Eigentlich hätten die beiden gut zusammengepasst.

Zwei junge Burschen fragten höflich, ob sie ihr Spiel beendet hätten.

Joe nickte und steuerte auf die Garderobe zu.

Toni zog sie wieder an ihren Tisch in der Fensternische.

Hör zu, befahl er gebieterisch. Nach dem Tod seiner Mutter, hat er keine Schule mehr von innen gesehen, ist nur herumgestreunt. Das war die Zeit, in der wir uns kennen gelernt haben. Werner hat brav die Alimente bezahlt, sonst hat er jedoch mit seinem Sprössling nichts zu tun haben wollen. Alex hat, als er noch ein kleiner Wichser war, oft mit seinem tollen Daddy angegeben. Natürlich haben wir ihm nicht geglaubt, dass sein Papa ein hohes Tier beim Fernsehen ist. Alex war schon damals ein großer Lügner vor dem Herrn.

So wie du, dachte Joe und überlegte einfach zu gehen. Ihre Neugier aber siegte. Sie blieb sitzen.

Da seine einzig sichere Geldquelle unter der Erde lag, war er ohne Kohle. Zu dealen hat er sich nicht mehr getraut, seit er einmal glimpflich mit einer Verwarnung davongekommen war. Ihm ist nichts anderes übrig geblieben, als sich doch an seinen verhassten Vater zu wenden. Werner hat ihm einen kleinen Job beim Sender besorgt mit der Auflage, über ihre Verwandtschaft Stillschweigen zu bewahren. Frag mich lieber nicht, warum er solch menschliche Anwandlungen gekriegt hat. Wahrscheinlich hat ihn Alex mit irgendwas erpresst. Unser lieber Alex ist ein echtes Chamäleon, er hat sich vollkommen geändert, ist über Nacht ein gestylter Yuppie geworden. Seine Lokaltouren am Freitagabend hat er allerdings beibehalten. Samstag bis Donnerstag ist er straight und voll hetero, aber Freitagnacht lässt er bei uns die Sau raus. Als ich ihn einmal in meinem Stammlokal getroffen habe, hätte ich ihn fast nicht wiedererkannt. Er war nicht nur voll eingekokst, sondern hat auch gerade einen Minderjährigen angemacht. Er ist voll hysterisch geworden, hat Schiss gehabt, dass ich es seinem feinen Herrn Papa erzählen könnte. Deshalb hat er mir dann den Job als Maskenbildner verschafft. Und ich bin doch echt ein toller Gesichtsklempner geworden, das musst du zugeben. Er blickte Joe um Anerkennung heischend an. Ich bin doch echt begabt, findest du nicht?

Als sie noch immer keine Anstalten traf, ihn zu loben, fing er von neuem an zu psychologisieren.

Alex ist mindestens so pervers wie sein Vater. Auf jeden Fall hat er einen saftigen Mutterkomplex. Warum hätte er sich sonst wohl mit dir eingelassen?

Ich bin nur knapp sechs Jahre älter als er. Sogleich ärgerte sie sich über diese Bemerkung. Warum muss ich mich rechtfertigen, fragte sie sich, stand auf und ging zur Theke, um zu bezahlen.

Toni bat sie, ihn zur nächsten U-Bahn-Station zu bringen.

Er wollte in ein einschlägiges Etablissement am Naschmarkt. Sein eigenes Gerede schien ihn so aufgegeilt zu haben, dass er es gar nicht mehr erwarten konnte, in sein Stammlokal zu kommen.

Höchst widerwillig nahm sie ihn bis zur Station »Burggasse« mit.

23

Auf dem langen, fensterlosen Gang sah ich mich noch einmal um. In der Chefetage wimmelte es nicht gerade von fleißigen Mitarbeitern. Ich zog durchsichtige Plastikhandschuhe an.

Vorsichtig drückte ich die Klinke runter. Die schalldichte Tür zu seinem Büro war nicht abgeschlossen. Er thronte hinter seinem wuchtigen Teakholz-Schreibtisch und starrte auf den Bildschirm seines Laptops. Ein halbvolles Whiskyglas in der Linken. Die Rechte zwischen den Beinen. Eine Zigarette im Mund. Überraschter Blick. Verärgertes Stirnrunzeln. Schon war ich hinter ihm. Ich schlang ihm die Drahtschlinge um den Hals. Er ließ das Whiskyglas fallen. Edler Malt bekleckerte das handgeschriebene Manuskript vor ihm auf dem Schreibtisch. Die Tinte zerrann, die Buchstaben verwischten. Ich war mir sicher, dass er nicht darin gelesen hatte. Mit beiden Händen griff er nach der Schlinge um seinen Hals. Der Draht hielt stand. So sehr er auch daran zerrte, er gab keinen Zentimeter nach. Der Reißverschluß seiner Hose war offen. Lautes Gestöhne drang aus den kleinen Lautsprechern seines Computers. Interessiert betrachtete ich die maskierte Domina im Ledermini und in schenkelhohen Stiefeln. Ihren fetten Sklaven würdigte ich nur eines flüchtigen Blickes. Die Zigarette zwischen seinen Lippen erwies sich als fatal. Er drohte, ohne meine Hilfe, daran zu ersticken. Ein Hustenanfall. Die Zigarette fiel ihm aus dem Mund, landete auf seinem offenen Hosentürl. Schreiend ließ er die Schlinge los, warf die brennende Zigarette auf den Boden. Ich stopfte ihm ein Taschentuch in den Mund. Er schlug um sich, reagierte viel zu spät. Ich riss das Telefonkabel aus der Steckdose. Rasch schlang ich es um seinen Oberkörper und verknotete es am Drehstuhl. Er strampelte wie ein fettes Baby. Ich mußte auch seine Beine festbinden. Das Kabel seines Druckers schien mir lang genug. Ich hockte mich neben ihn. Sein Tritt traf mich an der Schulter. Ich kippte um. Im Fallen schnappte ich seinen rechten Knöchel. Sorgfältig band ich seine Füße mit dem Druckerkabel an die Heizungsrohre.

Ich erhob mich wieder und betrachtete mein Werk. Mit weit gespreizten Beinen hing er wie ein Mehlsack in seinem Stuhl. Sein kümmerliches Ding lugte schlaff aus dem Hosenschlitz. Du perverses Schwein, flüsterte ich in sein gesundes Ohr. Auf dem linken Ohr war er halbtaub. Vorsichtig steckte ich ihm einen Finger zwischen Nacken und Draht. Ich stellte fest, dass es mir Spaß machte, ihn zu quälen. Seine Augen weiteten sich vor Entsetzen. Ich hätte nicht gedacht, dass ich mich an seiner Angst so ergötzen würde. Er begann zu würgen, versuchte das Taschentuch auszuspucken. Ich presste ihm die andere Hand auf den Mund.

Du hast sie in jener Nacht besuchen wollen. Ja, du warst der sehnlich erwartete, späte Gast. Du hast mich aus dem Haus kommen sehen, bist raufgegangen und hast sie gefunden. Und was hast du dann gemacht? Hast du dir genüsslich eine Zigarette angezündet. Hast du die Asche auf ihren Brüsten abgestreift und die Glut zwischen ihren Beinen ausgedämpft? Oder hast du's gar mit ihr getrieben? Nekrophilie wäre doch selbst für dich was Neues. Hast du beim Anblick ihrer blutverschmierten Scham endlich einmal abspritzen können? Schade, dass du es mir nicht mehr erzählen kannst. Ich grinste ihn höhnisch an. Und danach hast du nichts Besseres zu tun gehabt, als die Polizei anzurufen. Anonym natürlich. Selbstverständlich möchtest du in diese schmutzige Geschichte nicht hineingezogen werden. Du bist und bleibst ein feiges Arschloch. Du hast den Tod tausendmal verdient.

Ich nahm ihm das Taschentuch aus dem Mund und lockerte die Schlinge um seinen Hals, wollte ihn winseln hören, vernahm aber nur ein schweres Schnaufen. Ich hatte genug von seiner Angst gesehen. Rasch zog ich die Schlinge wieder fester. Er röchelte, wurde blau im Gesicht. Ein letztes Mal bäumte er sich auf, streckte die Zunge raus. Dann verabschiedete er sich für immer.

Ich bereitete auch dem Gestöhne auf seinem Laptop ein Ende. Weniger aus Pietät, sondern um seine letzten Mails abrufen zu können. Meine Erwartungen wurden enttäuscht. Seine Korrespondenz war weder umfangreich noch interessant. Viel Werbung, einige belanglose private E-Mails und nicht minder belanglose Antworten. Sorgfältig schloss ich das Programm und schaltete den Laptop aus. Sollten sich die Bullen damit langweilen.

Die rechte Tür seines Schreibtisches war versperrt. Ich nahm den Schlüsselbund aus seiner Hosentasche, probierte alle Schlüssel aus. Mit dem letzten war ich endlich erfolgreich. In der untersten Lade fand ich, was ich suchte. Daneben lag ein kleiner, blank geputzter Revolver. Ich warf auch ihn in meine schwarze Aktentasche.

24

Auf der langen Fahrt von der Roßauer Kaserne zum Sender am Kahlenberg redete Bezirksinspektor Egger ununterbrochen auf seinen Vorgesetzten ein.

Glaubst, wir kommen ins Fernsehen, wenn wir diesen Fall aufklären? Ich würde zu gern mal was vor laufender Kamera sagen. Meine Mutter wär wahnsinnig stolz auf mich. Ich müsste sie nur vorher anrufen und ihr den genauen Sendetermin sagen, denn seit sie Kabel hat, surft sie dauernd zwischen den Kanälen herum.

Könntest du mal den Mund halten, krächzte Serner.

Nach ein paar Sekunden fing Egger wieder an: Bei so einem wichtigen Fall wird wieder der Hofrat oder gar der Polizeichef persönlich vor die Kameras treten. So was lassen sich die nicht entgehen.

Wolferl, bitte gib Ruh.

Ich find das total ungerecht. Wir hackeln uns blöd und krumm und die kassieren die Lorbeeren. Aber wenn etwas schiefgeht, sind unsere Köpfe dran …

Im Leben gibt es nun einmal keine Gerechtigkeit, Herr Oberinspektor, murmelte Serner.

Du wirst es noch verschreien.

Zumindest war es Serner gelungen, seinen jungen Kollegen für eine Weile zum Schweigen zu bringen.

Er zündete sich eine Zigarette an und öffnete das Wagenfenster einen Spalt. Die kühle Luft des frühen Morgens schien ihm voll von guten Gerüchen. Das saftige Grün der Laubbäume, das sonnige Gelb des Ginsters, der süßliche Duft der verblühenden Narzissen und der herrliche Ausblick auf die Stadt, der sich ihnen in manchen Kurven bot, versöhnte ihn wenigstens für ein paar Minuten mit dem, was gleich auf ihn zukommen würde.

Serner hielt das Ende der Zigarette an den offenen Fensterspalt, ließ die Asche vom Fahrtwind verwehen.

Das pompöse Bauwerk auf Wiens schönstem Aussichtsberg kam in Sicht und brachte Serner wieder in die Wirklichkeit zurück. Der extrem hässliche Betonbunker verletzte sein ästhetisches Empfinden. Seit das Ausflugslokal – auch keine architektonische Glanzleistung – diesem U-förmigen Koloss Platz gemacht hatte, war er nicht mehr hier oben gewesen.

Die Polizei hatte das Gelände des TV-Senders großräumig abgesperrt. Eine kleine, gaffende Menge, unter ihnen viele stadtbekannte Fotografen, hatte sich bereits vor der Absperrung versammelt.

Serner und Egger bahnten sich den Weg durch die Neugierigen. Sie beantworteten keine Journalistenfragen. Der Bezirksinspektor grinste jedoch in jede Kamera.

Ein uniformierter Kollege führte sie in das Büro des Programmdirektors.

Warum rennst denn so? Der kann uns nicht mehr davonlaufen. Serner, der neben Egger die Stiegen hinaufeilte, war ziemlich außer Atem. Ich rieche den Tod schon von weitem, fuhr er schwer schnaufend fort.

Das ungustiöse Bild, das sich ihnen in Werner Marcovecs Büro bot, ließ den Chefinspektor relativ unberührt. Er streifte das vor Schmerz verzerrte Gesicht mit einem flüchtigen Blick, sah sich die Drahtschlinge um seinen Hals etwas genauer an und nahm die Hände des Toten in seine, betrachtete sie eingehend.

Keine Wärme, kein Leben. Er überließ es seinem jüngeren Kollegen, die Leiche sorgfältig zu untersuchen.

Strangulation – was für eine schreckliche Art zu sterben. Man kämpft, schlägt und tritt um sich bis zur Bewusstlosigkeit und weiß genau, dass es kein Entrinnen gibt. Entsetzliche Panik, ein verzweifeltes Japsen nach Luft ...

Serner hatte schon zu viele Tote gesehen. Sein Leben war ein Leben voller Leichen, voller Tragödien und dunkler Leidenschaften. Er wollte sich keine Mordopfer mehr ansehen, den unverwechselbaren Geruch des Todes nicht mehr einatmen, keine Dramen mehr miterleben, keine zerstörerischen Obsessionen mehr kennen lernen müssen. An diesem Frühlingsmorgen hatte er seinen Beruf wieder einmal gründlich satt. Am liebsten hätte er seine Männer mit dem Toten allein gelassen, wäre inzwischen spazieren gegangen und hätte davon geträumt, mit Joe Bellini im feuchten Gras zu liegen, ihren wundervollen Körper zu liebkosen.

Nicht einmal eine tolle Aussicht entschädigt die Mitarbeiter für dieses kalte, abweisende Gebäude, dachte er. Die kleinen Fenster erinnerten ihn an Bullaugen. Sie erlaubten keine ablenkenden Blicke. Im Sitzen war man ausschließlich mit kahlen, weißen Wänden konfrontiert.

Genervt schritt er in dem großen Büro auf und ab, betrachtete nachdenklich die modernen, unbequemen

Büromöbel und schenkte dann dem riesigen Zeitungsstapel auf Marcovecs Schreibtisch eine gewisse Aufmerksamkeit.

Fast alle Zeitungen und Magazine waren neueren Datums. Marlene Helmers Foto zierte die aufgeschlagenen Seiten. Er überflog die Artikel, die meisten kannte er bereits. Auch der Inhalt des Schreibtisches und vor allem der teure Laptop erweckten sein Interesse.

Die Laden des Schreibtisches waren auffallend leer. Die wenigen Papiere schienen nicht wichtig zu sein. Serner las zwei kurze Briefe, warf sie in seine Aktentasche, nahm sich einen Stuhl und zog sich mit dem Laptop in eine dunkle Ecke zurück.

Ist die Langer schon da, fragte er plötzlich.

Noch nicht, aber ihr Assistent wartet bereits in ihrem Büro auf uns. Bezirksinspektor Egger griff nach seinem Handy.

Soll warten, murmelte Serner und spielte weiter auf dem Computer.

Als sie das Büro des Programmdirektors verließen, sagte er: Ich werde mir den Knaben selber vornehmen.

Du hast keine Stimme, protestierte Egger.

Lass das meine Sorge sein.

Alex empfing die beiden Beamten an der Tür von Verenas Büro.

Der Chefinspektor nahm unaufgefordert hinter dem Schreibtisch Platz und bedeutete Alex und Bezirksinspektor Egger, sich ebenfalls zu setzen.

Egger bemerkte, dass seinem Vorgesetzten nicht nur das Sprechen schwer fiel, sondern auch, dass er nicht ganz bei der Sache war.

Die Gedanken des Chefinspektors weilten bei Joe Bellini. Habe ich mich in eine Mörderin verliebt? Hält sie mich zum Narren? Nützt sie meine Gefühle aus? – Raffiniert genug ist sie.

Egger fragte Alex nach seinem Alibi.

Der junge Mann wurde zusehends nervöser, verhaspelte sich, sagte aus, dass die Krisensitzung bis zwanzig Uhr gedauert habe.

Nein, es war schon zwanzig Uhr dreißig als Frau Langer und ich das Haus verlassen haben. Gleich nachdem ich mich von ihr verabschiedet habe, bin ich in die Stadt gefahren. Dort hab ich mich kurz nach neun mit Freunden in einer Bar getroffen. Anschließend waren wir noch alle zusammen bei einem Italiener.

Das wird sich leicht nachprüfen lassen, warf Egger ein.

Serner befahl ihm, Namen und Telefonnummern von Alex Freunden zu notieren.

In diesem Moment betrat Verena Langer ihr Büro. Verblüfft starrte sie auf den Chefinspektor, der in ihrem Sessel saß.

Er bat sie, draußen am Gang zu warten.

Sie werfen mich aus meinem Büro?, fragte sie ihn ungläubig.

Ich ersuche Sie nur, uns noch ein paar Minuten mit Herrn Albrecht allein zu lassen.

Wütend schlug sie die Tür hinter sich zu.

Hat Frau Doktor Bellini ebenfalls an der Sitzung teilgenommen?

Alex, inzwischen ziemlich kleinlaut geworden, verneinte, erzählte aber, dass er ihren Spider vor dem Funkhaus habe stehen gesehen.

Wann war das?

Wann genau, weiß ich nicht. Es war jedenfalls schon finster.

Sie können jetzt gehen. Sagen Sie Frau Langer, dass sie hereinkommen soll.

Serner konnte nicht begreifen, was Joe an diesem Bürschchen fand. Der Knabe war nicht nur vollkommen charakterlos, sondern auch ziemlich dumm. War sie etwa nur in seine hübsche Larve verliebt?

Verena ließ Serner ihre Verärgerung deutlich spüren. Sie nahm sich mit den Antworten auf seine Fragen provokant lange Zeit, antwortete außerdem nur vage, bestätigte aber im Grunde Alex' Aussage, dass sie zusammen um zwanzig Uhr dreißig das Haus verlassen hätten.

Nach der Sitzung war ich im Fitnesscenter, habe bis etwa halb elf trainiert. Fragen Sie lieber meinen Trainer Geri, wann ich gegangen bin. Ich habe nicht auf die Uhr gesehen.

Egger schrieb sich die Telefonnummer ihres Trainers auf. Serner wollte wissen, ob sie Doktor Bellini an jenem Abend getroffen hätte.

Verena verneinte.

Ihre Gesichtszüge waren so beherrscht wie die eines Pokerspielers. Serner fragte sich, ob sie dieses kühle, leidenschaftslose Gesicht auch im Bett beibehielte. Der Gedanke erregte ihn.

Doktor Bellinis Wagen haben Sie auch nicht gesehen, fragte Bezirksinspektor Egger zögernd.

Verena zog verwundert die Brauen hoch.

Wird sie schon wieder verdächtigt? Was haben Sie gegen Joe Bellini? Irgendwelche persönlichen Probleme?, fauchte sie den Chefinspektor an.

Serner nieste.

Warum hätte sie Werner umbringen sollen? Das ergibt doch überhaupt keinen Sinn.

Vielleicht müssen wir Sie in den nächsten Tagen noch einmal belästigen, beendete Serner das sinnlose Gespräch.

Egger wollte sich gleich Alex' Freunde vornehmen.

Der Chefinspektor winkte ab.

Sehen wir uns lieber dieses Fitnesscenter an.

25

Der noble Fitnessclub erstreckte sich über die zwei unteren Etagen eines viergeschossigen Neubaus. Eine lange Fensterfront zur Straßenseite ermöglichte den Passanten, falls die Rollos nicht geschlossen waren, eine wunderbare Sicht auf die schwitzenden und schnaufenden Schönheits- und Gesundheitsfanatiker.

Um diese frühe Stunde war noch nicht viel los. Im Geräteraum quälten sich drei ältere Herren an ultramodernen Hightechmaschinen. Ein jüngerer Bursche versuchte das elektrische Laufband zu bezwingen, indem er wieder und wieder auf den Knopf drückte, der das Band beschleunigte. Er hatte Kopfhörer auf. Ein giftgrüner Walkman steckte am Gürtel seiner knappen, gelben Shorts.

Egger betrachtete die komplizierten Apparate aus nächster Nähe, während Serner einer modegerecht heruntergehungerten, jungen Frau beim Stretching zusah.

Im Aerobic-Saal sprangen zwei Damen mittleren Alters in pinkfarbenen Bodys, die Pobacken fast völlig entblößt, vor einer Spiegelwand wie wild gewordene Äffchen hin und her. Die Funk-Music, die aus den Boxen dröhnte, beleidigte Serners Ohren.

Bezirksinspektor Egger fragte eine der Damen, wo er den Trainer Geri finden könne.

Ohne ihr Gehopse zu unterbrechen, deutete sie auf die gegenüberliegende Tür.

Es fiel ihm schwer, seine Augen von den auf und ab hüpfenden Brüsten, zwischen denen sich ein keilförmiger Schweißfleck breit machte, zu wenden. Doch Serner drängte ihn weiterzugehen.

Sie betraten das Büro ohne anzuklopfen.

Verenas gut aussehender Trainer lümmelte, ein Handy am Ohr, in einem Sessel. Er beendete sein Telefonat sofort, strahlte die neuen Besucher freudig an und fragte, was er für sie tun könne.

Serner überließ seinem Kollegen das Reden. Sein Kreislauf spielte nicht mehr mit. Ihm war schwindlig. Er lehnte sich an die Wand und hielt sich an der Tischkante fest.

Ohne viel Worte zu machen, bestätigte Geri Verenas Aussage. Frau Langer ist, wie fast immer, kurz nach zweiundzwanzig Uhr dreißig als Letzte gegangen. Ich habe die Tür hinter ihr zugesperrt.

Serner war froh, diesen nach Schweiß und Parfüm stinkenden Raum schnell wieder verlassen zu können.

Hast du bemerkt, wie der aussieht? Der ist besser gebaut als ich, sagte Egger neidisch, als sie zu ihrem Wagen gingen.

Du kannst dir ja ein Jahresabo nehmen. Vielleicht kriegst du als Staatsbeamter Rabatt.

Ich trainier eh im Park & Ride Center in Erdberg, aber ich komm so selten dazu.

Serner fühlte sich zu alt und zu krank, um sich über sein Aussehen den Kopf zu zerbrechen. Seine Mandeln waren stark geschwollen. Er hatte das Gefühl, als würde sein Hals lichterloh brennen.

Bring mich nach Hause. Ich werde mich ein bisschen aufs Ohr legen. Um das Alibi von diesem Albrecht zu überprüfen, brauchst du mich nicht, das kannst du hoffentlich allein, oder?

Der Bezirksinspektor schwieg beleidigt.

Serner dachte nicht daran sich hinzulegen. Gestern hatte er die Aufzeichnungen des Psychiaters mit nach Hause genommen, war aber nicht dazu gekommen, sie zu lesen. Er machte sich Vorwürfe wegen seiner Nachlässigkeit.

Als er die Diskette auf seinem uralten PC zu laden versuchte, stürzte ihm das Programm ab. Fluchend probierte er es noch einmal. Am Bildschirm erschienen jede Menge komische Zeichen. Serner schwor, sich demnächst den winzigen McIntosh Laptop zuzulegen, den er in Marcovecs Büro so bewundert hatte. Leider kam das Gehalt eines Chefinspektors nicht annähernd an das Einkommen eines Programmdirektors heran.

Zum Überspielen der Diskette brauchte er dann fast eine Stunde.

Die Notizen des Doktors waren eine einzige Enttäuschung. Sie enthielten keinerlei brisante Neuigkeiten.

Marlene Helmer hatte den Psychiater wegen beruflicher Probleme aufgesucht und sich über Schlafstörungen und depressive Verstimmungen beklagt. Doktor Nowotny hatte hinzugefügt: Zum ersten Mal nicht bekommen, was sie wollte. Hysterische Neurose.

In den beiden Erstgesprächen ging es fast ausschließlich um Setting, Termine, Bezahlungsmodalitäten und ähnlich interessante Fragen.

Die dritte Sitzung war ihrer Familiengeschichte gewidmet.

Nowotny hatte eine rührende Romanze à la Rosamunde Pilcher skizziert: Verwöhnte Tochter aus gutem Haus, Vater Bankdirektor, Mutter Hausfrau. Villa mit Garten in Döbling … Traumatisches Erlebnis mit fünf Jahren: Geburt der bis heute verhassten Schwester. Außerdem wurde ihr geliebter Yorkshireterrier Opfer eines rasenden Autofahrers. Geplatzte Verlobung mit dreiundzwanzig …

Serner war nahe daran, die Lektüre abzubrechen.

In der vierten Stunde kam sie auf ihre Orgasmusprobleme zu sprechen.

Er las weiter.

Sie äußerte sich abfällig über ihre letzten Liebhaber, die Doktor Nowotny mit A. und W. bezeichnet hatte. Es ließ sich unschwer erraten, wer damit gemeint war. Detailliert hatte der Psychiater physische und andere Schwächen der beiden Herren notiert: Penisgröße, Erektionsfähigkeit, Ejakulatio praecox …

In der fünften Sitzung ging sie noch mehr aus sich heraus. Nowotny hatte einen Aggressionsschub registriert und wörtlich die Beschimpfungen und Drohungen, die sie gegen ihre Gegnerinnen beim Sender ausstieß, notiert.

V. wurde als »frustrierte Giftspritze« bezeichnet, J. nannte sie »die Trauerweide der Nation«. Marlene fühlte sich von »dieser Lesbenmafia« ausgetrickst und verfolgt. Der Psychiater hatte daraufhin »paranoide Tendenzen« notiert, allerdings ein Fragezeichen dahinter gesetzt.

Die letzte Sitzung hatte sie wegen beruflicher Überlastung abgesagt. Nowotny hatte darunter einen Vermerk über das noch ausstehende Honorar gemacht.

Zum zweiten Mal an diesem Tag war der Chefinspektor davon überzeugt, den falschen Beruf gewählt zu haben. Eintausendfünfhundert Schilling für fünfzig Minuten war ein mehr als ordentlicher Stundenlohn.

Als Egger kurz danach anrief, klang Serners Stimme zwar etwas besser, seine Laune war jedoch auf dem Tiefpunkt angelangt.

Du hast ganz schön lang für die paar Anrufe gebraucht, schnauzte er seinen Kollegen an.

Gekränkt schilderte ihm der Bezirksinspektor wie schwer die Freunde von Alex Albrecht zu erreichen gewesen wären.

Sie haben zwar nicht auf die Minute genau sagen können, wann er gestern Abend aufgekreuzt ist – es gibt drei unterschiedliche Zeitangaben –, aber es war sicher nicht viel später als halb zehn.

Okay, das genügt uns einstweilen.

Vorläufig ging Serner davon aus, dass Alex keine Zeit gehabt hätte, noch rasch vorm Abendessen seinen obersten Chef zu ermorden. Werner Marcovec war, laut Aussage des Polizeiarztes, zwischen einundzwanzig Uhr und einundzwanzig Uhr dreißig erdrosselt worden.

26

Joe arbeitete gerade mit einer Patientin, als Chefinspektor Serner kurz nach zwölf Uhr mittags anrief und seinen Besuch ankündigte. Sie hatte vergessen, den Ton ihres Anrufbeantworters leise zu stellen und deshalb ausnahmsweise abgehoben.

Kerstin L. drehte sich um, runzelte die Stirn.

Musste der Idiot ausgerechnet während einer Sitzung mit dieser Klientin anrufen? Joe war mehr als nur abweisend zu Chefinspektor Serner. Ich kann erst in einer Stunde, sagte sie und legte sofort wieder auf.

Kerstin L. reagierte überaus empfindlich auf Störungen. Sie war eine sehr kastrierende Frau, schüchterte als Lehrerin nicht nur ihre Schüler ein, sondern terrorisierte auch ihren Mann und arbeitete hart daran, selbst ihre Analytikerin zu dominieren. Aber Kerstin L. war momentan ihre einzige Analyse-Patientin.

Joe fand es nach wie vor eigenartig, hinter oder, besser gesagt, neben der Couch zu sitzen, obwohl sie Sigmund Freuds launige Aussage, dass er es nicht vertragen könne, acht Stunden täglich von anderen angestarrt zu werden, durchaus verstehen konnte. Außerdem hatte er mit seiner Befürchtung, dass das Mienenspiel des Analytikers den Patienten Stoff zu Deutungen geben oder sie in ihren Mitteilungen beeinflussen könnte, sicher Recht gehabt.

Sie erinnerte sich jedoch noch gut an dieses Gefühl des Ausgeliefertseins, das sie in den ersten Stunden auf Christians Couch empfunden hatte. Und wieder einmal bewunderte sie ihre Patientin, die sich relativ bereitwillig, nach zehn Stunden Therapie im Sitzen, auf ihre Couch begeben hatte.

Momentan befanden sie sich in einer kritischen Phase. In einer Sitzung vor zwei Wochen hatte Joe es gewagt, den Begriff »Penisneid« zu verwenden. Das Wort war ihr buchstäblich rausgerutscht, als ihre Patientin wieder einmal über all die Schlappschwänze von Kollegen hergezogen war. Prompt war Kerstin L. den nächsten beiden Sitzungen, ohne abzusagen, ferngeblieben.

Joe hatte es in dieser Stunde noch nicht geschafft, die versäumten Sitzungen anzusprechen.

Kerstin L. redete wie aufgezogen. Mein letzter Therapeut, Sie wissen schon, dieser Traumtänzer, hat während der Sitzungen keine Telefonate entgegengenommen …

Normalerweise mache ich das auch nicht, unterbrach Joe sie und bereute sofort, dass sie sich zu dieser Rechtfertigung hatte provozieren lassen. Außerdem kränkte es sie, dass ihre Patientin sie nach wie vor mit all den unseriösen Therapeuten, die sie bisher verbraucht hatte, gleichsetzte.

Joe wusste, daß Kerstin L. in den letzten drei Jahren drei verschiedene Psychotherapien ausprobiert hatte. Ihr unerfüllter Kinderwunsch hatte sie von einer Therapie in die nächste getrieben. Organisch war sie gesund. Auch ihr Mann hatte kein physisches Problem. Auf ihren Wunsch hin hatte er sich bereits mehrmals untersuchen lassen. Joe hatte sich die Befunde angesehen. Die Unfruchtbarkeit ihrer Patientin schien eindeutig psychisch bedingt.

Gestern war ich bei einem neuen Friseur in der Josefstadt. Ist Ihnen gar nichts aufgefallen? Kerstin L. drehte den Kopf nach rechts und sah ihre Analytikerin vorwurfsvoll an.

Joe hatte die roten Strähnen sehr wohl bemerkt, sich aber eine Bemerkung verkniffen. Sie lässt mindestens soviel Geld bei Friseuren wie bei mir, allerdings wechselt sie ihre Figaros noch öfter als ihre Therapeuten, dachte sie amüsiert.

Ihre Patientin hatte eine gute, sportliche Figur – vielleicht waren ihre Beine eine Spur zu kräftig, vor allem die Fesseln –, aber wichtig waren ihr allein ihre Haare. Alle paar Tage hatte sie einen neuen Schnitt oder eine neue

Haarfarbe. Die Depression lauert im Hinterhalt, befürchtete Joe.

Nun kam Kerstin L. auch noch auf den DIWAN zu sprechen. Die Show war ein einziges Fiasko für Sie! Dass sich eine Analytikerin dermaßen verunsichern lässt, hätte ich mir nicht gedacht.

Und als Joe nicht reagierte, fuhr sie fort: Diese Astrologin hat sie an die Wand gespielt.

Dass Marlene inzwischen Opfer eines brutalen Mordes geworden war, dürfte Kerstin L. zum Glück noch nicht mitbekommen haben oder es schien sie nicht weiter zu interessieren, zumindest erwähnte sie den Mord mit keiner Silbe.

Joes Gedanken kreisten um Marlene und die blutgierige Göttin Sachmet. Plötzlich sah sie Kerstins Gesicht zerschmettert vor sich. Sie zuckte zusammen, schämte sich für ihre mörderischen Phantasien und ärgerte sich, dass sie auf Aggressionen nach wie vor mit Gegenaggression reagierte.

Gegen Ende der Sitzung hielt ein Wagen vor ihrem Haus.

Sie beschloss, weniger um ihre ungehaltene Patientin zu besänftigen, als um den Chefinspektor warten zu lassen, kräftig zu überziehen.

Als sich Kerstin L. an der Tür zum Behandlungszimmer mit einem freundlichen und leicht triumphierenden Lächeln verabschiedete – sie hatte zehn Minuten geschenkt bekommen –, saß der Chefinspektor auf dem schmalen Thonetsessel am Gang. Er hatte seinen Trenchcoat ausgezogen und Lisas »sterbenden Baum«, einen verdorrten Holzstamm mit zwei dürren Ästen, als Kleiderständer missbraucht.

Serner blätterte in einem alten Auto-Magazin. Die Zeitschriften lagen nur zur Dekoration auf dem kleinen, runden Kaffeehaustisch. Joes improvisierter Warteraum in der Einfahrt wurde so gut wie nie von Patienten benutzt.

Selbst im Sitzen war Serners außergewöhnliche Größe nicht zu übersehen.

Kerstin L. musterte ihn mit einem strengen Blick. Was sie sah, schien ihr zu gefallen. Gnädig nickte sie ihm zu.

Der Chefinspektor grüßte knapp, blickte aber nur kurz von der Zeitschrift auf. Als er ihr keine weitere Beachtung schenkte, stolzierte sie festen Schrittes an ihm vorbei und knallte die Haustür hinter sich zu.

27

Bin ich der Nächste?, fragte Serner und grinste Joe herausfordernd an.

Sie hatte sich vorgenommen, ihm die kalte Schulter zu zeigen. Wortlos komplimentierte sie ihn ins Wohnzimmer.

Schade, ich hätte mich gern ein bisschen auf ihrer Couch ausgeruht. Ich bin ziemlich marod.

Joe ging auf seinen scherzhaften Ton nicht ein, sondern fragte ihn unwirsch, ob er etwas trinken möchte.

Serner schaute auf seine Uhr.

Wann kommt ihr nächster Patient?

Erst am späteren Nachmittag.

Wenn Sie sich einen Tee machen, trinke ich gern einen mit.

Joe ging wortlos in die Küche.

Als sie mit den alten, großgeblümten Tassen zurückkam, saß er an ihrem Esstisch.

Sein forsches Grinsen war einem ernsten, ja fast besorgten Ausdruck gewichen.

Was kann ich, außer Tee kochen, sonst noch für Sie tun?

Sie stellte das Geschirr auf den Tisch.

Sie haben keine Ahnung? Keine Anrufe heute Vormittag?

Dutzende. Ich heb nicht mehr ab.

Warum sie ausgerechnet bei seinem Anruf abgehoben hatte, wollte sie ihm nicht lang und breit erklären.

Wer soll denn angerufen haben?

Ihr Chef Werner Marcovec ist gestern ermordet worden.

Joe wurde blass, hielt sich an der Lehne seines Sessels fest und packte mit der anderen Hand seine Schulter.

Nein, das kann nicht sein.

Am liebsten wäre sie davongelaufen. Aber alles was sie sich getraute war, in die Küche zu gehen, Teekanne, Zuckerdose und Milchkännchen auf ein Tablett zu stellen und dann, halbwegs gefasst, zu ihm zurückzukehren.

Serner bat sie, sich zu setzen.

Werner Marcovec ist heute, kurz vor sieben Uhr früh, von einer Putzfrau erdrosselt und an einen Stuhl gefesselt aufgefunden worden.

Nein. Das ist doch alles nur ein böser Traum, stammelte Joe.

Sie war verwirrt, ängstlich und ernsthaft besorgt.

Leider nicht. Er war ziemlich übel zugerichtet. Ich erspare ihnen lieber die Details …

Für welche Zeit brauche ich diesmal ein Alibi, unterbrach sie ihn, noch immer kreidebleich.

Erzählen Sie mir einfach, wie Sie den gestrigen Abend verbracht haben. Mit genauen Zeitangaben, wenn möglich.

Verkrampftes Schweigen.

Ich hab ferngesehen, sagte sie betont laut, als ihr die Stille unerträglich wurde.

Seine Fragen nach den Sendungen, die sie sich angesehen hatte, konnte sie nicht beantworten.

Ich hab herumgezappt. Auf allen Kanälen lief ein Scheiß-Programm.

Sie sind abends nicht beim Sender gewesen?

Ich war dort, aber nur ganz kurz.

Sie seufzte und erzählte ihm von der Krisensitzung, die um achtzehn Uhr dreißig bereits zu Ende gewesen sei.

Ich hab den Maskenbildner getroffen, bin mit ihm auf einen »Großen Braunen« gegangen. Wir haben auch eine Partie Billard gespielt.

Die Gerüchte, von denen Toni ihr erzählt hatte, erwähnte sie mit keinem Wort.

Die Sitzung war erst um zwanzig Uhr dreißig zu Ende, warf Serner ein.

Das kann nicht sein. Ich wollte unbedingt mit Frau Langer sprechen, wollte wissen, was bei der Besprechung rausgekommen ist. Ihr Wagen hat nicht mehr auf ihrem eigenen Parkplatz vorm Haus gestanden. Ich stelle mein Auto, wenn's geht, in der Nähe ab. Da also ihr MG nicht dort war, habe ich angenommen, dass die Sitzung schon vorbei ist. Toni hat mir das bestätigt.

Und nachher haben Sie ferngesehen? Serners skeptischer Unterton war nicht zu überhören. Ich habe mehrmals versucht, Sie telefonisch zu erreichen. Lassen Sie sich was Besseres einfallen.

Joe erschrak.

Ich bin anschließend noch im Wienerwald spazieren gefahren. Es war ein so schöner, milder Abend, stammelte sie.

Gestern Abend hat es geregnet.

Sie ignorierte seine Bemerkung, begann von ihrem Auto zu erzählen.

Letzten Sommer, kurz nachdem ich ihn gekauft habe, bin ich manchmal mitten in der Nacht aufgewacht und hinuntergelaufen, um nachzusehen, ob er noch im Hof steht. Manchmal bin ich sogar um fünf Uhr früh aufgestanden, um mit offenem Verdeck durch die stillen Straßen zu fahren, die ersten Sonnenstrahlen und den warmen Morgenwind in meinem Haar zu spüren.

Der Chefinspektor grinste, offenbar hatte er ein gewisses Verständnis dafür, dass sie in diesem kalten Land jede Gelegenheit nützte, um mit offenem Wagen durch die Gegend zu fahren. Er begann Vergleiche mit seiner DS anzustellen. Und bald waren sie in eine lebhafte Diskussion über die Vor- und Nachteile ihrer alten Autos vertieft.

Ich hab schon als Kind eine innige Beziehung zu Autos gehabt, sagte er, habe Autoprospekte und Werbefotos gesammelt. Und irgendwann, Mitte der 60er Jahre, ist es passiert. Mein Vater hat sich einen Citroen ID 19 gekauft. Für mich war es schon lange das schönste Auto der Welt. Zur Matura habe ich dann von meinen Eltern eine übertragene Ente geschenkt bekommen. Mittlerweile habe ich rund fünfunddreißig Jahre mit diesen Wagen verbracht, habe fast alles gefahren, was Citroen seit den 60er Jahren gebaut hat. Ich habe sie alle geliebt, manchmal auch verflucht, aber so ist das eben mit der Liebe zu einem Auto.

Völlig unvermittelt brach Serner seine Schwärmerei für die Déesse ab und teilte Joe mit, dass ihre Zeitangaben weder mit Alex' noch mit Verenas Aussagen übereinstimmten.

Ihr Freund Alex hat ausgesagt, Ihren Spider gestern Abend am Parkplatz vor dem Funkhaus gesehen zu haben.

Das kann nicht sein. Ich habe, wie gesagt, nur ganz kurz dort geparkt und zwar ziemlich genau um halb sieben. Fragen Sie Toni.

Um diese Zeit war es noch hell. Herr Albrecht hat behauptet, es sei bereits finster gewesen, als er ihren Wagen vorm Sender gesehen habe.

Er lügt, rief Joe zornig.

Serner wollte mehr über ihre Beziehung zu Alex wissen.

Trotzig behauptete Joe, dass er nichts weiter als ein Kollege sei.

Weh dem der lügt, sagte Serner spöttisch. Herr Albrecht hat bei seiner Einvernahme nach dem ersten Mord ausgesagt, dass er Ihr Geliebter sei.

Joe war vor Wut den Tränen nahe. Sie wusste nicht, wen sie mehr hasste, diesen impertinenten Chefinspektor oder ihren feigen Liebhaber.

Was geht es Sie an, mit wem ich schlafe? Sie sind nicht mein Beichtvater.

In diesem Fall geht mich einfach alles was an.

Also bitte, was wollen Sie wissen? Wie oft wir es miteinander gemacht haben? Ob er gut im Bett ist? Sie stockte, schluckte ihre Tränen hinunter.

Sie verlangen ja auch von Ihren Klienten, dass sie die Wahrheit sagen, lenkte Serner ein. Die Wahrheit und nichts anderes als die Wahrheit, das ist eine der Grundbedingungen für eine erfolgreiche Analyse. Das hat mir gestern ihr Lehranalytiker erklärt. In meinem Job ist es dasselbe.

Im Grunde unterscheidet sich die Arbeit eines Analytikers nicht allzu sehr von der Arbeit eines Ermittlers. Wir sind beide auf der Suche nach der Wahrheit. Nur versuchen wir ein Verbrechen aufzudecken und ihr das Unbewusste. Beide bemühen wir uns, einem Geheimnis auf die Spur zu kommen. Eure Methode ist unseren Methoden durchaus ebenbürtig, wenn nicht besser.

Obwohl sie sich kindisch vorkam, hielt sich Joe die Ohren zu. Lassen Sie mich in Frieden, zischte sie.

Der Chefinspektor lächelte sie an. Das hat Freud selbst behauptet. Lesen Sie nach, sagte er.

Sie fand sein Lächeln süffisant. Es erschien ihr sinnlos, ihm jetzt von dem Zwischenfall auf der Höhenstraße zu erzählen. Er würde ihr sowieso kein Wort glauben.

Sie sind doch, genau wie ich, andauernd mit den menschlichen Schattenseiten beschäftigt, bemühen sich, das Dunkel der menschlichen Seele zu erhellen, fuhr Serner fort. Wir sind beide oft mit egozentrischen, herzlosen, aber gesellschaftlich absolut geschätzten und geachteten Menschen konfrontiert. Ich denke, was Sie betrifft, dabei weniger an Ihre Patienten als an die Fernsehleute ...

Hören Sie endlich auf, unterbrach ihn Joe zornig.

Warum sind Sie so wütend?

Joe schien nicht gewillt, den Mund noch einmal aufzumachen.

Wir reden noch mal in aller Ruhe darüber, sagte er und stand auf.

Es klang wie eine Drohung.

Kaum hatte Serner das Haus verlassen, griff Joe zum Telefon und rief Toni an. Ihre Wut war noch nicht verraucht. Sie wollte ihn zur Rede stellen.

Aber mit Toni war nicht viel anzufangen. Er hatte heute

seine Kündigung bekommen und war mehr als nur angesäuselt.

Dieser Teil seiner Geschichte hatte also gestimmt.

Hast du alles der Kripo erzählt?, fragte er lallend.

Was hätte ich ihnen denn erzählen sollen?

Hast du mit Verena gesprochen?

Noch nicht. Aber ich werde mit ihr reden. Solange kein neuer Programmchef bestellt wird, hat sie sicherlich großen Einfluss.

Ich bin der nächste, jammerte er. Ich habe Angst.

Vor wem?

Wenn er Werner einen Tag früher umgebracht hätte, würde ich jetzt noch meinen Job haben. Hätte ich mich doch bloß, anstatt von diesem kleinen Arschloch, von seinem Daddy ficken lassen, dann wäre ich heute, anstatt arbeitslos, Chef der Maske.

Angewidert legte Joe auf und rief Alex an.

Bist du vollkommen verrückt geworden? Wie hast du nur der Kripo sagen können, dass du meinen Spider gestern Abend beim Studio gesehen hast? Du warst doch in der Sitzung. Außerdem habe ich höchstens zehn Minuten dort geparkt.

Hätte ich lügen sollen? Sie haben mich gefragt, ob ich dich getroffen hätte, und ich habe gesagt, dass ich nur deinen Wagen gesehen habe, sagte Alex bestimmt. Ich war zu spät dran. Und dein Spider ist vorm Haus gestanden, als ich mich eingeparkt habe.

Ich war im Foyer. Wieso habe ich dich nicht gesehen?

Bin durch den Hintereingang rauf.

Um diese Zeit war's noch hell.

Was weiß ich. Hast du heute keine anderen Sorgen?

Obwohl sie inzwischen nicht mehr glaubte, dass Alex

am Montag hinter ihr her gewesen war, fragte sie: Hast du mich vorgestern verfolgt?

Bist du noch dicht? Wovon sprichst du?

Irgend ein Idiot hat Montagabend versucht, mich von der Höhenstraße abzudrängen. Ich hätte mich beinahe überschlagen.

Alex legte ohne noch ein Wort zu sagen auf.

Erst jetzt wurde ihr bewusst, dass – wenn an dem Gerücht was dran war – Alex seinen Vater verloren hatte. Er hatte nicht besonders niedergeschlagen gewirkt, keine Spur von Schock oder großer Trauer. Tonis Geschichte war sicher erstunken und erlogen. Alex hatte keinerlei physische Ähnlichkeit mit Marcovec. Alex war schlank, hatte einen durchtrainierten Körper und feine, ebenmäßige, fast feminine Züge. Aber vielleicht hatte der Programmchef den dicken Bauch, das schwabbelige Kinn und die wulstigen Tränensäcke seinem Lebenswandel zu verdanken? Versoffen, verfressen, verhurt? Wahrscheinlich ist er früher ein durchaus hübsches Mannsbild gewesen.

Trotzdem war sie froh, Serner gegenüber keine Andeutungen über Alex' vermeintliche Verwandtschaft mit Werner Marcovec gemacht zu haben.

Dann versuchte sie ihre Freundin Verena zu erreichen. Angeblich war sie gerade in einer Besprechung. Joe bat die Sekretärin, Verena auszurichten, dass sie so bald wie möglich zurückrufen solle.

28

Mittwochnachmittags ließ sich Joe wieder von Andrea D. quälen. Ihre Patientin legte sich, ohne einen Ton zu sagen, auf die Couch, schwieg beharrlich, starrte an die Decke und kaute ununterbrochen an ihren Fingernägeln.

Joe platzte beinahe vor Wut. Fällt es Ihnen leichter zu schweigen, wenn Sie mich nicht ansehen müssen?, versuchte sie es wieder einmal.

Ihre Patientin stellte sich schlafend.

Joe sehnte sich nach Christian. Die Sitzungen bei ihm hatten ihr die Einsamkeit erträglicher gemacht. Sie vermisste vor allem die guten Gespräche während ihrer Spaziergänge entlang des Donaukanals. An die samstäglichen Privatvorlesungen in seiner Bibliothek erinnerte sie sich weniger gern. Dort waren sie zu sechst gewesen. Fünf Kandidatinnen und der Meister. Diese sogenannten Technik- und Theorieseminare waren meist in Kaffeekränzchen ausgeartet, vor allem in der Adventszeit, wenn die Psychiatersgattin Dorli die Runde mit selbst gebackenen Keksen beglückt hatte. Aber seine Autorität, seine Selbstsicherheit, seine Überzeugung, die richtige Methode gewählt zu haben, hatten ihr immer Mut gemacht. Seit sie auf sich allein gestellt war, verstärkten sich ihre Zweifel an der Sinnhaftigkeit ihrer Arbeit. Auch heute stellte sie wieder die Macht der Deutung in Frage, zweifelte zumindest an ihrer zentralen Bedeutung für eine erfolgreiche Therapie, wenn nicht sogar daran, dass irgendeine Form psychotherapeutischer Behandlung eine echte Veränderung bewirken könnte.

Nachdem Andrea D. gegangen war, fühlte sie sich so geschlaucht, dass sie sich am liebsten selbst auf ihre Couch gelegt hätte. Doch heute schien ihr keine ruhige Minute vergönnt.

Es läutete an ihrer Haustür.

Da sie keine Patienten mehr erwartete, wollte sie zuerst gar nicht öffnen. Aber vielleicht war es Verena? Joe ging zur Tür, blickte durch den Spion.

Ihr Herz klopfte bis zum Hals. Sie lehnte sich mit dem Rücken an die Haustür, hielt sich die Hand vor die Brust. Nach ein paar Sekunden hatte sie sich wieder gefasst und öffnete.

Hallo Max, was willst du denn hier?

Seit mindestens sieben Jahren hatte sie nichts mehr von ihrem Ex-Mann gehört oder gesehen.

Max hatte sich kaum verändert. Auf den ersten Blick wirkte er wie ein eben aus den Kinderschuhen entwachsener Jüngling. In seinem dunklen Haar zeigten sich zwar bereits ein paar graue Strähnen und auf seiner Stirn wurden die ersten kahlen Stellen sichtbar, sein Lächeln war aber noch genauso einnehmend wie früher.

Bekomme ich keinen Kuss?

Eine rein rhetorische Frage, denn sogleich nahm er sie in die Arme und drückte ihr seine Lippen fest auf den Mund.

Verärgert und gleichzeitig amüsiert befreite sich Joe.

Darf ich reinkommen?

Schon stand er mitten in der Einfahrt und sah sich fachmännisch um.

Gutes, altes Gemäuer.

Was verschafft mir die Ehre?, fragte Joe ihn spöttisch.

Nur wer die Sehnsucht kennt, weiß, was ich …

Max, bitte hör auf. Ich kann mir schon denken, warum du gekommen bist.

Nein, ehrlich, du hast dich ganz schön gemausert, Prinzessin – très chic.

Er klopfte ihr zärtlich auf den Hintern.

Sie ging hinein.

Max folgte ihr.

Gehe ich recht in der Annahme, dass du kein Bier im Haus hast?

Er nahm eine Bierdose aus seiner Manteltasche, öffnete sie und stärkte sich mit einem kräftigen Schluck.

Natürlich wollte er Informationen über die Morde. Aus erster Hand sozusagen. Und er fing es schlau an, machte ihr zuerst eine Menge Komplimente über ihr fantastisches Aussehen, sprach von der Vergangenheit, den gemeinsamen Jahren ... Dabei schaute er ihr tief in die Augen, zog sie mehrmals an sich und strich ihr übers Haar.

Die alte Vertrautheit war zu Joes Überraschung schon nach kurzer Zeit wieder spürbar. Sie befürchtete, erneut seinem Charme zu erliegen.

Die Erinnerung romantisiert, verschleiert den Blick auf die Realität, dachte sie und wünschte sich trotzdem, sie wäre wieder zwanzig, voller Energie, sorglos und voller Hoffnung sich zu verlieben.

Erst als er die zweite Bierdose aus der anderen Manteltasche nahm, bekam sie wieder einen klaren Kopf.

War der liebe Max inzwischen dem Alkohol erlegen?

Sie betrachtete seine hübschen, regelmäßigen Züge genauer.

Die vielen Lachfältchen um Augen und Mund waren wohl seiner penetranten Fröhlichkeit und seinem Alter zuzuschreiben. Max war vier Jahre älter als sie. Aber die gerötete Gesichtshaut und die Schwellungen unter seinen Augen waren ziemlich verräterisch.

Erinnerungen an ihre Ehe, die nicht lange gedauert hatte, tauchten auf.

Der Traum von einer offenen Beziehung war bald ausgeträumt gewesen. Max hatte Joe betrogen und Joe hatte Max betrogen. Und eines Tages hatten sich beide gefragt, warum sie überhaupt noch miteinander verheiratet waren. Die Scheidung war völlig problemlos verlaufen.

Sie erkundigte sich nach seiner zweiten Frau und den Kindern.

Er wurde ernst, erzählte ihr, dass sich Christina von ihm getrennt habe, dass die Scheidung bevorstehe, und er befürchte, die Kinder zu verlieren.

Journalisten taugen nicht für die Ehe, sagte Joe.

Er gab ihr Recht, wollte sich aber nicht weiter auf dieses Thema einlassen, sondern kam auf den wahren Anlass für seinen Besuch zu sprechen.

Um zu wissen, was man sagen wird, muss man wissen, was die anderen gesagt haben. Er lächelte verschmitzt.

Eher widerwillig schilderte ihm Joe, was die Ermittlungen bisher ergeben hatten. All die Gerüchte erwähnte sie aber mit keinem Wort.

Max war enttäuscht. Selbst seine Zeitung hatte schon interessantere Details über den ersten Mord berichtet. Hartnäckig bemühte er sich, ihr wenigstens ein bisschen Tratsch aus dem Sender zu entlocken.

Immer auf der Jagd nach der Sensation?, fragte Joe spöttisch.

Als Journalist muss man sich halt für das Nichtalltägliche und vor allem für das Allerneueste interessieren. Es klang beinahe entschuldigend.

Dein verehrter Bourdieu hat recht, um als Erste etwas zu sehen und darüber zu schreiben, seid ihr zu fast allem bereit. Da ihr aber alle dasselbe macht, alle mit ähnlichen oder gar denselben Worten über das Gleiche schreibt, endet euer Kampf um Exklusivität gezwungenermaßen in einer gewissen Banalisierung.

Du hast dich nicht geändert, musst immer gleich moralisieren.

Du hast es gerade nötig, mir übertriebenen Moralismus vorzuwerfen. Kleinbürgerliche Moral zu verkünden, ist ja wohl eher eines der Hauptanliegen deiner wunderbaren Zeitung.

Völlig richtig, Frau Doktor.

Die zweite Bierdose war leer. Er fragte, ob sie was Hochprozentiges im Haus habe.

Nein, sagte sie kurz.

Ich glaub, ich hol mir noch ein Bier. Gibt's einen Würstelstand in der Nähe? Unschlüssig stand er auf.

Obwohl sie ihn loswerden wollte, brachte sie es nicht fertig, ihn einfach gehen zu lassen. Sie schaute auf ihre Armbanduhr.

Der Supermarkt hat noch offen.

Soll ich dir was mitbringen?

Nein, ich komme mit, ich wollte heute sowieso noch einkaufen gehen.

Wie ein altes Ehepaar schlenderten sie zusammen durch die Regalreihen des Ladens, unterhielten sich über die Vor- und Nachteile dieses oder jenes Produktes und empörten sich über die Preise.

Joe kaufte wahllos irgendwelche Lebensmittel und dachte sogar daran, eine Flasche Rotwein für den nächsten Besuch bei ihrem Vater zu besorgen. Da sie sich mit Wein nicht auskannte, ließ sie sich von Max beraten.

Er besann sich auf den guten Geschmack seines ehemaligen Schwiegervaters, empfahl ihr einen teuren Rotwein aus Burgund und legte auch eine Flasche Weinbrand, ein Sonderangebot, in ihren Einkaufswagen.

Auf dem Rückweg nahm er ihr die schweren Plastiksäcke ab.

Vor ihrem Haustor angekommen, sagte Joe: Ich glaube, es ist besser, du kommst nicht mehr mit hinein. Ich habe dir alles gesagt, was ich weiß.

Er stellte die Plastiksäcke ab und umarmte sie.

So schnell wirst du mich nicht wieder los, flüsterte er ihr ins Ohr.

Und dann küsste er sie.

Was für ein Déjà-vu! Nicht einmal sein nach Bier stinkender Atem störte sie. Von seinen Küssen hatte sie noch Jahre nach ihrer Scheidung geträumt. Keiner ihrer Liebhaber hatte so gut geküsst wie Max. Kein Wunder, dass ihn seine Studienkolleginnen damals »Küsserkönig« getauft hatten.

Er begann ihre Brüste zu streicheln.

Sie wehrte sich nicht gegen seine Zärtlichkeiten. Seine geschickten Hände verstanden es immer noch, sie zu erregen. Erst als er sie in die Einfahrt drängte, sie mit dem Rücken an die Wand presste, ihren Rock hochschob und seine Hand zwischen ihre Schenkel gleiten ließ, stieß sie ihn weg.

Es hat keinen Sinn, Max!

Der energische Ton, in dem sie das sagte, ließ ihn zusammenzucken. Er schaute sie so traurig an, dass sie es fast bereute, ihn wegschicken zu müssen. Aber Sex mit dem Ex? Nein, darauf hatte sie keine Lust.

Bitte geh jetzt. Wenn alles überstanden ist, rufe ich dich an.

Versprochen?

Hoch und heilig!

Als Max abzog wie ein geprügelter Hund, breitete sich leichter Nebel gnädig über die hässlichen Häuser des Außenbezirks. Sie schaute ihm lange nach. Er drehte sich kein einziges Mal um. Ihre Stimmung sank auf den Nullpunkt. Nachdenklich schloss sie das Tor der Einfahrt. Sie war sich nicht mehr so sicher, dass es gescheit gewesen war, Max wegzuschicken. Er konnte nicht nur gut küssen, sondern war auch ein exzellenter Liebhaber gewesen.

Verwirrt und deprimiert beschloss sie, heute keinen Menschen mehr reinzulassen.

Ich werde die Tür hinter mir zusperren und das Telefon ignorieren, bestärkte sie sich halblaut in ihrem Entschluss.

Allerdings rief sie noch einmal beim Sender an.

Die Sekretärin teilte ihr mit, dass Verena gerade das Haus verlassen habe.

Joe legte sich aufs Sofa und schlief sofort ein.

29

Als sie eine Stunde später aufwachte, war es draußen bereits finster. Bruchstückhaft erinnerte sie sich an einen Albtraum.

Sachmet kämpfte in Gestalt einer wilden Löwin gegen das Böse, tötete wahllos, vernichtete Menschen ohne Gesichter, labte sich an ihrem Blut. Und dann tauchte Max auf, sein bronzefarbener Körper glänzte golden im gleißenden Sonnenlicht. Entfernt erinnerte er sie an die vergoldete Jünglingsstatue im Foyer des Senders. Max nahm plötzlich die Züge von Serner an, war nicht mehr nackt, sondern trug einen Panzer. Sachmets Pfeile prallten an dem rotglühenden Eisen ab. Seelenruhig schüttete Max oder Serner purpurrote Pigmente in ein Fass Bier. Die bestialische Göttin hielt es für Blut, trank es gierig und wurde schläfrig. Eine laut schnarchende, furchteinflößende Fratze auf ihrer Couch war das Letzte, woran sich Joe erinnern konnte.

Leichte Übelkeit und ein heftiges Pochen in ihren Schläfen hinderten sie daran, über den seltsamen Traum nachzudenken.

Womöglich hat mich dieser penetrante Chefinspektor angesteckt? Sie spürte ein leichtes Kratzen im Hals, ging in die Küche und setzte den Wasserkessel auf. Während sie den ostfriesischen Tee ziehen ließ, rief sie Verena an.

Der Ruf ertönte zehnmal, keiner hob ab. Wollte die Freundin einem Gespräch mit ihr aus dem Weg gehen?

Sie hält sich von anderen fern, um sich vor Kränkungen zu schützen, dachte Joe. Wahrscheinlich habe ich ihr Vertrauen verloren. Bestimmt habe ich sie unabsichtlich gekränkt, oder sie fühlt sich von mir im Stich gelassen, weil ich ihr nicht gleich von dem Mord erzählt habe.

Joe quälte sich mit Selbstvorwürfen, hatte Angst, Verenas Freundschaft verloren zu haben, Angst vor dem Alleinsein, Angst vor der Dunkelheit, Angst vor den vielen Fragen und forschenden Blicken des Chefinspektors.

Sie begann in ihrem Haus auf und ab zu gehen, suchte verzweifelt nach einer Zigarette, ging hinüber ins Atelier und fand zwischen den Pigmentgläsern ein angebrochenes Päckchen Camel.

Mit der brennenden Zigarette zwischen den Lippen lief sie im Wohnzimmer herum, sortierte Zeitungen, suchte die Aufzeichnungen der letzten beiden Sitzungen und ließ sich schließlich erschöpft aufs Sofa fallen.

Sie wusste selbst nicht, wonach sie suchte, seit Jahren wartete sie, wartete auf ein großes Ereignis, die große Liebe, die große Karriere, das große Geld, irgendwas Großartiges jedenfalls.

Ihr war kalt.

Sie holte eine Decke, setzte sich wieder aufs Sofa, legte ihre Füße hoch, deckte sich zu und trank ihren Tee.

Das flaue Gefühl in ihrem Magen und das Brennen im Hals ließen nach. Doch die Stille in ihrem Haus behagte ihr nicht. Sie schaltete den Fernsehapparat ein, sah sich die hundertste Folge einer langweiligen, deutschen Krimiserie an, schaltete zwischendurch auf einen anderen Kanal. Irgendwann nickte sie ein.

Beim Läuten des Telefons schreckte sie hoch.

Im Fernsehen lief jetzt ein Actionfilm. Für einen Moment dachte Joe, das Telefon würde im Film läuten, und verkroch sich wieder unter ihrer Decke. Das Klingeln hörte nicht auf.

Als sie ihr Schnurlostelefon endlich in der Küche neben dem Herd entdeckt hatte, klingelte es nicht mehr.

Sie wählte noch einmal Verenas Privatnummer. Enttäuscht legte sie auf.

Der Tee war kalt geworden. Joe leerte ihn in den Ausguss.

Das Telefon läutete erneut.

Sie wurde ihrem Vorsatz untreu und hob ab. Womöglich war es dieser paranoide Informatikstudent, den ihr Christian angekündigt hatte.

Es meldete sich niemand. Die Verbindung war intakt.

Sie rief mehrmals »Hallo« in den Hörer, bevor sie auflegte.

Genervt schaltete sie auf ihren Sender.

Werbung. Es folgten die Nachrichten. Die Schlagzeilen aus aller Welt entfielen heute zugunsten eines siebenminütigen Beitrags, der ausschließlich der Ermordung der beiden AWT-Mitarbeiter gewidmet war. Im Blickpunkt standen hauptsächlich Politiker der regierenden Parteien, die dem Sender mit vielen Worten ihr unaufrichtig aufrichtiges Beileid aussprachen. Die Ermittlungen schienen nicht viel Neues erbracht zu haben. Oder hielt die Kripo sich weiterhin bedeckt? Dass es sich in beiden Fällen um ein und denselben Täter handelte, stand fest, zumindest behauptete das die Nachrichtensprecherin.

Joe war sich nicht so sicher, dass beide Morde auf das Konto einer Person gingen. Könnte nicht jemand Marlene Helmers Tod als gute Gelegenheit betrachtet haben, den Mord an Werner Marcovec einem anderen in die Schuhe zu schieben?

Nicht zum ersten Mal ärgerte sie sich über die oberflächliche Berichterstattung. Die Nachrichten, die geliefert werden, dienen hauptsächlich dazu, bestimmte Gesichter immer wieder und wieder zu zeigen. Die Gesichter sind jedoch genauso austauschbar wie die Gemeinplätze, die die Besitzer dieser Visagen von sich geben.

Brown is beautiful, dachte Joe beim Anblick der vollbusigen, sonnenstudiogebräunten, jungen Dame. Im Privat-TV waren weibliche Kurven sehr gefragt. Da die Sprecherinnen an einem kleinen, offenen Pult standen, konnten die Fernsehzuschauer sowohl ihre Brüste als auch ihre wohl geformten Beine bewundern. Die Neue mit dem violett umrandeten Schmollmund und dem knallengen Minirock wirkte schrill und ordinär, kam aber mit ihrer aufreizenden Art beim Publikum gut an. Als sie für Mitternacht eine Sondersendung über die beiden Mordfälle ankündigte, zupfte sie an ihrem tief dekolletierten Blüschen herum, und danach verhaspelte sie sich mehrmals beim Meldungsblock. Außerdem nuschelte sie. Ob sie wohl ebenfalls über Werner Marcovec beim AWT gelandet war?

Joe schaltete auf die vertraute, gute alte Nachrichtensendung im ORF um.

Auch das öffentlich-rechtliche Fernsehen gönnte seinen Zuschauern neuerdings ein bisschen Sex. Die Sprecherin trug unter ihrem pinkfarbenen Kostüm weder BH noch Body. Ihre Brustwarzen malten sich deutlich unter dem dünnen Stoff ab. Sie war zwar nicht mehr die Jüngste, hatte vor Jahren aber bestimmt irgendeinen Schönheitswettbewerb in der Provinz gewonnen. Eine gewellte, blonde Haarpracht umschmeichelte ihre vom Ehrgeiz gezeichneten Züge.

Wenigstens brachten die Kollegen den Mord nicht als erste und wichtigste Meldung. Die anekdotenhafte Berichterstattung über den Besuch eines ausländischen Premiers konnte aber Joes Aufmerksamkeit auch nicht fesseln. Es folgte ein ausführlicher Bildbericht über die letzten Überschwemmungen in Nordamerika. Naturkatastrophen, Unfälle, Brandstiftung, Bilder des Schreckens, die allein die Neugier kitzeln. Außerdem waren die Beiträge voller Fehler und falscher Übergänge. Hauptsache, das Gesicht der Nachrichtensprecherin füllt das Bild und ihr blassrosa geschminkter Mund darf altbackene Analysen stammeln. Ihre Haarfarbe ist so falsch wie ihr Mitgefühl für die Opfer der Überschwemmungen, dachte Joe und wollte schon abschalten, als einer ihrer speziellen Lieblinge das Nachrichtenstudio betrat.

Der selbsternannte Fernsehphilosoph bemühte sich, dem Sinnlosen Sinn zu geben. Sie hörte diesem überheblichen Menschen, der jederzeit bereit war, zu jedem beliebigen Thema ein Interview oder zumindest eine Stellungnahme abzugeben, mit halbem Ohr zu und blätterte in der Programmzeitschrift.

Keine schönen, alten Kriminalfilme, keine Screwball-Comedy, keine Dokumentation, keine politische Diskussion, nur Spät-Abend-Shows und langweilige Soft-Pornos.

Sie beschloss ausnahmsweise einmal vor Mitternacht ins Bett zu gehen.

30

Um halb elf läutete das Telefon.

Verena?

Als Joe abhob, meldete sich wieder keiner, sie vernahm jedoch leises Schnaufen.

Hat es Ihnen die Sprache verschlagen, schrie sie.

Der Anrufer legte auf.

Kurz danach läutete es noch einmal.

Er war ein schlechter Mensch, er hat den Tod genauso verdient wie diese Tussi, flüsterte eine Männerstimme.

Joe glaubte die Stimme wiederzuerkennen. War das nicht dieser Verrückte, der sie schon während der Psycho-Shows öfter mit seinem Gequatsche belästigt hatte?

Ich sehe ihn vor mir, sehe, wie er um Luft ringt, sehe zu, wie sich die Schlinge enger und enger um seinen Hals schließt.

Der Mann sprach so leise, dass sie ihn kaum verstehen konnte.

Sie legte nicht auf.

Er hat entsetzlich geschwitzt. Sein Körpergeruch hat mir den Atem geraubt. Schon allein wegen seines schrecklichen Gestanks hat er den Tod verdient. Ich habe nichts gegen dicke Menschen, aber wenn ihre Ausdünstungen derart übel riechen ... Als ich ihm das Kabel um den Hals geschlungen habe, hat er herzzerreißend gestöhnt. Ich habe Erbarmen mit diesem fetten Schwein gehabt und die Schlinge rasch zugezogen. Er hat hilflos mit den Füßen gezappelt, sich noch einmal aufgebäumt, bevor er schlaff in seinen Sessel zurückgesunken ist. Es ist alles ganz schnell gegangen. Er hat nicht lange leiden müssen.

Joe war sicher, dass der Mann phantasierte.

Dann aber sagte er: Sie sollten mir dankbar sein, Frau Doktor, dass ich Sie von diesem Ekel befreit habe. Ich bin gerne bereit, auch alle Ihre anderen Gegner aus dem Weg zu räumen. Stehe jederzeit zu Ihrer Verfügung. Er kicherte leise und fuhr fast stotternd fort: Sie müssen mir nur die Namen nennen.

Joe legte auf. Ihre Hand, die den Hörer krampfhaft umklammert hatte, zitterte.

Verzweifelt suchte sie die Visitenkarte des Chefinspektors, fand sie schließlich zwischen der Post, die noch ungeöffnet am Beistelltischchen lag.

Sie können mich Tag und Nacht anrufen, hatte er gesagt.

Mit zittrigen Fingern wählte sie seine Privatnummer.

Er hob nicht ab. Als sie seine Stimme auf dem Anrufbeantworter vernahm, legte sie auf, wählte aber gleich noch einmal und sprach auf sein Band. Sie erzählte ihm von dem verrückten Anrufer, sagte, dass sie Angst habe.

Als es kurz darauf läutete, wollte sie nicht abheben. In der Hoffnung, es könnte der Chefinspektor sein, griff sie doch zum Telefon.

Es war wieder ihr »Freund«.

Wir sind unterbrochen worden, dabei habe ich Ihnen noch gar nicht erzählt, was ich mit dieser ordinären Astrologin angestellt habe.

Joe nahm all ihren Mut zusammen und sagte in scharfem Ton: Hören Sie auf, mich zu belästigen. Erzählen Sie das alles lieber der Polizei.

Sie rief im Sicherheitsbüro an, hoffte, es würde rund um die Uhr besetzt sein.

Nach mehrmaligem Läuten hob ein verschlafen klingender Beamter ab. Nachdem sie zweimal den Namen Serner erwähnt hatte, versprach er, einen Streifenwagen vorbeizuschicken.

Nach wie vor beunruhigt, aber doch eine Spur erleichtert, vergewisserte sich Joe, dass sie ihre Haustür abgesperrt hatte. Dann ging sie in ihr Schlafzimmer. Das Telefon nahm sie mit. Sie hoffte, dass sie auch das hintere Tor abgeschlossen hatte, wollte aber nicht noch mal runtergehen.

Fröstelnd zog sie sich aus, schlüpfte in ein langes T-Shirt und legte sich ins Bett. An Schlaf war nicht zu denken. Nervös spitzte sie die Ohren.

Plötzlich bildete sie sich ein, den Motor eines Wagens zu hören.

Sie stand auf, ging hinaus auf den Gang und sah aus dem Fenster.

Die Straße war leer. Weit und breit kein Streifenwagen.

Lautem Gepolter folgte ein klirrendes Geräusch.

Eine zerspringende Fensterscheibe?

Der Lärm kam von hinten.

Sie stürzte zurück ins Schlafzimmer und riss das Fenster zum Hof auf.

An der kleinen Mauer zum unbebauten Nachbargrundstück glaubte sie eine dunkle Gestalt zu sehen.

Sie rief noch einmal Serner an, flüsterte in den Hörer, dass jemand im Garten hinter ihrem Haus herumschleiche.

Ohne Licht zu machen, schlüpfte sie in ihre schwarzen Leggins, zog feste Schuhe an und lief hinunter in die Küche. Sie nahm die große Taschenlampe aus der obersten Lade und ging auf Zehenspitzen zur Tür, die in den Garten hinausführte.

Die Tür war verschlossen. Der Schlüssel steckte innen.

Sternenloser Himmel. Die Straßenbeleuchtung spendete nur spärliches Licht.

Ihre Augen gewöhnten sich rasch an die Finsternis.

Ein Mistkübel war umgefallen.

Ein Windstoß?

Es regte sich kein Lüftchen.

Unter dem Apfelbaum glaubte sie den Schatten eines Mannes zu sehen. Sie schaltete ihre Taschenlampe ein, richtete den Strahl auf die schwarze Silhouette.

Der Mann ging in die Hocke, hielt sich die Hände schützend vors Gesicht.

Joe atmete tief durch, spürte Ruhe und Kraft, stieß einen Schrei aus und sprang den Mann an, traf mit ihrem rechten Fuß seine Brust.

Ihr ehemaliger Taekwondo-Trainer wäre mit ihrer Technik nicht zufrieden gewesen, doch sie hatte ihren Zweck erreicht. Der unbekannte Eindringling ging sofort zu Boden.

Sicherheitshalber versetzte sie ihm mit der schweren Stablampe noch einen Schlag auf den Kopf.

Er stöhnte leise.

Sie leuchtete ihm ins Gesicht.

Seine Stirn war blutig. Über seinem rechten Auge klaffte ein hässlicher Schnitt.

31

Herr Friedrich, rief sie entsetzt und ging neben dem Mann auf die Knie.

Es tut mir so leid. – Herr Friedrich? Können Sie sprechen?

Ihr Patient schnaufte schwer.

Sie versuchte ihm aufzuhelfen. Er rührte sich nicht, blieb regungslos im feuchten Gras liegen.

Ich werde einen Arzt rufen. Aber zuerst bringe ich Sie ins Haus.

Sie zerrte ihn hoch, fasste ihn um die Taille. Wie ein eng umschlungenes Liebespaar wankten sie hinein.

Joe half ihrem Patienten, sich auf die Couch in ihrem Behandlungszimmer zu legen.

Sie haben drei Sitzungen versäumt, es wird Zeit, dass wir sie nachholen, scherzte sie.

Friedrich K. war nicht nach einem Lächeln zumute.

Sie ließ ihn ein paar Minuten allein. Als sie mit Waschzeug und einer kleinen Flasche Jod zurückkam, lag er immer noch mit geschlossenen Augen auf ihrer Couch.

Sie versuchte den Schnitt über seinem Auge sorgfältig zu reinigen. Obwohl sie das Blut ganz vorsichtig abtupfte, stöhnte er bei jeder Berührung.

Sein Stöhnen klingt ziemlich lüstern, dachte Joe, bemühte sich aber trotzdem, ihn so zart wie möglich zu verarzten.

Friedrich K. schwieg beharrlich.

Joe berührte seinen Brustkorb.

Tut's weh?

Er nickte, lächelte verklärt.

Sie knöpfte sein Hemd auf, betrachtete schuldbewusst die geröteten Rippen.

Ich werde doch lieber einen Arzt rufen.

Auf keinen Fall, sagte Friedrich K. laut und deutlich. Das dürfen Sie mir nicht antun. Außerdem brauche ich keinen Arzt. Ich habe ja Sie.

Und wenn ich Ihnen was gebrochen habe?

Höchstens geprellt, sagte er abfällig.

Er wirkt eigentlich ganz zufrieden, dachte Joe.

Sie machte sich auf die Suche nach einer Salbe, brachte auch ein Pflaster mit und klebte es auf die Wunde.

Friedrich K. hatte inzwischen sein Hemd ausgezogen und bot ihr nun stolz seinen fast unbehaarten, schwammigen Oberkörper zum Einschmieren an.

Ich hab so große Sehnsucht nach Ihnen gehabt, sagte er.

Ihr fünfzigjähriger Patient sah aus wie ein molliges Baby.

Es kitzelt, kicherte er.

Können Sie sich nicht selber einschmieren?

Er schüttelte den Kopf. Sie machen das viel besser, sogar besser als meine Mama.

Joe war die Situation nicht mehr ganz geheuer. Ihr schlechtes Gewissen befahl ihr weiterzumachen.

So, nun ziehen Sie Ihr Hemd wieder an, sagte sie. Und vielleicht können Sie mir jetzt erzählen, warum Sie heute Abend in meinen Garten eingedrungen sind.

Ich muss mich ausruhen, bin ziemlich benommen.

Er schloss die Augen.

Joe blieb mit abgewandtem Gesicht neben ihm auf der Couch sitzen. Ob sie ihn einfach hier schlafen lassen sollte? Aber das ist unmöglich, sagte sie halblaut zu sich selbst und wollte gerade ein Taxi rufen, als er in leisem, monotonem Singsang von ihr zu schwärmen begann. Er sagte, sie sei einer der liebenswürdigsten und verständnisvollsten Menschen der Welt, und behauptete, Marlene Helmer und Werner Marcovec ihretwegen beseitigt zu haben.

Joe, die inzwischen in ihrem Lehnstuhl Platz genommen hatte, hörte sich den ganzen Blödsinn über Marlene, die den Tod verdient habe, und über Marcovec, der ein böser Mann gewesen sei, geduldig an. Sie glaubte keine Sekunde, dass er die beiden auf dem Gewissen hatte.

Obwohl sie mir vor diesem Abend noch nie begegnet ist, hat sie mich sofort hereingebeten, hat es anscheinend kaum erwarten können, einen Mann zwischen ihre Beine zu kriegen. Diese schamlose Person war völlig nackt. Nachdem ich sie mir ordentlich vorgenommen hatte, war ihr Puppengesicht blutverschmiert und bis zur Unkenntlichkeit zerstört. Sie hätten diese Schlampe nicht wiedererkannt, sagte er.

Für die Ermordung des Programmdirektors fand er weniger blumige Worte.

Bestimmt hatte er im Fernsehen und in der Presse einige Einzelheiten über die Morde erfahren und den Rest reimte er sich einfach zusammen, so wie er häufig Lüge und Wahrheit vermischte. Er war eben ein sehr einfallsreicher Patient.

Friedrich K. bestärkte sie wieder einmal in ihren Zweifeln an der Wirksamkeit einer Analyse bei schwer gestörten Menschen. Wahrscheinlich aber lag es an ihrem mangelnden Fachwissen, dass sie mit solchen Patienten nicht zurechtkam. Schuldbewusst gestand sie sich ein, dass sie schon lange keine Fachliteratur mehr in die Hand genommen hatte. Und die Einladungen zu Fortbildungsseminaren waren sowieso alle im Papierkorb gelandet. Ein Zeichen, dass sie die therapeutische Arbeit bereits zu langweilen begann? Hatte sie deshalb diesen TV-Job angenommen?

Es wird noch mehr passieren, ich spüre es. Sie wissen, ich habe das zweite Gesicht, sagte Friedrich K. und erzählte ihr von seinen Visionen.

Ich warne Sie, Frau Doktor, Sie müssen den Sender sofort verlassen, er wird schon bald in die Luft fliegen. Alles wird in Schutt und Asche fallen. Was das Feuer übrig lässt, wird unter den Trümmern lebendig begraben sein. All diese eitlen Fratzen werden an ihren eigenen Auswürfen ersticken und verrecken. Kein Mensch wird ihnen nachtrauern ...

Sein Horrorszenario kam Joe bekannt vor. Stammte es nicht aus dem gestrigen Nachtfilm?

Wie aus weiter Ferne vernahm sie das Läuten des Telefons. Sie hatte es oben liegen gelassen.

Ihr dämmerte, dass Friedrich K. der Verrückte sein könnte, der sich per Telefon in die Psycho-Show eingeschaltet hatte, sich als Psychologe ausgegeben und in pseudopsychoanalytischem Jargon Unsinn von sich gegeben hatte.

Sie unterbrach ihn, fragte ihn barsch, ob er während ihrer Show angerufen habe.

Er leugnete, der Anrufer gewesen zu sein.

Joe griff zum einfachsten Trick der Welt, begann ihm zu schmeicheln, sagte: Schade, ich war mir ziemlich sicher, dass Sie es waren. Die Beiträge dieses Herrn waren sehr hilfreich für mich.

Daraufhin gestand er freudestrahlend, dass er mit verstellter Stimme – er hatte sich ein Taschentuch vor den Mund gehalten – angerufen habe.

Ich wollte Sie nicht kompromittieren, aber ich habe gehofft, dass Sie meine Stimme trotzdem erkennen würden.

32

Als nach ein Uhr nachts jemand an ihrer Haustür Sturm läutete, schnellte Friedrich K. wie von einer Tarantel gestochen von ihrer Couch hoch und wollte die Flucht ergreifen.

Joe befahl ihm, sich wieder hinzulegen, und ging hinaus.

Vor ihrer Tür stand Chefinspektor Jan Serner. Er musterte sie mit irren Blicken aus fiebrigen Augen.

Seine Erkältung ist schlimmer geworden, dachte sie.

Sind Sie okay, flüsterte er. Ich bin mit Fieber im Bett gelegen, habe tief und fest geschlafen und das Läuten des Telefons nicht gehört. Erst Ihr dritter Anruf hat mich geweckt. Ich habe Sie sofort zurückgerufen. Sie haben nicht abgehoben. Deshalb bin ich gekommen. Ein Streifenwagen ist ebenfalls bereits unterwegs.

Joe wollte ihn am liebsten gleich wieder loswerden.

Es hat sich alles aufgeklärt. Ich war wohl ein wenig hysterisch. Sie legte ihre Hand auf seinen Arm. Sie gehören ins Bett. Danke, dass Sie …

Was ist los, unterbrach er sie und schielte durch den offenen Türspalt in ihr Behandlungszimmer.

Verzweifelt suchte sie nach einer glaubwürdigen Geschichte. Lügengeschichten waren nicht ihre Stärke. Ich hab Schwierigkeiten mit einem Patienten gehabt, aber …

Er fiel ihr wieder mitten im Satz ins Wort: Stehen Sie unter Schock? Werden Sie bedroht?

Serner fasste sie an den Oberarmen, schüttelte sie unsanft.

Als Friedrich K. ein deutlich hörbares Stöhnen von sich gab, reichte es Joe endgültig.

Sie schilderte dem Chefinspektor die Ereignisse des Abends in Kurzfassung.

Daraufhin wollte er sich ihren Patienten natürlich genauer ansehen. Sie ließ ihn in ihre Praxis, hatte keine Kraft mehr, diese Sitzung zu dritt zu verhindern.

Höflich machte sie die beiden Männer miteinander bekannt.

Friedrich K. schien zuerst nicht gerade erfreut über die Störung. Er hatte für Serner nur ein schwaches Nicken übrig, verschmähte seine ausgestreckte Hand und spielte wieder den sterbenden Schwan.

Joe bat ihn, dem Chefinspektor wortwörtlich mitzuteilen, was er ihr gerade erzählt hatte.

Ihr Patient genoss es zusehends, zwei Zuhörer zu haben, holte weit aus, wiederholte sein Geständnis und beschrieb noch einmal detailliert die beiden Morde. Dieses Mal klang seine Geschichte völlig anders.

Ungeduldig hörte Joe zu und ging während seiner Schilderung der bevorstehenden Apokalypse in die Küche, um Tee zu kochen.

Als sie mit einem schwer beladenen Tablett zurückkam, stand Serner auf, kam ihr ein paar Schritte entgegen, nahm ihr das Tablett ab und drängte sie hinaus auf den Gang.

Will mich der verarschen? Der ist doch nicht ganz dicht, flüsterte er.

Haben Sie das auch schon bemerkt, sagte Joe grimmig und zwängte sich an ihm vorbei.

In trauter Eintracht tranken sie Tee.

Joe fragte sich, wer von den beiden Männern der kränkere wäre.

Friedrich K. wirkte im Gegensatz zu dem schwer fiebernden Chefinspektor kerngesund. Nur das Pflaster über seiner Braue erinnerte noch an den Zusammenstoß.

Serner bemühte sich sichtlich, Friedrich K. in die Enge zu treiben, brachte aber oft nur halbe Sätze heraus.

Joe reichte ihm eine Schachtel Aspirin und forderte ihn auf, gleich drei Stück zu nehmen.

Senkt das Fieber, sagte sie.

Ihr Patient wollte daraufhin auch drei Tabletten haben.

Er bekam eine.

Beinahe fröhlich plauderte er weiter über die Morde, verwickelte sich in Widersprüche und tischte ihnen laufend neue Versionen der schrecklichen Bluttaten auf.

Serner stellte ihm Fangfragen, wollte herausfinden, ob der Bekennerbrief von ihm stammte. Als Friedrich K. aber nur völlig absurde Geschichten von explodierenden Heizungen, brennenden Häusern, verkohlten Leichen und dem Phönix, der aus der Asche steigen wird, erzählte, platzte ihm der Kragen. Er packte Joes Patienten an den Armen, drückte ihn fest auf die Matratze und brüllte: Verdammt noch mal, ich habe Sie etwas gefragt und ich will jetzt sofort eine klare Antwort!

Friedrich K. verstummte erschrocken, starrte Joe und den Chefinspektor ängstlich an.

Lassen Sie ihn in Frieden, nahm Joe ihren Patienten in Schutz. Er ist völlig erschöpft, ich habe ihn halb k.o. geschlagen.

Schlagen Sie Ihre Patienten immer zuerst nieder und flicken sie dann wieder zusammen, ging Serner nun auf sie los.

Ich werde mich nicht in seiner Gegenwart mit Ihnen streiten, zischte Joe. Und jetzt verlassen Sie bitte augenblicklich mein Haus!

Serner weigerte sich zu gehen.

Sie gerieten sich nun ernsthaft in die Haare.

Joe warf hin und wieder einen besorgten und schuldbewussten Blick auf Friedrich K., der hellwach schien und sie mit seinem strahlendsten Lächeln beglückte.

Sie verwirren ihn noch mehr mit Ihren vielen Fragen, versuchte Joe einzulenken. Er braucht jetzt vor allem Ruhe. Sie können ihn morgen vernehmen. Ich werde ihm ein Schlafmittel geben und ihn heimschicken.

Nein, das werden Sie nicht. Er hat die beiden Morde gestanden. Er wird die Nacht in Untersuchungshaft verbringen, ohne Schlafmittel.

Sie haben keinen Haftbefehl!

Den kann ich jederzeit kriegen. Ein Anruf genügt.

Joe funkelte den Chefinspektor böse an.

Friedrich K. genoss dieses Schauspiel.

Lassen Sie es mich noch einmal probieren, sagte Joe plötzlich ganz sanft und leise zu Serner. Gehen Sie aufs Klo oder wenigstens auf den Gang raus – bitte!

Wortlos erhob sich der Chefinspektor und verließ das Behandlungszimmer. Die Tür ließ er einen Spalt offen.

So, den sind wir los. Das haben Sie großartig gemacht, lobte Friedrich K. seine Therapeutin.

Warum geben Sie nicht zu, diesen Brief geschrieben zu

haben? War er so schlecht formuliert? Schämen Sie sich etwa gar dafür?

Er drehte sich zu ihr um und sah sie listig an. Sie wissen genau, dass ich hervorragend formulieren kann.

Also haben Sie diesen Brief geschrieben.

Vielleicht, vielleicht auch nicht.

Joe war nun ebenfalls nahe daran, die Geduld mit ihm zu verlieren.

Darf ich hierbleiben, wenn ich es Ihnen verrate?

Nein, aber Sie bekommen morgen eine Extrastunde, und ich verspreche Ihnen, dass Sie wenigstens die heutige Nacht nicht im Gefängnis verbringen müssen.

Friedrich K. dachte laut über Vor- und Nachteile einer zusätzlichen Stunde nach. Der drohende Gefängnisaufenthalt schien ihn nicht weiter zu interessieren.

Ich war's, sagte er dann und erklärte ihr lang und breit, aus welchen Zeitungen er die Worte ausgeschnitten habe und wie mühselig es gewesen sei, auf diese Art einen so langen Brief zusammenzubasteln.

Joe drohten die Augen zuzufallen. Ihre Kopfschmerzen waren schlimmer geworden. Sie griff nun auch nach einem Aspirin.

Machen wir Schluss für heute. Wir gehören alle ins Bett, sagte sie laut und rief nach dem Chefinspektor.

Serner, der alles hatte mithören können, warnte Friedrich K. davor, Joe noch mal zu belästigen, und rief seine Kollegen von der Streife an.

Seid ihr eingeschlafen, brüllte er in den Hörer. Er wiederholte die Adresse und betonte: In fünf Minuten seid ihr da!

Zu dritt warteten sie vor Joes Haustür auf den Streifenwagen.

Bringt diesen Herrn nach Hause, fasst ihn aber ja mit

Glacéhandschuhen an, sagte der Chefinspektor zu den beiden Beamten mit einem ironischen Seitenblick auf Joe.

33

Serner traf keinerlei Anstalten, ebenfalls heimzufahren. Als die Rücklichter des Polizeiautos aus ihrem Blickfeld verschwunden waren, folgte er Joe ins Haus.

Glauben Sie nach wie vor, dass dieser arme Kerl die beiden Morde begangen hat?, fragte sie.

Er gab ihr keine Antwort, ging in ihr Arbeitszimmer und setzte sich auf den mit einer schlichten, braunen Decke und vielen bunten Polstern bedeckten Diwan. Sein Blick fiel wieder auf die bronzene Figur auf ihrem Schreibtisch. Fasziniert starrte er auf die Brüste der kleinen Venus von Ottakring.

Joe war die Situation unangenehm. Sie bot an, noch eine Kanne Tee zu kochen.

Oder soll ich uns einen Glühwein machen?

Das ist meine Spezialität. Darf ich?

Serner ging mit ihr in die Küche.

Sie drückte ihm eine Flasche Rotwein in die Hand. Er betrachtete das Etikett.

Viel zu schade für Glühwein. Haben Sie keinen anderen?

Nein, ich trinke fast nie Wein. Die Flasche habe ich für meinen Vater gekauft.

Guter Tropfen, murmelte Serner und öffnete den Burgunder.

Sein Husten klang wie die Fehlzündung eines alten Motorrads.

Mir geht's schon viel besser, beteuerte er. Ich glaube, ich könnte jetzt sogar was Essbares vertragen.

Ausnahmsweise habe ich was daheim, sagte Joe und dachte an Max, der sie dazu gebracht hatte, heute Nachmittag ihren Kühlschrank zu füllen. Sie stellte Brot, Pastete und Käse auf den kleinen Tisch und musterte den Chefinspektor, der sich in ihrer Küche wie zu Hause fühlte, mit kritischen Blicken.

Serner sah einfach erbärmlich aus. Er war unrasiert. Sein ohnehin blasses Gesicht wirkte unnatürlich bleich. Unter den Augen hatte er tiefe Ringe. Wahrscheinlich entschied er sich deshalb dafür, den edlen Tropfen in heiße Medizin zu verwandeln.

Sowohl die Pastete Provencale als auch der Pecorino fanden seine Billigung. Er brachte zwar nur ein paar Bissen hinunter, aber er fühlte sich sichtlich besser.

Während sie den Tisch abräumte, wusch er die Teller ab und spülte gründlich mit klarem Wasser nach. Dann ging er mit dem Glühwein ins Wohnzimmer und machte es sich auf ihrem Sofa bequem.

Nachdem er sich nachgeschenkt hatte, begann er leise zu sprechen. Seine Augen konnte sie hinter den dicken Brillengläsern nicht erkennen. Seine Stimme war ausdruckslos. Sie verstand ihn trotzdem.

Er sprach von seiner Kindheit im achten Wiener Gemeindebezirk, von seiner Liebe zum Fußball und von den gewonnenen und verlorenen Faustkämpfen im Schönborn-Park. Dann erzählte er ihr von seinem Jusstudium und wie er zur Polizei gekommen war.

Mein Vater war ein hohes Tier bei der Staatspolizei. Meinen Job habe ich ausschließlich ihm zu verdanken. Er war zwar schon in Pension, als ich das Studium hingeschmissen habe, aber er hat noch gute Beziehungen gehabt, obwohl er bis zu seinem Tod Kommunist war.

Ein Kommunist bei der STAPO? Joe sah ihn ungläubig an.

Nach dem Krieg haben die Sowjets österreichische Genossen bei der Polizei und in Schlüsselpositionen im Innenministerium untergebracht. Natürlich hängt mir das bis heute nach. Jahrelang hat seine Parteizugehörigkeit keine große Rolle gespielt. Viele meiner Vorgesetzten waren Sozialdemokraten, manche haben meinen Vater noch gekannt und ihn, trotz seiner politischen Einstellung, geschätzt. Doch in den letzten Jahren haben die Rechten auch bei der Kripo an Macht und Einfluss gewonnen. Meine Aufstiegschancen haben sich radikal verringert, obwohl ich nie Mitglied der kommunistischen Partei war. Ich habe die üblichen Ferienlager der Jugendorganisationen mitgemacht, aber das war's dann auch. Schon allein um mich von meinem Vater abzugrenzen, habe ich immer die Sozialdemokraten gewählt – damals nannten sie sich noch Sozialisten. Er brach ab und fragte sie, ob er ihre Toilette benützen dürfe.

Joe wollte ihn hinausbegleiten.

Er bedeutete ihr, sitzenzubleiben. Danke, ich finde mich schon zurecht.

Als er zurückkam, griff Joe nach seinem Zigarettenpäckchen. Ich darf doch?, fragte sie.

Er gab ihr Feuer, zündete sich auch eine an und sagte: Eigentlich ist mir diese Scheiß-Politik völlig egal. Außerdem möchte ich sowieso keinen Schreibtischjob. Mein Außenseiterdasein gefällt mir sogar ganz gut. Aber wenn man immer nur auf Mauern stößt, ist das auf die Dauer ziemlich frustrierend. Vor kurzem erst haben sie mir so einen aalglatten, fünfunddreißigjährigen Major als neuen Referatsleiter vor die Nase gesetzt. Er hat sich politisch bisher nicht eindeutig geoutet, führt sich jedoch auf wie ein kleiner Diktator, blockiert und sabotiert alle internen Reformversuche und hat mich zu seinem Lieblingsfeind erkoren. Ich fürchte mich zwar nicht vor ihm, aber seine Schikanierungsversuche gehen mir auf die Nerven. Bisher bin ich seinen Fallen ausgewichen, doch der Druck wird sich noch verstärken. Wie lang ich das aushalten werde, weiß ich nicht. In drei Jahren werde ich fünfzig, am liebsten würde ich dann alles hinschmeißen. Wegen meiner kaputten Bandscheiben könnte ich vielleicht um eine Invalidenpension ansuchen. Andererseits frage ich mich oft: Soll das alles gewesen sein? Ein verschlamptes Studium, ein verhasster Job, keine glückliche Hand für Frauen? Ein richtig verpfuschtes Leben.

Er lachte, wollte seine larmoyanten Worte durch das Lachen abschwächen. Seine kantigen Züge entspannten sich.

Joe fiel in sein Lachen nicht ein, betrachtete ihn mit ernster Miene und fand diesen großen, dünnen Mann mit dem schütteren, grauen Haar und dem graumelierten Schnurrbart auf einmal gar nicht mehr so alt und unattraktiv.

Warum haben Sie sich mit der Psychoanalyse beschäftigt?

Sofort hörte er zu lachen auf.

Vor einigen Jahren habe ich erwogen, mich auf die Couch zu legen, aber dann habe ich mir nur die gesammelten Werke Sigmund Freuds gekauft und auch gelesen.

Er zögerte, sah ihr lange in die Augen, bevor er leise fortfuhr: Nach dem Selbstmord meiner Freundin. Ich habe mich schuldig gefühlt – eine völlig normale Reaktion, nehme ich an. Sie war schwer depressiv, hat sich jedoch geweigert, Medikamente zu nehmen, und ist auch nicht in Therapie gegangen.

Er griff wieder nach den Zigaretten. Das Päckchen war leer.

Es ist so lange her. Der Tod ist inzwischen ein guter Bekannter. Ich habe fast täglich mit ihm zu tun. Wir haben uns aneinander gewöhnt, sind enge Vertraute geworden.

Serner kramte in seinen Hosentaschen. Ich müßte doch irgendwo Zigaretten haben, murmelte er.

Rauchen Sie zur Not auch Camel, fragte Joe. Vielleicht finde ich hinten im Atelier noch welche.

Nein, lassen Sie nur. Ich möchte Ihnen lieber von meinen Träumen erzählen. Träume sind das schönste Geschenk für Analytiker, oder?

Joe fühlte sich beklommen. Einerseits hätte sie gern mehr über diese depressive Freundin gewusst, andererseits wollte sie ihn nicht mit neugierigen Fragen belästigen.

Ich mach uns noch einen Tee – mit Wermut, sagte sie und ging in die Küche.

Auch er stand auf.

Ich schau, ob ich im Auto Zigaretten hab. Lassen Sie mich wieder rein?

Das Haustor ist offen, rief Joe.

Als sie mit dem Tee und der Flasche Wermut zurückkam, saß Serner wieder auf dem Sofa und rauchte.

Er reichte ihr ein fast volles Päckchen Gauloises.

Lieber nicht, ich krieg so schon keine Luft, sagte Joe.

Als sie den Tee einschenkte, streifte ihr Haar sein Gesicht. Sie wich seinem Blick aus.

Zögernd und leicht verlegen begann er von dem kleinen Häuschen in Südfrankreich zu sprechen, das er vor

Jahren gekauft hatte und an dem er in jedem Urlaub herumbastelte. Und er erzählte ihr auch von einer alten DS, die er vor kurzem in Antibes aufgetan hatte.

Es war Anfang März, der erste Tag meines Urlaubs. Ich bin in einem Straßencafé gesessen, habe einen Pastis und die warme Frühlingssonne genossen und da ist sie plötzlich vor mir gestanden, keine fünf Meter entfernt von meinem Tisch. Ein großes Häufchen Elend, grau in grau mit schmutziggelbem Dach. Zum Glück hat sie noch ein Nummernschild gehabt. Nach einer schlaflosen Nacht bin ich am nächsten Tag zu dem Besitzer gefahren und habe den Kauf perfekt gemacht. Die nötigen Ersatzteile habe ich mir bei Clubfreunden, das heißt bei anderen DS-Liebhabern besorgt, manches habe ich auch bei kleineren Händlern aufgetrieben. Ich habe sie komplett zerlegt und wieder zusammengebaut, zumindest was ihr Innenleben betrifft. Ich muss sie nur noch lackieren, habe an Goldmetallic gedacht oder finden Sie das kitschig?

Sie sind verrückt, Sie fahren doch eh so einen schönen, alten Citroen, warf Joe ein.

Ja, ich bin verrückt nach diesen Autos. Bin momentan in Ungarn auch noch einem dritten Prachtexemplar auf der Spur.

Sie spinnen echt!

Er grinste. Irgendwann, hoffentlich erst in ferner Zukunft, wird leider auch für meine Déessen der Tag kommen, an dem sie die letzten aller Parkplätze aufsuchen werden.

Kommen Göttinnen automatisch in den Himmel, fragte Joe.

Vielleicht nicht gerade in den Himmel, aber in Südfrankreich gibt es ein kleines Paradies für ausrangierte Déessen. Kennen Sie Boucoiran in der Provence?

Joe verneinte amüsiert.

Die Damen bekommen dort auf der riesigen Wiese von Roger Moine ihr Gnadenbrot.

Sie sind nicht zufällig ein bisschen frankophil?

Natürlich nicht. Ich liebe nur französischen Wein, französisches Essen, französische Zigaretten, französische Filme und französische Chansons, und wenn mir mein Job auf den Geist geht, begebe ich mich auf die Suche nach der verlorenen Zeit.

Sonst noch was?

Sein Lächeln wurde noch breiter, als er sagte: Ich trinke ganz gern ein Gläschen guten Cognac – keinen Wermut –, spiele auch ganz ordentlich Boule und fahre gern mit meiner alten Lady in der Provence herum.

Ihre Mutter lebt noch?

Mit »alter Lady« hab ich meine DS gemeint. Ich bin Eremit, gelte als Frauenfeind, sagte er lachend.

Er öffnete den Wermut und schenkte Joe und sich ein.

Joe prostete ihm zu, verzog nach dem ersten Schluck aber angewidert den Mund.

Grauenhaft!

Als Serner sie zu sich aufs Sofa zog, sträubte sie sich nicht.

Seine rauhen Lippen berührten ihre Stirn, ihre Augenbrauen, ihre Lider. Zärtlich strich seine Zunge über die weichen Wölbungen ihres Gesichts, schob sich zwischen ihre Zähne, erforschte zaghaft ihren Mund. Und dann vergaß sie sogar den Kuss des »Küsserkönigs« von heute Nachmittag.

Er ließ seine Lippen ihren Hals entlangwandern, streifte ihr das T-Shirt über den Kopf, zog ihr die Leggins aus und betrachtete lange ihren nackten Körper.

Joe begann sein Hemd aufzuknöpfen.

Seine Blicke baten sie, nur zu genießen. Er griff nach ihren Händen, nahm ihre Finger in den Mund, streichelte ihr Gesicht, ihre Arme, ihre Brüste, spielte mit ihnen, nahm sie zwischen seine Lippen, zog sanft an ihnen, gab sie wieder frei und liebkoste ihren flachen Bauch. Sein Mund nahm von ihrem ganzen Körper Besitz. Wie in Trance strich er über ihre Füße, küsste ihre Zehen. Als er sein Gesicht in ihrem blonden Flaum vergrub, stöhnte Joe leise und schloss die Augen.

Seine Zunge tastete sich langsam vor, erkundete ihre Scham, spielte mit ihr wie zuvor mit ihren Brüsten. Er liebte sie, wie noch kein Mann sie geliebt hatte.

Seine Bewegungen wurden schneller, heftiger und fordernder.

Ihr Stöhnen wurde lauter. Ihr Schrei durchbrach die Stille, zerstörte jedoch nicht den Zauber.

Joe zitterte am ganzen Körper.

Er nahm sie in die Arme, drückte sie fest an sich, raunte ihr Koseworte ins Ohr.

Ihr Zittern nahm kein Ende.

Er bedeckte ihr Gesicht mit Küssen, leckte ihr den Schweiß von der Stirn.

Sie hielt es nicht mehr länger aus, bat ihn stöhnend aufzuhören.

Abrupt erhob er sich vom Sofa, knöpfte sein Hemd zu und zündete sich eine Zigarette an. Er rauchte sie im Stehen.

Aus Zuneigung, Lust oder Dankbarkeit – sie war sich über ihre Gefühle wieder einmal nicht im Klaren – umarmte sie ihn von hinten, streichelte seinen Nacken, seine Brust, seinen Bauch und schmiegte sich eng an ihn.

Er wies sie zurück, sagte, er fühle sich zu krank, und dämpfte seine halb gerauchte Zigarette aus.

Zum Abschied nahm er ihr Gesicht zwischen seine Hände und küsste sie ganz zart auf beide Wangen.

Der Himmel über Ottakring war grau, als der Chefinspektor ihr Haus verließ.

34

In halb wachem Zustand ließ Joe ein paar Stunden später die Ereignisse der vergangenen Nacht vor ihren Augen ablaufen.

Je intensiver sie an die Ereignisse dachte, desto mehr schämte sie sich für ihre Leidenschaft.

Warum wollte er nicht mit mir schlafen? Impotent ist er doch nicht. Sein Schwanz war hart. Entweder ist er ein Perfektionist, ein Zwangsneurotiker oder eine Angstneurose? Ja, er hatte Angst, Angst, nicht zu genügen, nicht gut genug zu sein …

Sie nahm sich fest vor, Jan Serner beim nächsten, unvermeidlichen Treffen extrem distanziert und abweisend zu begegnen.

Das trübe, regnerische Wetter trug nicht dazu bei, ihre Stimmung zu heben. Aus lauter Selbstmitleid vergoss sie ein paar Tränen, bevor sie in ihre abgewetzte, schwarze Lederhose schlüpfte und ein langärmeliges, schwarzes T-Shirt überzog.

Lisa kochte bereits Kaffee.

Joe wusch sich das Gesicht mit kaltem Wasser und ging dann hinunter.

Deine geliebte Redakteurin hat gerade angerufen. Ich habe ihr gesagt, dass sie es in einer halben Stunde noch mal versuchen soll.

Warum magst du sie nicht?

Ich hab eben ein gesundes Misstrauen gegenüber arroganten Strebern. Du warst zwar auch immer ehrgeizig, aber nie herablassend zu uns geistig Unvollkommenen.

Joe legte den Arm um die Schulter ihrer Freundin, zog sie an sich und sagte: Meine arme Irre.

Sie setzten sich an den kleinen Tisch beim Fenster.

Lisa lachte, fuhr aber fort, über Verena zu schimpfen.

Sie ist krank, das musst du besser wissen als ich, krank vor Ehrgeiz. Profilierungssucht nennt man das heutzutage, Frau Doktor.

Joe hatte keine Lust, Verena zu analysieren. Sie hatte genug eigene Probleme und immer noch Angst, demnächst im Kittchen zu landen.

Ausnahmsweise hörte ihr ihre beste Freundin einmal zu.

Ich habe kein Alibi für die Tatzeit, weder was die Ermordung Marlenes noch was den Mord an Werner Marcovec betrifft. Meine Verhaftung ist nur mehr eine Frage der Zeit. Da kann mir auch dieser Serner nicht helfen.

Wie lange warst du mit Toni im Kaffeehaus?

Bis kurz nach acht.

Könnte er nicht sagen, dass ihr auch nachher zusammen gewesen seid?

Ich habe ihn kurz vor halb neun bei der U-Bahn abgesetzt. Das hat er den Bullen längst erzählt.

Na gut, dann werde halt ich sagen, dass ich den Rest des Abends mit dir verbracht habe.

Schon wieder lügen? Nein, Lisa, das bringt's nicht. Wenn

dich gestern Abend jemand gesehen hat – und in deinem Gemeindebau sieht doch immer irgendein Nachbar, ob du zu Hause bist oder nicht –, bin ich erst recht aufgeschmissen. Es hat keinen Sinn.

Als sich ein Polizeiauto mit eingeschalteter Sirene Joes Haus näherte, sagte Lisa nur knapp: Hier hast du meinen Schlüssel. Der Wagen steht ums Eck, am Musilplatz, Ecke Sandleitengasse. Ich werde sagen, dass du zum Sender gefahren bist, mit einem Taxi, weil dein Wagen hin ist.

Joe schnappte sich Lederjacke und Handtasche – zum Glück hatte sie gestern drei Blaue abgehoben –, lief hinaus in den Garten und kletterte über die niedrige Mauer, die ihren Innenhof vom unbebauten Nachbargrundstück trennte.

Aus dem Streifenwagen stiegen Bezirksinspektor Egger und Chefinspektor Serner. Ihr Dienstauto stand seit gestern in der Werkstatt. Egger hatte es großen Spaß gemacht, mit dem Einsatzwagen und Blaulicht durch die Stadt zu rasen.

Wegen seines hohen Fiebers überließ Chefinspektor Serner seinem jüngeren Kollegen die Befragung.

Der Bezirksinspektor zeigte sich Lisa gegenüber von seiner besten Seite. Er stellte sich und Serner höflich vor und schüttelte ihr lange die Hand.

Wir sollen Frau Doktor Bellini wegen einer neuen Einvernahme ins Sicherheitsbüro bringen, sagte Egger und strahlte Lisa an.

Diese mollige Rotblonde mit den vielen Sommersprossen und der lustigen Stupsnase ist wohl eher eine Frau nach seinem Geschmack als Joe Bellini, dachte Serner.

Lisa, nicht unempfänglich für männliche Bewunderung,

begann mit dem jungen Bezirksinspektor ungeniert zu flirten.

Offensichtlich bemüht sie sich, ihrer Freundin einen ordentlichen Vorsprung zu verschaffen, sagte sich Serner, ließ sie aber gewähren. Die zweite, halb volle Tasse am Tisch hatte er längst entdeckt.

Lisa bot den Kriminalbeamten Kaffee an und hielt die beiden eine gute halbe Stunde lang fest.

Doktor Bellini ist schon bald in der Früh zum Sender gefahren. Sie kann jeden Moment zurückkommen, sagte sie und grinste jetzt auch den Chefinspektor freundlich an.

Sie benimmt sich wie die Hauptdarstellerin in einem Kriminalfilm, dachte Serner amüsiert. Er fand diese Rotblonde auch ganz nett, obwohl sie überhaupt nicht sein Typ war.

35

Joe hatte inzwischen mit Lisas uraltem Auto, einem Citroen BX 16, Baujahr 1987, eine Runde im Wienerwald gedreht und war nun unterwegs in die Innenstadt.

Sie verfluchte die alte Tschäsen. Weder der Rückwärtsgang noch der Erste gingen rein. Bei jeder Ampel fuhr sie mit dem Zweiten los.

Lisas Handy steckte in der Ladestation der Freisprechanlage. Joe befürchtete, dass inzwischen alle Handys abgehört werden konnten.

In der belebten Thaliastraße hielt sie vor einer Telefonzelle, legte einen 10-Minuten-Parkschein vor die Windschutzscheibe, nahm ein paar Schillinge aus ihrem Portemonnaie, warf sie in den Schlitz und wählte ihre eigene Nummer.

Lisa berichtete ihr ausführlich vom Besuch der beiden Kriminalbeamten. Dein Kommissar sollte in Krankenstand gehen, er ist fast hinüber, sagte sie am Schluss.

Joe legte auf und wählte Serners Nummer.

Als sie seine krächzende Stimme vernahm, blieb ihr kurz die Sprache weg. Dann fragte sie ihn stotternd und umständlich, wie sie zu der Ehre komme, verhaftet zu werden.

Er schien nicht zu verstehen, wovon sie sprach, murmelte verschlafen unverständliche Worte.

Gratuliere, du hast mir nicht allzu viel Zeit gelassen, sagte sie schnell. Anscheinend habt ihr jetzt ganz neue Methoden. Ich will mich ja nicht beklagen, habe meinen Spaß gehabt, ein allerletztes Mal, bevor es ins Kittchen geht.

Wovon sprichst du?

Seine Verwirrtheit klang echt.

Soviel ich gehört habe, hast du mich heute früh festnehmen wollen. Das hättest du gestern Nacht einfacher haben können. Ich dumme Kuh wäre sogar freiwillig mitgegangen. Aber du hast anscheinend Verstärkung gebraucht, hast wohl befürchtet, dass du allein mit mir nicht fertig geworden wärst.

Serner beteuerte, dass er keine Ahnung habe, wovon sie spreche. Ich bin seit Mittag im Krankenstand. Habe in der Früh mit dem Major …

Deinem reizenden Vorgesetzten?, unterbrach Joe ihn höhnisch.

Ich hab ihm kurz berichtet, was sich gestern abgespielt

hat. Er hat sich damit nicht zufrieden gegeben und wollte sich selbst ein Bild von dir machen. Von einer Verhaftung war aber nie die Rede. Wenn der Untersuchungsrichter bereits einen Haftbefehl ausgestellt hätte, wüsste ich das.

Großartig. Das hätte mir was genützt, zischte Joe.

Natürlich drängen der Major und der Polizeichef höchstpersönlich auf eine schnelle Aufklärung. Die beiden Mordfälle haben großes Aufsehen erregt. Die Öffentlichkeit fordert energisches Handeln und rasche Resultate, du verstehst schon.

Feigling, schimpfte Joe und legte auf.

Gab es denn nur solche Männer auf dieser gottverdammten Welt? Wer weiß, was dieser Serner alles erzählt hatte.

Wie gut er es mir gemacht hat, wie toll ich gekommen bin?

Sie sah sich bereits im Mittelpunkt von dreckigen Männerwitzen, die jetzt in der Roßauer Kaserne die Runde machten.

Der alte Serner ist heute im Krankenstand, weil er gestern seine Zunge zu tief in eine Möse gesteckt hat …

Unwillkürlich musste sie an Kerstin L. denken, die es nicht leiden konnte, wenn Männer sie mit dem Mund befriedigten.

Joe ging zurück zum Wagen und holte ihr kleines Notizbuch.

Sie hatte Glück, Kerstin L. hob nicht ab.

Joe sprach auf ihren Anrufbeantworter, sagte sowohl die heutige als auch die morgige Sitzung wegen Erkrankung ab. Da ihre Stimme ziemlich heiser klang, würde ihr Kerstin L. diese Erklärung hoffentlich abnehmen. Dann rief sie Friedrich K. an.

Er ließ sie seine Enttäuschung, dass sie die versprochene Extrastunde nicht abhalten könnte, deutlich spüren.

Es wäre unverantwortlich, wenn ich heute praktizieren würde. Ich würde Sie nur anstecken, stammelte Joe.

Es wäre eine besondere Ehre für mich, von Ihnen angesteckt zu werden.

Hastig verabschiedete sie sich.

Ihre Ängste waren wie weggeblasen. Sie empfand nur mehr Wut, sprang in den alten Citroen und rief von Lisas Handy aus Alex an. Kurz und bündig erzählte sie ihm, was passiert war.

Sogleich bot er ihr an, sie in seinem Bootshaus an der Alten Donau zu verstecken.

Ich wohne zur Zeit selber dort, mache gerade den A-Schein, brauche in der Früh nur drei Minuten zum Theoriekurs.

Joe war es ziemlich egal, warum er wo wohnte. Seine Garçonnière in der Kaiserstraße, in der er angeblich lebte, hatte sie noch nie betreten. Jetzt aber musste sie seine Einladung annehmen.

Sie verabredeten sich in einer Stunde im Bootshaus.

Während der Fahrt an die Alte Donau läutete Lisas Handy. Eine unbekannte Nummer erschien auf dem Display. Joe ging nicht dran, blieb aber bei der nächsten Gelegenheit stehen und hörte die Mailbox ab.

Lisa klang sehr aufgeregt: Um Gottes willen, bitte heb ab! Meine Handynummer haben nur du und Kathi.

Als es kurze Zeit später wieder läutete, meldete sich Joe zögernd mit Hallo.

Bist du es, Joe? Alles ist in die Luft geflogen, schrie Lisa. Das Atelier liegt in Schutt und Asche.

Joe trat heftig auf die Bremse. Eine fatale Reaktion. Der rechte Kotflügel streifte die Leitplanke, der Wagen schleuderte, landete zum Glück am schmalen Pannenstreifen der Stadtautobahn.

Mit zitternden Händen klammerte sie sich ans Lenkrad und schluchzte: Was ist passiert? Bist du okay?

Lisa beteuerte, dass sie nur leicht verletzt sei.

Joe hatte Angst, dass sich demnächst ein Polizeiauto vor ihr einbremsen würde. Langsam fuhr sie auf dem Pannenstreifen weiter, während ihre Freundin kichernd Wilhelm Busch zitierte:

> Rums!! – Da geht die Pfeife los
> Mit Getöse, schrecklich groß.
> Kaffeetopf und Wasserglas,
> Tobakdose, Tintenfaß,
> Ofen, Tisch und Sorgensitz –
> Alles fliegt im Pulverblitz. –

Bitte hör auf! Geht's dir nicht gut?, fragte Joe, nicht nur um den physischen Zustand ihrer Freundin besorgt.

Du bist doch versichert. Jetzt können wir endlich anbauen. Ich hab mir schon immer ein helles, luftiges Atelier gewünscht, denke an eine Art großen Wintergarten, alles Weiß, alles Glas und Alu.

Bitte sag mir, was passiert ist.

Das weiß ich selber nicht so genau. Nachdem die Bullen verschwunden waren, ist mir plötzlich kalt geworden. Ich hab den Strahler auf der Propangasflasche angezündet und auf einmal habe ich nur mehr einen grellen Blitz gesehen, eine riesige Stichflamme, die bis an die Decke gezischt ist. Ich dürfte einen mordsmäßigen Sprint hingelegt haben. Die Feuerwehrleute haben gemeint, dass ich riesiges Glück gehabt hätte. Habe mir nur die Brauen und ein paar Haare versengt und leichte Verbrennungen auf den Händen und

Unterarmen. Alles halb so schlimm. Vielleicht darf ich heute Abend schon heimgehen. Sie behalten mich hauptsächlich wegen des Schocks noch hier und haben mir irgendein Beruhigungsmittel verabreicht.

Wohl eher ein kräftiges Aufputschmittel, dachte Joe.

Meine tepperten Gips-Tussis sind alle verkohlt. Bin, ehrlich gesagt, froh, sie los zu sein, war sowieso Kitsch.

Joe lachte leicht hysterisch, konnte den Redeschwall ihrer Freundin aber nicht aufhalten.

Die rechte Hälfte des Hauses hat nichts abgekriegt. Küche und Bad sind nur leicht beschädigt – ein Fenster ist zersprungen und ein paar Fliesen haben sich gelöst, die Werkstatt aber gleicht, wie gesagt, einer Schutthalde. Dein Kommissar hat mich gerade angerufen.

Wo denn?, fragte Joe.

Im Krankenhaus. Ich liege im Wilheminenspital, auf der Unfallstation, Zimmer 13. Sag Kathi Bescheid. Sie soll sich bei mir melden. Ihre Nummer habe ich im Handy unter »Tirol« gespeichert. Dieser Chefinspektor hält übrigens das ganze Spektakel für einen Mordanschlag auf dich. Der steht auf dich, gelt?

Joe musste unwillkürlich an Friedrich K. denken.

36

Bezirksinspektor Egger parkte direkt vor dem baufälligen Haus in der Unteren Donaustraße.

Auf der Gegensprechanlage klebten viele handgeschriebene Namenszettel.

Egger drückte auf eine Klingel, neben der gleich drei Namen standen: Vodracek, Matouska und Kaltschnig.

Eine sehr junge Männerstimme meldete sich mit: Ja bitte?

Kriminalpolizei. Wir möchten zu Herrn Vodracek.

Sekundenlanges Schweigen.

»Kriminalpolizei« hättest du dir ersparen können, murmelte Serner.

Du kannst nichts als meckern. Warum bist du nicht zu Hause geblieben? Du gehörst eh ins Bett.

Der Türsummer war laut und deutlich zu vernehmen.

Grinsend hielt Egger seinem Vorgesetzten die Haustür auf.

Der schmale, dunkle Hauseingang war mit Altpapiertonnen, ausrangierten Möbeln, Fahrrädern und Kinderwägen verbarrikadiert. Das Ganglicht funktionierte nicht.

Fluchend bahnten sich die beiden Beamten den Weg durch das Gerümpel.

Auch die Treppenabsätze wurden von den Hausbewohnern als Abstellräume benützt. Vertrocknete Topfpflanzen, Bierkisten, pralle Plastiksäcke voller Abfälle … Im ganzen Haus stank es penetrant nach Müll.

Schweinerei! Egger rümpfte die Nase.

Ich rieche nichts.

Schwer schnaufend schleppte sich der Chefinspektor die steilen Stiegen hoch. Es gab keinen Lift.

Vergeblich hielten sie nach »Vodracek« Ausschau. An den meisten Türen befanden sich keine oder unleserliche Namensschilder.

Als sie, den Mezzanin eingerechnet, im vierten Stockwerk angelangt waren, wischte sich Serner mit einem Taschentuch den Schweiß von der Stirn und schimpfte: Warum hast du nicht gefragt, in welchem Stock er wohnt? Er ließ sich auf der letzten Stufe nieder.

Ein Stockwerk tiefer ging die Tür auf.

Egger beugte sich über das Geländer und rief dem Mann mit dem rot gefärbten Haar zu: Können Sie uns sagen, wo der Herr Vodracek wohnt?

Der Bursche blieb kurz stehen, blickte entsetzt zu den beiden Beamten rauf und fing an zu rennen.

Das ist unser Mann, stellte Egger überflüssigerweise fest und lief hinterher.

Serner, noch völlig außer Atem, folgte den beiden jungen Männern in größerem Abstand. Als er im zweiten Stock kurz verschnaufte, hörte er seinen Kollegen lautstark schimpfen.

Toni Vodracek hatte ihm zwei Fahrräder in den Weg geworfen und der Bezirksinspektor wäre beinahe gestürzt. In letzter Sekunde hatte er sich an einem Mistkübel festhalten können.

Unten angekommen, stieg Serner vorsichtig über die Räder, überquerte die Straße und eilte im Laufschritt die Stiegen hinunter zum Donaukanal. Egger verschwand gerade hinter der nächsten Biegung.

Der Chefinspektor gab die Verfolgungsjagd bald auf. Er fand es zu mühsam, sich zwischen all den Rad- und Skateboardfahrern behaupten zu müssen.

Mit Befriedigung beobachtete er, wie der Abstand zwischen dem sportlichen Bezirksinspektor und dem jungen Mann geringer wurde. Trotz seines nicht unbeträchtlichen Vorsprungs hatte Toni keine Chance zu entkommen.

Als Egger ihn eingeholt hatte, ließ sich der Chefinspektor auf einer Bank nieder und zündete sich eine Zigarette an. Er hustete, rauchte aber unverdrossen weiter.

Der Bezirksinspektor hatte Toni, der ihm nur bis zur Schulter reichte, am Ellbogen gepackt und schob ihn vor sich her.

Setzt euch, befahl Serner den beiden, und während er in Ruhe ausrauchte, sah er sich den rotgelockten Maskenbildner genauer an.

Das sommersprossige Gesicht war stark gerötet. Die Augen glänzten und der Atem stank nach Wein.

Warum sind Sie abgehauen?

Weiß nicht, sagte Toni kläglich.

Wir möchten Ihnen nur ein paar Fragen stellen.

Egger verzog verärgert das Gesicht. Der freundliche Ton seines Chefs missfiel ihm.

Den Ausflug ins Sicherheitsbüro hätte ich Ihnen gern erspart.

Toni blickte den Chefinspektor zweifelnd an.

Als er neben Serner am Rücksitz des Passats saß, wurde er gesprächiger, behauptete ziemlich kleinlaut, leider schon mehrmals schlechte Erfahrungen mit der Polizei gemacht zu haben.

Unschuldslamm, fauchte Egger.

Erschrocken zuckte Toni zusammen. Den Rest der Fahrt hielt er den Mund.

Erst in Serners Büro taute er wieder auf. Er bewunderte die Fotos an den Wänden und nahm den Kaffee, den der Chefinspektor ihm anbot, gerne an.

Eggers Laune verschlechterte sich zusehends. Serner ignorierte seine Blicke, begann mit Toni ein scheinbar belangloses Gespräch über seinen Job und stellte ihm Fragen über die Kollegen. Schon bald konnte er sich zurücklehnen und nur mehr zuhören. Zuletzt servierte ihm Toni drei Mordverdächtige plus Motive auf einmal.

Am ehesten würde ich Alex einen Mord zutrauen. Er

ist zwar Marcovecs illegitimer Sohn, aber er hat seinen Alten aus tiefster Seele gehasst. Immer wenn er besoffen war, hat er sich ausgemalt, wie er den Alten für alles, was er seiner Mama angetan hat, büßen lassen würde. Er schluckte. Haben Sie einen Tschick für mich?

Serner warf ihm seine Zigaretten und eine Streichholzschachtel hin.

Toni bediente sich. Natürlich würde ich auch der Langer einen Mord zutrauen. Eine abgewiesene Frau ist zu allem fähig, sagte er, zwinkerte dem Chefinspektor verschwörerisch zu und tischte ihm dann einige unappetitliche Details aus Werners Intimleben auf.

Serner, der sich diesen Müll nicht länger anhören wollte, brachte die Sprache auf Joe Bellini.

Toni bestätigte, an jenem Abend mit ihr Billard gespielt zu haben.

Bis kurz nach acht. Nachher war ich noch in ein paar Lokalen am Naschmarkt.

Serner runzelte die Stirn.

Nein, ich kann mich leider nicht mehr erinnern, wann ich heimgekommen bin.

Voll zu?

Ja, ich war stockbesoffen. Hab keine Ahnung, mit wem ich an jenem Abend geredet habe. Vielleicht erinnert sich jemand an mich?

Soviel ich gehört habe, hat sich das von Marcovec unterschriebene Kündigungsschreiben in ihrer Tasche befunden, warf Serner in scharfem Ton ein.

Nein, das stimmt nicht. Das habe ich erst am nächsten Tag zugestellt bekommen.

Sie haben aber davon gewusst ...

Ich bring doch keinen um, weil er mir den Job wegnimmt. Ich krieg überall was, kann jederzeit wieder als

Barkeeper anfangen. Aber Sie bringen mich auf eine Idee. Was ist mit Joe? Sie ist viel ehrgeiziger und karrieregeiler, als es den Anschein hat. Werner hat sie auf die Straße setzen wollen, das weiß ich definitiv. Und bei Marlene habe ich sie sowieso in Verdacht gehabt. Eine Joe Bellini verkraftet es nicht, die Nummer zwei zu sein. Außerdem haben sich die beiden Weiber garantiert wegen Alex in die Haare gekriegt. Joe lässt sich weder die Show stehlen noch den Mann wegnehmen.

Toni wirkte sehr zufrieden. Kann ich noch einen Tschick haben, fragte er den Chefinspektor.

Unwillig reichte ihm Serner sein Päckchen. Der junge Mann sollte aufhören, Joe Bellini anzuschwärzen.

Er ließ Egger die Personalien aufnehmen und schickte den Maskenbildner nach Hause.

Warum warst du so freundlich zu dieser Schwuchtel, fragte Egger, sobald Toni den Raum verlassen hatte.

Schreib den Bericht und lass mich in Frieden, schnauzte Serner. Ich geh heim und leg mich ins Bett.

Zeit wird's, sagte der Bezirksinspektor leise.

37

Joe war nicht einmal mehr wütend. Sie fühlte sich nur ausgelaugt und leer.

Auf dem Weg zur Alten Donau verpasste sie die richtige Abfahrt, wollte umdrehen, hatte erneut Probleme mit dem Rückwärtsgang. Resigniert fuhr sie weiter stadtauswärts, bis auf der vierspurigen Straße Linksabbiegen erlaubt war. Und dann fuhr sie die ganze Strecke wieder zurück.

Sie stellte den Citroen auf einer Zufahrtsstraße zur Alten Donau ab und ging zu Fuß weiter.

Die Birken bogen sich im stürmischen Wind. Die Bootshäuser am Ufer des toten Flusses wirkten verlassen. Vor den Hütten lagen, ordentlich aufeinandergestapelt, Surfbretter und Gartenmöbel. Auch die Restaurants hatten geschlossen. Nur im Klubhaus des Rudervereins war offensichtlich noch was los. Fröhliches Stimmengewirr und lautes Gelächter. Gleich darauf sah sie ein paar junge Leute in Trainingsanzügen aus dem Haus kommen. In der Segelschule schien ebenfalls noch Betrieb zu sein. Das Gartentor stand offen, auf den Stühlen hing Ölzeug und ein Boot legte gerade am schwimmenden Steg an.

Ein Bootshaus mit rot-weiß-rot gestrichenen Fensterläden gleich in der Nähe der Segelschule, hatte Alex am Telefon gesagt.

Joe wollte bereits umkehren, als sie ein paar Meter weiter, versteckt unter hohen Bäumen, ein Holzhaus mit einem langen Steg entdeckte. Es war das letzte Haus auf dieser Seite des Ufers. Und die geschlossenen Fensterläden waren rot-weiß-rot gestrichen.

Sie klopfte, hörte mehrere Stimmen. Zaghaft drückte sie die Klinke und öffnete die Tür einen Spalt.

Im Fernsehen lief eine blödsinnige Nachmittagsshow. Alex lag mit geschlossenen Augen auf dem Bett, eine Zeitschrift aufgeschlagen neben ihm. Sein rechter Arm hing über den Rand des Bettes. Er sah aus wie ein Toter.

Alex, rief Joe.

Er bewegte sich nicht.

Sie berührte seine Schulter.

Noch immer kein Lebenszeichen.

Erst als sie ihn kräftig rüttelte, schlug er die Augen auf.

Ich hab geschlafen, murmelte er.

Das habe ich bemerkt.

Er zog sie aufs Bett.

Joe schüttelte seine Hände ab.

Steh auf, ich muss mit dir reden. Hast du Kaffee?

Nescafé.

Sie blickte sich im Bootshaus um.

Ihr Freund schien all sein Hab und Gut hier untergestellt zu haben. Der kleine Klapptisch drohte unter der Last eines vollbepackten Koffers zusammenzubrechen. Der Kofferdeckel stand offen. Schmutzige Hemden und Unterhosen lagen am Boden verstreut. An Haken an der Wand hingen Anzüge und Sakkos. Die restlichen Kleidungsstücke hatte er auf den beiden Stühlen verteilt. Auf der winzigen Küchenzeile stapelten sich Lebensmittel und schmutziges Geschirr. Außerdem roch es in dem kleinen, verdunkelten Raum unangenehm nach Moder und verfaultem Essen.

Ihr verging die Lust auf Kaffee. Sie zog die Jalousien an der Terrassentür hoch und riss die Tür auf.

Sag mal, spinnst du? Das Zeug wird doch nass.

Alex hatte nicht nur die ins Bootshaus gehörenden Sommermöbel und Sportgeräte auf die Terrasse befördert, sondern auch den Kühlschrank und eine sehr bequem aussehende, gepolsterte Liege.

Ich hab zu wenig Platz. Er griff nach einer Decke. Mach die Tür zu, mir ist kalt.

Wie hältst du es hier bloß aus?

Er hatte keine Lust, das warme Bett zu verlassen, sondern bedeutete ihr, wieder zu ihm zu kommen. Als sie sich neben ihn aufs Bett setzte, betatschte er ihren Hintern und ließ seine Hände an ihren Schenkeln entlanggleiten.

Deine Lederkluft ist echt geil, warum hast du die noch nie angehabt?

Joe hatte das Gefühl, seine Zärtlichkeiten würden nicht ihr, sondern der Haut des toten Tieres gelten.

Sie erzählte ihm von der Gasexplosion.

Er reagierte angemessen entsetzt und lud sie ein, bei ihm zu bleiben, bis ihr Haus wieder in Ordnung wäre.

Ist es dir hier nicht zu einsam?

Jetzt habe ich ja dich.

Er tätschelte wieder ihre Schenkel.

Erzähl mir lieber, was bei der Sitzung rausgekommen ist. Ich hab Verena noch nicht erreicht, hab also keine Ahnung, worauf ihr euch geeinigt habt.

Das ist Schnee von gestern.

Trotzdem hätte ich gern gewusst, was sich abgespielt hat.

Werner hat seinen letzten großen Auftritt gehabt. Er hat gedroht, uns alle zu feuern.

Mich hätte er nicht rausschmeißen müssen. Ich wäre freiwillig gegangen.

Das war doch nur ein Einschüchterungsversuch. Er war selber total geil auf die nächste Show, hat sich nach dem spektakulären Mord eine Quotensteigerung um fünfzig Prozent ausgerechnet.

Magst du einen Wodka? Alex griff nach der halbleeren Flasche, die neben seinem Bett stand.

Joe schüttelte den Kopf.

Ja, Werner hat immer sehr genau gewusst, was ankommt und was nicht. Jetzt wo er selber unter der Erde liegt, wird die Show erst recht ein Renner, sagte Alex und stärkte sich mit einem Schluck aus der Flasche. Wir werden uns diesen Hit auf keinen Fall vom ORF wegnehmen lassen. Vielleicht sollten wir zu Beginn kurz das verwüstete Büro einblenden und vielleicht auch Marlenes Wohnung. Falls dort schon aufgeräumt worden ist, müssten wir improvisieren, die Szene halt nachstellen.

Alex, bitte!

Hast du eine Ahnung, was für eine Wirkung wir mit solchen Bildern hervorrufen würden? Du weißt, welche Macht Fernsehbilder haben. Zuschauer glauben, was sie sehen. Wir könnten dem Ganzen einen ungeheuer dramatischen und tragischen Charakter verleihen.

Red keinen Unsinn.

Wir brauchen auch unbedingt eine rührende Geschichte von dir zur Untermalung der Bilder vom Tatort. Du musst nur ein bisschen auf die Tränendrüse drücken, so à la im Tod vereint. Sentimentale, rührselige Gefühle bringen hervorragende Einschaltquoten. Verena bastelt übrigens schon daran. Sie scheint wegen des unerwarteten Ablebens ihres Freundes nicht gerade am Boden zerstört zu sein.

Joe ging auf seine letzte Bemerkung nicht ein.

Dir geht's offenbar nur darum, die banale Realität vor unseren Zusehern zu verstecken, ihnen etwas Sensationelles und Spektakuläres vorzugaukeln, das sie für die Wirklichkeit halten? Und ich soll auch noch Unsinn darüber schwafeln?

Die Besitzer unseres Senders werden nicht davor zurückschrecken, den gewaltsamen Tod zweier Angestellter auszuschlachten, sagte Alex.

Der kommerzielle Erfolg rechtfertigt wohl alles?

Du hast keine Ahnung, wie Fernsehen funktioniert.

Oh ja. In keiner anderen Branche gibt es so viele Unzufriedene oder resignierte Zyniker wie in unserer. Schau sie dir doch alle an. Die meisten halten diesen ungeheuren Druck und diesen mörderischen Konkurrenzkampf sowieso nur mehr mit Hilfe von Alkohol oder Drogen aus.

Und mit dreißig empfinden sie nur mehr Überdruss und Lustlosigkeit gegenüber diesem Traumjob, der angeblich ganz anders ist als andere Jobs, zumindest haben wir das alle einmal glauben wollen, unterbrach Alex sie. Und mit vierzig sind wir sowieso ausgepowert und kaputt. Du bist eine Ausnahme, du bist weniger abhängig als wir, hast zumindest finanziell noch ein zweites Standbein.

Seine Begeisterung über die Vermarktungsmöglichkeit der beiden Morde schien gebremst. Er griff wieder nach der Flasche, verschluckte sich und spuckte auf den Bretterboden.

Joe wandte sich ab. Sie würde nicht bei Alex bleiben. Sein Ehrgeiz und seine Selbstherrlichkeit waren unerträglich. Und seine Schlamperei fand sie mindestens so unangenehm wie sein Gerede. Was hatte ihr an diesem Mann je gefallen?

Ich muss ein bisschen Luft schnappen, sagte sie, stand auf und ging hinaus auf den Steg.

38

Joe starrte auf das graue, flache Wasser und wünschte sich, weit weg zu sein. Das monotone Geräusch des Berufsverkehrs drang, durch den Wind vertragen, hinunter bis ans Ufer. Hinter den Fenstern der Wohn- und Bürotürme neben der UNO-CITY gingen die ersten Lichter an.

Plötzlich legten sich zwei Arme um ihren Hals. Sie zuckte zusammen, drehte sich um.

Alex stand dicht hinter ihr. Er sagte kein Wort, schaute sie nur lange an. Als er sie schließlich um einen Versöhnungskuss bat, machte sie die Augen zu und hielt ihm ihren Mund hin.

Er küsst nicht so gut wie Max und schon gar nicht so gut wie der Chefinspektor, stellte sie nüchtern fest, als seine Zunge hektisch über ihre Zähne glitt.

Lass uns wieder reingehen, sagte sie.

Schweigend kehrten sie ins Bootshaus zurück. Alex setzte sich aufs Bett. Joe nahm ihm gegenüber auf einem Campingstuhl Platz und fragte ihn, ob er von dem Gerücht über ein Dreiecksdrama zwischen Marlene, Verena und Marcovec gehört habe.

Das ist ein alter Hut. Werner hat Verena wegen Marlene fallengelassen. Ich glaube, unser Boss hat Angst vor ihr gehabt, obwohl oder gerade weil er sie regelmäßig verprügelt hat. Und ich muss zugeben, sie war auch mir von Anfang an unheimlich.

Joe konnte sich durchaus vorstellen, dass Verena Männern Angst einjagte. Masochistische Neigungen passten allerdings nicht in das Bild, das sie sich von ihrer Freundin machte. Plötzlich fiel ihr eine ihrer Patientinnen ein. Auch Andrea D. behauptete, Männer zu hassen, unterwarf sich ihnen aber sexuell.

Verena ist krankhaft eifersüchtig, sagte Alex. Deshalb hat sie ja auch mit allen Tricks verhindert, dass Marlene die Psycho-Show bekommt und dich mit Hilfe einer vorgezogenen Meinungsumfrage als Moderatorin aus dem Hut gezaubert. Außerdem hat es nach der letzten Show einen großen Krach gegeben. Du hast ja gleich die Flucht ergriffen. Aber wir haben nachher noch mindestens eine

Stunde lang miteinander gestritten. Werner hat gedroht, Verena ebenfalls hinauszuwerfen. Sie hat ihm erst Kontra gegeben, aber schließlich angefangen zu heulen wie ein kleines Kind.

Joe schwirrte der Kopf. Sie war geneigt, sein boshaftes Gerede als typisch männliches Vorurteil gegenüber emanzipierten Frauen abzutun.

Bei unserem letzten Gespräch hast du behauptet, dass Marlene Werner verlassen habe.

Ja, hat sie. Warum, weiß ich selber nicht. Vielleicht ist sie inzwischen mit einem unserer Obermacher liiert gewesen.

Mit einem der Gesellschafter des Senders?

Ja, oder mit irgendeinem Filmverleihtypen. Es hat so Gerüchte gegeben.

Joe schaute ihn skeptisch an.

Du bist einfach nicht geschaffen für dieses Geschäft, sagte Alex.

Die schöne Marlene war anscheinend nicht sehr wählerisch. Mit dir hat sie's ja angeblich auch getrieben.

Das war aber bevor wir uns näher kennengelernt haben, gestand er kleinlaut. Als ich mich ernsthaft in dich verliebt habe, war sofort Schluss.

Joe glaubte ihm kein Wort. Sie hatte ihren Liebhaber und seine Spielchen gründlich satt.

War es nicht genau umgekehrt? Hat Marlene nicht einfach nur mit dir gespielt – aus Berechnung, damit du ihr helfen würdest, mich auszuschalten? Und hat sie nicht dir den Laufpass gegeben, als sie dann Werner fest an der Angel hatte?

Joe ärgerte sich über sich selbst. Warum nur hatte sie sich auf dieses Ringelspiel eingelassen?

Komm schon, Liebling, sagte Alex und versuchte, sie wieder aufs Bett zu ziehen.

Du kannst mich mal!

Jederzeit …

Fass mich nicht an. Joe stieß ihn weg. Hast du nicht heute deinen Herrenabend? Ach nein, die Knaben beglückst du ja nur am Freitag.

Was hast du für ein Problem?

Ich hab gehört, dass du auch schwul bist.

Sein Lachen klang sehr gereizt und etwas gekünstelt. Joe missfiel vor allem das böse Flackern in seinen Augen.

Von wem hast du diesen Schwachsinn?

Eine kleine Tunte hat's mir geflüstert.

Toni?

Ich bin auch über deine verwandtschaftliche Beziehung mit Werner Marcovec informiert, fuhr Joe fort, ohne seine Frage zu beantworten.

Seine Lachen war zu laut und endete abrupt. Er setzte wieder die Wodkaflasche an den Mund.

Er muss sich besaufen, dachte Joe. Völlig gleichgültig scheint ihm Werners Tod ja doch nicht zu sein.

Toni ist ein feiger, verlogener Intrigant, sagte Alex leise. Er spricht prinzipiell über alle Menschen nur schlecht, auch über dich, liebe Joe. Weißt du, wie er dich nennt? Die Röntgenaufnahme, frei nach Tom Wolfe.

Alex' hübsches Gesicht hatte eine ungesunde Rötung angenommen. Joe sah ihn nicht mehr an, sie wollte ihn nicht noch mehr in Rage bringen.

Marlene hat sich oft bei mir und Werner über Tonis Respektlosigkeit beschwert. Außerdem hat Werner erfahren, dass Toni in einem zwielichtigen Etablissement einem lukrativen Nebenverdienst nachgeht, um sich seine kleinen Jungs leisten zu können.

Joe kannte diese Schwulen-Bar mit den Darkrooms nur vom Hörensagen, verspürte auch keine Lust, sie von innen kennenzulernen. Soviel sie wusste, vergnügten sich dort vor allem seriöse, ältere Familienväter und Geschäftsmänner.

Sie wollte ihren Besuch bei Alex jetzt so schnell wie möglich beenden.

Er ließ sie nicht gehen.

Wohin willst du? Zur Polizei, herrschte er sie an. Du kannst nirgendwo mehr hin. Hast du außerdem schon mal daran gedacht, dass du die Nächste auf der Liste des Mörders sein könntest?

Sie lachte. Meinst du, jemand will den ganzen Sender ausrotten?

Ich finde diesen Gedanken gar nicht so witzig. Du weißt zuviel, Joe. Du hast dich in Sachen eingemischt, die dich nichts angehen. Stell dir vor, Toni wäre der Täter.

Sie wollte aufbrausen.

Nein, das ist nicht so absurd, wie du denkst. Er hat geglaubt, dass er Marlene und Marcovec seine Kündigung zu verdanken hätte und hat dir im Suff zu viel erzählt. Könnte er nicht auf die Idee kommen, auch dich aus dem Weg räumen zu müssen.

Man bringt doch nicht einfach Leute um, weil man den Job verliert.

Kein normaler Mensch. Für einen kranken Spinner ist das sehr wohl ein Motiv. Und unser lieber Toni ist total verrückt.

Sie fand sein Gerede nur mehr lächerlich und verließ, trotz seiner massiven Proteste, das Bootshaus.

39

Zögernd erschienen ein paar Sterne am schwarzen Himmel. Es würde eine kühle, sternenklare Nacht werden. Der Wind hatte sich gelegt.

Normalerweise fürchtete sie sich nicht vor der Dunkelheit, doch nach diesem Gespräch mit Alex war ihr ein bisschen mulmig zumute.

Das Gänsehäufl und die beiden Fischrestaurants auf der gegenüberliegenden Seite lagen im Dunkeln. Das nächste bewohnte Häuschen befand sich mindestens hundert Meter entfernt in der Schrebergartensiedlung des »Ersten Wiener Lust- und Nutzgarten Vereins«.

Ein lautes Rascheln im Gebüsch erschreckte sie.

Eine Katze schoss vor ihren Füßen vorbei. Joe seufzte erleichtert.

Außer Alex und dieser Katze schien sich kaum ein lebendiges Wesen zu dieser späten Stunde am Wasser aufzuhalten. Es war viel zu kühl, um draußen zu sitzen.

War es ein Fehler gewesen, nicht bei Alex zu bleiben? Seine letzten Sätze gingen ihr nicht aus dem Kopf. Hatte er sie warnen wollen? Aber wenn nur die Hälfte von dem stimmte, was Toni über ihn erzählt hatte, traute sie ihm durchaus den Mord an Werner zu. Doch warum hätte er Marlene umbringen sollen? Sie konnte sich Alex beim besten Willen nicht als rasend eifersüchtigen Liebhaber vorstellen.

Vielleicht hat Marlene zu viel über ihn gewusst? So wie ich, dachte Joe.

Die Angst schlich sich an, kroch die Beine hinauf, über ihren Rücken, nahm Besitz von ihrem Gehirn. Nach jedem zweiten Schritt drehte sie sich um, sah Schatten hinter sich, die näher und näher kamen, bevor sie wieder verschwanden. Selbst den Mond, der sich im Wasser spiegelte, betrachtete sie heute nicht als Freund. Sie fühlte sich im Mondschein ausgeliefert wie im Rampenlicht.

Im Laufschritt eilte sie die Promenade entlang. Zum Glück brannte nur jede Dritte dieser hässlichen, blauen Lampen. Die Dunkelheit war ihr auf einmal lieber, bot ihr wenigstens einen gewissen Schutz.

Als ihr ein alter Mann mit einem dicken Dackel an der Leine entgegenkam, verlangsamte sie ihre Schritte und erwiderte seinen freundlichen Gruß. Sobald er außer Sicht war, fing sie wieder an zu laufen.

Erst als sie in Lisas Auto saß, beruhigte sie sich. Sie verriegelte die Türen, ließ den Motor an, wusste aber nicht, wohin sie fahren sollte. Alex hatte Recht gehabt, sie konnte nirgends mehr hin. In ein Hotel traute sie sich um diese Zeit und ohne Gepäck auch nicht.

Obwohl sie wusste, wie infantil ihr Wunsch war, sehnte sie sich nach ihrem Vater oder vielmehr nach einem Vater, der alles in Ordnung bringen würde. Wider besseres Wissen rief sie Victor an. Sie ließ es lange läuten. Die Zehn-Uhr-Nachrichten waren schon vorbei. Victor ging unter der Woche meistens nach den Nachrichten ins Bett.

Er hob ab.

Kaum hatte sie ihm ihre fatale Situation geschildert, begann er lautstark zu schluchzen und die ganze Geschichte noch mehr zu dramatisieren. Sie sah ihn vor sich, mit dicken Tränen in den schönen, dunklen Augen. Aber Joe hatte ihren Vater zu oft weinen gesehen.

All ihre Bemühungen, ihm klar zu machen, dass sie in ernsthaften Schwierigkeiten stecke, schienen vollkommen vergeblich zu sein.

Ich gehe mit dir, wohin auch immer du gehen magst, sagte er. Ich werde dir folgen. Ja, ich werde dich auf deinem langen, dornenvollen Weg begleiten, mein Kind, werde dich führen, so wie Antigone ihren geliebten Vater. Lass mich deine Antigone sein.

Bist du besoffen? Ich bin weder blind wie Ödipus, noch trage ich eine Dornenkrone wie Jesus Christus, schrie Joe.

Du sprichst wie einer, der nicht weichen noch gehorchen will.

Und du sprichst wie einer, der zu tief ins Glas geschaut hat.

Weh, weh, Unglücklicher! Aber nicht einmal ansehen kann ich dich und möchte doch viel fragen, viel erfahren und vieles sehn!

Weißt du, was du mich kannst?

Solch einen Schauder weckst du in mir!

Vergiss Ödipus.

Sie legte auf, ohne ihm zu sagen, wo sie sich befand. Entweder war Victor tatsächlich besoffen oder vollkommen durchgedreht.

Eine Weile irrte sie durch Transdanubien, fürchtete, das Benzin könnte ihr ausgehen, wenn sie noch stundenlang einfach so weiterführe, doch als sie sich der Floridsdorfer Brücke näherte, wusste sie, was sie tun könnte. Sie bog rechts ab, fuhr auf die Donauinsel und trieb sich bis in die frühen Morgenstunden in den Bars auf der »Copa Cagrana« herum. Neben all den aufgeputzten Kids aus der Vorstadt kam sie sich allerdings ziemlich deplaziert vor.

Zuletzt landete sie in einem hell erleuchteten schwimmenden Glaspalast. Ein kleiner Rundbau mit Schiebetüren in alle Himmelsrichtungen. In warmen Nächten konnte man von der friedlich im stillen Wasser schaukelnden Bar aus ins Wasser springen und unterm Sternenhimmel schwimmen.

Eine Schiebetür stand offen. Trotzdem war die Luft in der Bar zum Schneiden. In der Mitte des Lokals befand sich ein kleines, ovales Becken. Unterwasserscheinwerfer beleuchteten die Goldfische, die sich im türkisblauen Wasser tummelten. Den Boden des Beckens zierte ein Mosaik: Ein braungebrannter Jüngling – ein durchaus ästhetischer Anblick.

Zwei farbenprächtig und phantasievoll bekleidete schwarze Männer tanzten nach den heißen Rhythmen, die aus zwei riesigen Lautsprechern dröhnten. Sie schlängelten sich zwischen den grellfarbenen Plastikstühlen, die um kleine Tische drapiert waren, durch, tanzten draußen auf den Holzplanken weiter und gerieten nahe ans Wasser. Natürlich konnte eine der Lederjacken nicht widerstehen und versetzte dem eng umschlungenen Pärchen einen kräftigen Stoß.

Unter dem schallenden Gelächter der Umstehenden tauchten die Verliebten wieder auf. Galant reichte ihnen der Spaßvogel seine Hand. Ein schwerer Fehler, denn nun kam er selbst in den Genuss einer Abkühlung.

Joe hatte die Szene von der Theke aus beobachtet und fiel in das Gelächter der anderen Gäste mit ein.

Ein Schwarzer sprach sie an, fragte, was sie denn so lustig finde.

Sie hatte keine Lust, sich zu rechtfertigen, kehrte ihm demonstrativ den Rücken zu.

Doch so leicht ließ er sich nicht abwimmeln. Mit ernster Miene verwickelte er sie in ein für diesen Ort und diese späte Stunde vollkommen unpassendes Gespräch über Rassismus und Fremdenfeindlichkeit im heutigen Österreich.

Joe ließ sich von ihm auf einen Mochito einladen und revanchierte sich mit einer zweiten Runde.

Als sie mal raus musste, warnte er sie vor den üblen Gestalten, die sich um diese Zeit draußen herumtrieben, und bestand darauf, sie zu begleiten. Das Damenklo befand sich außerhalb der Bar in einem Holzverschlag.

Joe lehnte seine Begleitung höflich ab.

Kaum hatte sie das übel riechende, provisorische Klo betreten, wusste sie, wovor sie der Junge hatte bewahren wollen.

Auf dem schmutzigen Boden vor der Tür saß ein Pärchen. Die Frau setzte sich gerade einen Schuss. Der Typ neben ihr schien den Beginn der Reise schon hinter sich zu haben.

Joe rannte ins Freie, hockte sich hinter einen Busch.

Sie sah auf ihre Uhr. Vier Uhr morgens. Eine ideale Zeit für eine Razzia? Hatte sie nicht erst vor kurzem in der Zeitung gelesen, dass die Lokale auf der Donauinsel fast jedes Wochenende von den Bullen heimgesucht wurden?

Eine Ausweiskontrolle oder gar ihr Bild in der Zeitung unter der Schlagzeile: »Mordverdächtige Psychoanalytikerin im Drogenrausch festgenommen« hätte ihr gerade noch gefehlt.

Sie kehrte nicht mehr in die Bar zurück, sondern versuchte ein Stündchen in Lisas Auto, das sie auf einem regulären Parkplatz abgestellt hatte, zu schlafen. Sie machte kein Auge zu.

40

Am frühen Morgen rief sie von einem Telefonautomaten Christian an. Abgesehen von einer leichten Benommenheit nach der schlaflosen Nacht fühlte sie sich ganz gut.

Dorli hob ab.

Gib mir bitte Christian, sagte sie, ohne ihren Namen zu nennen.

Dorli erkannte sie wohl an der Stimme, denn sie gab den Hörer wortlos an ihren Mann weiter.

Der Gedanke, dass sie ihren Analytiker und seine holde Angetraute in ihrem warmen Bett gestört haben könnte, gefiel ihr.

Christian klang nicht gerade begeistert, als sie ihm den Grund für ihren frühen Anruf mitteilte. Er weigerte sich zuerst, sie zu treffen, schob Termine vor.

Der Herr Doktor will sich raushalten, sich auf keinen Fall einmischen, dachte sie. Selbst als sie ihm von der Gasexplosion in ihrem Haus erzählte, zeigte er sich nicht sehr beeindruckt. Erst als sie drohte, in einer Stunde bei ihm aufzukreuzen, verabredete er sich mit ihr zum Mittagessen.

Joe schlug ein Beisel in der Nähe der Reichsbrücke vor, sie wollte nicht in die Innenstadt.

In den Außenbezirken schauen die Leute genauso viel fern, wenn nicht sogar mehr, sagte Christian nüchtern.

Trotzdem beharrte sie darauf, ihn im zwanzigsten Bezirk zu treffen. Sie kannte das Lokal noch von ihrer Studienzeit her, hatte dort Anfang der Achtzigerjahre öfter an Treffen der Friedensaktivisten teilgenommen.

In einer Trafik neben dem ehemaligen kommunistischen Verlagsgebäude erstand sie ein paar Tageszeitungen und blätterte sie hektisch durch. Kein Fahndungsfoto, keine Schlagzeile à la »Psychoanalytikerin wegen zweifachen Mordes gesucht«. Beruhigt schmiss sie die Blätter weg.

Bis zu ihrem Treffen mit Christian müsste sie die Zeit totschlagen. In Lisas Auto fühlte sie sich am sichersten. Kein Polizist, nicht einmal dieser Oberschlaumeier Serner würde auf die Idee kommen, nach Lisas alter Schüssel zu fahnden.

Obwohl sie wusste, dass es riskant war, fuhr sie zu ihrem Haus.

Nicht einmal ein Polizeiwagen stand vor der Einfahrt. Mitten auf der Sandleitengasse machte sie kehrt und fuhr noch einmal im Schritttempo zurück. Das Chaos im Innenhof war von der Straße aus nicht zu sehen.

Im Handschuhfach von Lisas Wagen hatte sie eine altmodische Sonnenbrille und ein Gummiringerl gefunden. Sie setzte die Brille auf und band ihre Haare zusammen, bevor sie das Beisel im zwanzigsten Bezirk betrat.

Als Christian aufkreuzte, war sie bereits bei der zweiten Tasse Kaffee angelangt.

Was soll diese lächerliche Maskerade? Nimm die komische Brille ab, fauchte er sie an.

Sie wusste, dass es sie nervös machen würde, wenn sie ihm während des Gesprächs in die Augen sehen müsste. Also behielt sie die Brille auf.

Joe hatte eine Fritattensuppe bestellt. Ihre Hände zitterten, sie konnte den Löffel kaum halten, patzte sich und das Tischtuch an und genierte sich vor Christian, obwohl er ihrem Missgeschick kaum Beachtung schenkte.

Auch er war nervös, zündete sich am Stummel seiner

…garette gleich die Nächste an. Er wollte nichts essen, hatte nur einen Kaffee bestellt.

Ihre kurzatmige Schilderung der Ereignisse schien ihn zu langweilen. Er machte sich nicht einmal die Mühe, die Hand vor den gähnenden Mund zu halten.

Sie begann ihn über Verena auszufragen.

Wie gut kennst du sie?

Im Grunde kenne ich sie kaum.

Christian Nowotny konnte nicht über seinen Schatten springen. Er war ihr keine große Hilfe. Sie erfuhr von ihm nur, was sie ohnehin bereits wusste. Aber sie hörte nicht auf, ihn nach Details aus der Zeit seiner kurzen Affäre mit Verena zu fragen. Und als der Wirt den Schweinsbraten für Joe brachte, begann Christian dann doch zu reden.

Verena hat früh lernen müssen, dass das Leben einer Frau nicht glücklich sein kann. Sie hat unter ihrem strengen, autoritären Vater und unter ihrer schwachen, ängstlichen Mutter sehr gelitten.

Hast du ihre Eltern gekannt?

Christian schüttelte den Kopf.

Verena hat die Ansprüche ihres Vaters internalisiert. Ihr krankhafter Ehrgeiz, ihr unreflektiertes Leistungsdenken – sie hat sämtliche Prüfungen auf der Uni mit Auszeichnung bestanden –, der ständige Druck, die Karriere über das Vergnügen zu stellen …, er sprach im distanzierten Ton eines Arztes, doch das Gespräch drohte wieder zu versanden.

Er brach sich ein Stück von einem Salzstangerl ab, verschlang es rasch und gierig.

Willst du nicht doch etwas essen, fragte Joe.

Unwillig schüttelte Christian den Kopf und steckte das andere Ende vom Salzstangerl in den Mund.

Die Polizei verdächtigt mich. Ich weiß nicht mehr ein und aus. Ich weiß nur, dass ich für eine Weile untertauchen muss. Zumindest so lange, bis sie den Mörder gefasst haben. Kannst du mir nicht irgendwie helfen?

Ihr Schweinsbraten war inzwischen kalt geworden. Der Appetit war ihr vergangen.

Christian, der ihr ungeduldig zugehört hatte, empfahl ihr, vernünftig zu bleiben und sich der Polizei zu stellen.

Nicht jetzt. Ich bin so sehr in diese Geschichte involviert, dass es mir vielleicht eher gelingen wird, den Mörder ausfindig zu machen, als diesen schlafmützigen Bullen.

Sei nicht kindisch.

Was passiert, wenn sie diese beiden Fälle niemals aufklären? So was kommt doch vor, oder? Soll ich dann im Gefängnis verrecken?

Du bist hysterisch, Johanna.

Sie hasste es, wenn er sie mit ihrem richtigen Namen ansprach. Er sagte auch nur Johanna zu ihr, wenn er ungehalten war. Plötzlich wurde ihr bewußt, wieso sie ihren Vater seit kurzem Victor nannte, wenn sie sich über ihn ärgerte.

In ihrer Verzweiflung und obwohl sie seine Antwort bereits kannte, fragte sie, ob sie bei ihm, oder besser gesagt in seiner Praxis, für ein paar Tage untertauchen dürfe. Nur übers Wochenende. Du arbeitest doch freitags nie.

Er reagierte mehr als nur ablehnend auf dieses unverschämte Ansinnen. Ja, er wirkte richtiggehend entsetzt, als er sagte: Wie kannst du nur mich und meine Familie in so eine schmutzige Sache reinziehen? Was ist bloß in dich gefahren?

Ich habe sonst niemanden, sagte sie schlicht.

Dieser arrogante Inspektor ist gestern mitten in eine Sitzung geplatzt. Meine Patientin hat sofort die Flucht ergriffen. Ist dir überhaupt bewusst, was für ein Chaos du angerichtet hast?

Es tut mir leid.

Mir auch. Er sah sich nach dem Kellner um. Zahlen bitte!

Joe beschwor ihn, noch ein paar Minuten zu bleiben.

Ich muss dir unbedingt den Rest dieser furchtbaren Geschichte erzählen. Alex, du weißt schon, dieser Assistent von Verena, verdächtigt sie, sowohl Marlene als auch den Programmchef ermordet zu haben. Aus Eifersucht …

Lass mich in Frieden, fauchte Christian.

Joe hörte nicht auf zu reden, wollte ihm unbedingt erzählen, was Alex über Verena gesagt hatte und was ihr Toni über Alex erzählt hatte. Sie brachte aber alles durcheinander und merkte bald selbst, dass sie nur mehr wirres Zeug von sich gab.

Ich habe Angst, verrückt zu werden, Christian. Bitte hilf mir, das darf alles einfach nicht wahr sein.

Er rief noch einmal laut und energisch: Zahlen!

Der Wirt stellte sich auf beiden Ohren taub.

Würdest du Verena einen Mord zutrauen, sag ehrlich?

Könntest du noch lauter schreien? Damit es auch jeder hier mitkriegt? Verschon mich bitte in Zukunft mit diesem Dreck, zischte er leise, stand auf, ging an die Theke, bezahlte und verließ grußlos das kleine Beisel.

Joe begann zu weinen. Nicht zum ersten Mal in ihrem Leben fühlte sie sich im Stich gelassen.

Ihr Vater spielte den großen Helden und nervte sie mit Zitaten aus »König Ödipus«. Von Alex fühlte sie sich verraten und bedroht. Serner wollte sie verhaften. Und ihr geliebter Christian war die größte Enttäuschung von allen. Der Herr Doktor war nicht gewillt, auch nur den keinen Finger für sie zu rühren.

Feigling, Schlappschwanz, Spießer, beschimpfte sie in Gedanken ihre große Liebe, wischte die Tränen von ihren Wangen und bestellte ein Glas Sekt, um das Ende ihrer unglücklichen Verliebtheit wenigstens gebührend zu feiern.

Als sie mit sich selbst anstieß, bemerkte sie, dass ihr der Wirt von der Theke aus mit einem Achterl zuprostete.

Sie dankte ihm mit einem traurigen Lächeln.

Er setzte weder den Sekt noch das Salzstangerl, das Christian zu zahlen vergessen hatte, auf die Rechnung.

Geht aufs Haus. Seien Sie froh, dass Sie ihn los sind, sagte er zum Abschied.

Kaum saß sie in Lisas Citroen, läutete das Handy.

Geht's dir so halbwegs gut, fragte Lisa. Ich bin okay, bin schon zu Hause und du kannst auch bald wieder heimkommen. Die Polizei fahndet jetzt nach Alex. Sie glauben, dass er diesen Marcovec auf dem Gewissen hat. Zumindest zweifelt Klein-Arnie an deiner Schuld. Allerdings scheinen manche seiner Kollegen nicht seiner Meinung zu sein. Sie verdächtigen dich, die Gasexplosion selbst ausgelöst zu haben, um den Verdacht von dir abzulenken. Und dieser Serner ahnt, dass wir in Kontakt sind. Er hat mich gebeten, dir auszurichten, dass du ihn anrufen sollst, er möchte dir was Wichtiges mitteilen. Vielleicht will er dir ja eine Liebeserklärung machen, sagte Lisa kichernd.

Ihre Freundin schien die ganze Aufregung zu genießen.

Lass uns jetzt lieber Schluss machen, womöglich haben sie bei dir eine Fangschaltung installiert, während du im Spital warst, sagte Joe ungehalten und legte auf.

Als die nächste Telefonzelle in Sicht kam, überlegte sie, ob sie Serner tatsächlich anrufen sollte.

Sie bremste und parkte ein paar Meter vor dem Münzfernsprecher.

Nach dem ersten Läuten hob er ab.

Sie ließ ihn gar nicht erst zu Wort kommen, sondern erzählte ihm, dass Verena mit Werner Marcovec eine Affäre gehabt habe.

Serner sagte nichts dazu.

Seine Reserviertheit reizte sie, ließ sie unvorsichtig werden. Brühwarm berichtete sie ihm von ihrem Besuch bei Alex und von dem Klatsch über ihn und Marcovec.

Marcovec hatte nur diesen einen Sohn, sagte Serner. Herr Albrecht wird zwei Drittel seines Vermögens erben, es sei denn, ein Testament taucht noch auf. Aber das ist jetzt nicht so wichtig. Sag mir lieber, wo du dich herumtreibst? Ich habe letzte Nacht mehrmals versucht, dich zu erreichen. Bitte, Liebes, sag mir, wo du bist.

Das »Liebes« kannst du dir sparen.

Sie dachte nicht im Traum daran, ihm ihren Aufenthaltsort zu verraten. Außerdem wusste sie momentan selbst nicht so recht, wo sie sich befand.

Bevor sie auflegte, versprach sie, sich morgen wieder bei ihm zu melden.

Sie hatte sich entschlossen, ihre Freundin Verena einfach persönlich zu fragen, ob und was an diesen bösartigen Gerüchten über sie und Werner dran sei.

Vielleicht würde sie ein paar Tage bei Verena wohnen können? Falls ihre Freundin ablehnte, bliebe ihr immer noch ihr Vater. Doch allein die Vorstellung, bei Victor und Margarita unterzutauchen, verursachte ihr Magenkrämpfe. Ob Serner wohl inzwischen auch bei Papa gewesen war? Die Gelegenheit, den großen Schwarm seiner Frau Mama persönlich kennenzulernen, hatte er sich bestimmt nicht entgehen lassen. Auf die Idee, dass sie bei ihrer Redakteurin Zuflucht suchen könnte, würde er nicht so leicht kommen.

Sie warf noch einen Fünfer in den Schlitz.

Zum Glück stellte Verena keine Fragen, sondern sagte nur: Komm vorbei, wann du willst, ich bin den ganzen Nachmittag daheim.

41

Chefinspektor Serner holte seine DS aus der Tiefgarage im Nachbarhaus. Victor Bellini erwartete ihn um fünfzehn Uhr zum Kaffee.

Er hatte Joes Vater höflich um ein Gespräch gebeten und auch betont, dass es sich um eine inoffizielle Angelegenheit handle, er ihn also nicht empfangen müsse.

Victor Bellini war am Telefon äußerst liebenswürdig gewesen, hatte betont, dass es ihm ein besonderes Vergnügen sei, den Chefinspektor persönlich kennenzulernen.

Als sich Serner dem Haus in der Pötzleinsdorfer Straße näherte, wurde er bereits erwartet. An der Gartentür stand ein schlanker, elegant gekleideter, älterer Herr mit einer dicken Zigarre in der Hand.

Höflich machten die beiden Männer sich miteinander bekannt.

Serner bemühte sich, eine Ähnlichkeit zwischen dem feschen, grauhaarigen Victor Bellini und seiner Tochter festzustellen. Außer dem großen, sinnlichen Mund und den wohl geformten, sehr kräftigen Händen fielen ihm auf den ersten Blick keine Gemeinsamkeiten auf.

Victor zeigte dem Chefinspektor zuerst den Garten.

Drinnen darf ich nicht. Entschuldigend deutete er auf seine Zigarre.

Nachdem er die Monte Christo in einem Blumenkübel ausgedrückt hatte, komplimentierte er seinen Gast ins Haus und stellte ihn Margarita vor, die gerade den Kaffeetisch im Speisezimmer deckte.

Schatz, könntest du so lieb sein und uns eine Flasche Roten bringen, bat Victor sie mit zuckersüßer Stimme.

Mitleidig betrachtete Margarita den hustenden Chefinspektor.

Ein Lindenblütentee mit Kamille und viel Honig wird für den Herrn Inspektor wohl das Gescheitere sein.

Unwillig schüttelte Victor den Kopf, wahrte aber die Formen und fragte Serner: Wäre Ihnen Tee lieber?

Der abfällige Unterton war nicht zu überhören. Serner wollte es keinesfalls riskieren, bei Joes Vater in Ungnade zu fallen, deshalb entschied er sich für Rotwein und zwinkerte der Dame des Hauses entschuldigend zu.

Während Margarita Kaffee und Wein servierte, unterhielten sich die beiden Männer über die schwierige politische Lage.

Serner sah sich dabei unauffällig in dem Kuriositätenkabinett um. Der billige, langflorige, bunte Teppich wirkte hier zwar ziemlich deplaziert, aber sehr gemütlich. Am liebsten hätte sich Serner darauf ausgestreckt. Stattdessen bemühte er sich, auf dem sehr zerbrechlich wirkenden Biedermeiersessel ruhig sitzen zu bleiben. Er hatte der Stabilität dieses Stuhls von Anfang an misstraut und sich entsprechend vorsichtig darauf niedergelassen.

Sind Sie etwa auch einer von denen, fragte Victor plötzlich und starrte seinen Gast böse an.

Serner schüttelte den Kopf, konnte sich aber ein kleines Lächeln nicht verkneifen. So direkt hatte noch keiner gewagt, ihn nach seiner politischen Gesinnung zu fragen, nicht einmal sein neuer Major.

Darf ich rauchen, fragte Serner.

Selbstverständlich.

Victor brachte ihm einen schweren, bronzenen Aschenbecher. Auf dem Deckel thronte eine indische Göttin im Lotussitz.

Die Dame erweckte bei Serner unangenehme Erinnerungen. Rasch nahm er ein angebrochenes Päckchen Gauloises aus seiner Hosentasche, steckte sich eine an und hielt auch Victor die Packung hin.

Nein danke, ich rauche nicht mehr.

Sein verschwörerischer Blick entlockte Serner ein Schmunzeln.

Victor sprach nun ausführlich über die neuesten Inszenierungen am Burgtheater und noch länger über die Misere des österreichischen Films.

Chefinspektor Serner pflichtete ihm hin und wieder bei oder gab ihm das Stichwort. Und obwohl ihm bewusst war, dass es eine Schmeichelei war, erwähnte er auch, dass seine Mutter alle Bellini-Filme gesehen habe.

Sie war ein großer Fan von Ihnen.

Daraufhin schlug Victor vor, ihm einen Zusammenschnitt seiner bekanntesten Filmszenen zu zeigen.

Mit diesem Video hat mir meine Tochter zum letzten Geburtstag eine große Freude bereitet. Sie hat es von einem der besten Techniker ihres Senders machen lassen, erzählte er stolz.

Margarita gesellte sich zu ihnen.

Stört es Sie, wenn ich rauche, gnädige Frau, fragte Serner.

Blödsinn, sie hat früher selber geraucht, zischte Victor.

Eingehüllt in die blassgraue Wolke von Serners Zigarettenrauch sagte Margarita: Natürlich stört es mich nicht, aber in Ihrer Verfassung sollten Sie besser nicht rauchen, Herr Inspektor. Nehmen Sie lieber noch ein Stück Apfelstrudel. Vielleicht hätten Sie doch gern einen Tee dazu? Ich könnte Ihnen auch eine spezielle Mischung gegen Erkältungskrankheiten aufbrühen.

Ihr Gerede brachte Victor aus dem Konzept, er wurde zusehends gereizter.

Amüsiert folgte Serner ihrem Schlagabtausch. Bevor sie ernsthaft zu streiten begannen, mischte er sich ein und kam auf den wahren Grund für seinen Besuch zu sprechen.

Ihre Tochter ist in einen Mordfall involviert, ich habe es bisher nicht geschafft, ihr Vertrauen zu gewinnen …

Ein blinder Verdacht kam auf aus Worten, doch auch was unberechtigt ist, verletzt … wem vor der Tat nicht graut, den schreckt auch kein Wort. Erwartungsvoll blickte Victor seinen Gast an.

Margarita kam Serner zuvor. Unser armes Kind, jammerte sie. Nicht auszudenken, was sie in den letzten Tagen hat mitmachen müssen.

Sie schien ernsthaft in Sorge um ihre Stieftochter. Dicke Tränen kullerten über ihre rosaroten Bäckchen.

Victor wollte seiner Margarita in puncto Sorge um Joe natürlich keinesfalls nachstehen und hielt dem Chefinspektor mit ernster Miene einen langen Vortrag über seine Tochter. Er lobte sie in den höchsten Tönen und machte Serner auch mit Joes schwieriger Jugend und ihren Problemen mit dem männlichen Geschlecht vertraut: Mit den Männern hat mein Liebling bisher leider kein Glück gehabt. Ihr erster Mann war ein totaler Versager und ihre anderen Typen mochte sie mir nicht einmal vorstellen. Mein Mädchen ist nicht nur äußerst intelligent und hochbegabt, sondern eine ganz Sensible. Rauhe Schale, weicher Kern, wenn Sie wissen, was ich meine.

Margarita wagte nicht mehr, ihren Victor zu unterbrechen. Als er sich jedoch darüber beklagte, dass seine Tochter leider nicht im Traum daran dächte, ihn zum Großvater zu machen, fiel sie ihm mitten im Satz ins Wort: Das stimmt nicht. Du hast nicht nur einmal zu ihr gesagt, dass du schreiende Kleinkinder und den Gestank von vollen Windeln nicht ertragen kannst. Ich dagegen hätte gern einen Enkel. Joe wäre auch gar nicht so abgeneigt. Wenn sie nur endlich den Richtigen finden würde …

Bevor sie wieder zu streiten anfingen, fragte Serner rasch, wann sie zuletzt mit Joe gesprochen hätten.

Peinliches Schweigen.

Betreten sahen sich Victor und Margarita an. Keiner von beiden war bereit, dem Chefinspektor von ihrem letzten längeren Telefonat mit Joe zu erzählen. Auch den kurzen, verzweifelten Anruf seiner Tochter erwähnte Victor mit keinem Wort.

Wissen Sie, wo sich Ihre Tochter zur Zeit aufhält?

Er bekam wieder keine Antwort.

Aber Sie wissen, dass sie verschwunden ist?

Nein! Warum sollte sie verschwinden? Allerdings muss ich zugeben, dass ich schon länger nichts mehr von ihr gehört habe, stammelte Victor.

Für einen Schauspieler lügt er sehr schlecht, dachte Serner und wollte gerade nachsetzen, als ihm Margarita mit einem liebenswürdigen Lächeln Rotwein nachschenkte.

Er bedankte sich. Und während er sich noch eine Zigarette anzündete, fragte ihn Victor, ob er jetzt Lust hätte, sich die alten Filmausschnitte anzusehen.

Serner blieb, wenn er nicht unhöflich erscheinen wollte, nichts anderes übrig als zuzustimmen. Vielleicht tat er dem alten Herrn auch unrecht und er kannte Joes Pläne wirklich nicht. Aber die betroffenen Gesichter des alten Pärchens sprachen Bände.

Er drängte nicht weiter in sie, sondern ging mit ihnen ins Wohnzimmer.

Margarita jagte Johnny von der Couch und forderte Serner auf, es sich kommod zu machen.

Füße hoch, befahl sie und schob ihm einen gepolsterten Hocker unter die Waden.

Jan Serner fügte sich in sein Schicksal, ja er gestand sich ein, dass ihm Margaritas Fürsorge nicht unangenehm war.

Johnny kläffte den Chefinspektor böse an und fletschte sogar die Zähne. Er schien nicht ganz einverstanden mit der veränderten häuslichen Idylle.

Margarita drohte dem Hund mit einer zusammengerollten Zeitung.

Ist das sein Platz? Serner deutete auf die Couch.

Kusch Johnny, schrie Victor, der inzwischen die Videokassette eingelegt hatte.

Der Chefinspektor schnappte den kleinen Kerl, nahm ihn auf den Schoß und streichelte ihn. Sofort hörte der fette Mops zu bellen auf, rollte sich zusammen und kuschelte sich an Serners Schenkel.

Margarita, die sich das Video bestimmt schon mehrmals hatte ansehen müssen, zog sich in die Küche zurück, um für den Chefinspektor ihren Spezialtee aufzugießen.

Wortreich kommentierte Victor die einzelnen Szenen. Seine angenehme, sonore Stimme wirkte ungeheuer beruhigend. Serner hatte alle Mühe, die Augen offen zu halten. Die alten Filmszenen, die schönen, alten Möbel, die heimelige Wärme – er fühlte sich in seine Kindheit zurückversetzt.

Das Video war zu Ende. Serner hatte seinen Tee brav ausgetrunken und traf Anstalten aufzubrechen.

Johnny protestierte lautstark, als er sein warmes Plätzchen verlassen musste. Auch Margarita und Victor wollten ihren Gast noch nicht gehen lassen.

Noch ein Schnäpschen, fragte Victor.

Nein danke.

Seine Gastgeber brachten ihn bis zum Gartentor.

Margarita wiederholte mehrmals, dass ihr der Herr Inspektor jederzeit willkommen sei.

Vielleicht haben Sie Lust, einmal sonntags gemeinsam mit Joe bei uns zu essen?

Der Tritt gegen das Schienbein, den ihr Victor versetzt hatte, war Serner nicht entgangen. Schmunzelnd reichte er ihr die Hand und bedankte sich herzlich für ihre Gastfreundschaft.

... erbarm dich ihrer, die so jung du siehst, so entblößt von allem, wenn du nicht zu Hilfe kommst. Versprich es, Edler, berühre mich mit deiner Hand! sagte Victor voll Inbrunst, als er dem Chefinspektor zum Abschied die Hand schüttelte.

Sophokles?

Victor strahlte.

42

Noch bevor Joe auf die Klingel gedrückt hatte, öffnete Verena die Tür. Sie konnte die Liftkabine von ihrem Vorzimmerfenster aus sehen.

Joe fiel ihr buchstäblich um den Hals.

Verena befreite sich aus der Umarmung, schloss die Tür und betrachtete ihre Freundin lange von Kopf bis Fuß.

Mein Gott, wie siehst du denn aus! Du gehörst sofort ins Bett.

Du hast ja keine Ahnung, was passiert ist, stammelte Joe.

Verena ließ sie nicht zu Wort kommen, schob sie die Treppe hinauf in ihr Schlafzimmer und sagte: Das kannst du mir alles nach ein paar Stunden Schlaf erzählen.

Ohne sich auszuziehen, legte sich Joe aufs Bett und schlief sofort ein.

Als sie erwachte war es bereits Abend. Notdürftig wusch sie sich Gesicht und Hände und torkelte dann verschlafen die Treppe hinunter.

Verena saß auf der Couch und blätterte in einer Zeitschrift. Das warme Licht der kleinen Tischlampe spiegelte sich im Glasdach.

Als Joe sich zu ihr setzte, legte ihre Freundin das Journal sofort aus der Hand.

Kaffee oder Tee?

Später.

Minutiös schilderte ihr Joe die Ereignisse der letzten vierundzwanzig Stunden: Flucht, Gasexplosion, ihre Auseinandersetzung mit Alex, das verunglückte Mittagessen mit Christian ... Obwohl sie nach wie vor ziemlich verwirrt war, ließ sie fast kein Detail aus und erzählte auch, was Toni über Alex gesagt hatte.

Ihre Freundin hörte ihr anfangs mit ausdrucksloser Miene zu. Erst als Joe von der Gasexplosion sprach, war sie offensichtlich bestürzt. Sie sprang auf und sagte: Verzeih, ich habe dir unrecht getan.

Dann ging sie in die Küche.

Joe vernahm das leise, blubbernde Geräusch der Kaffeemaschine.

Als ihre Freundin die hübschen Mokkatassen von Nam June Pike auf den kleinen Couchtisch stellte, fragte Joe: Wieso hast du mir unrecht getan?

Verena bot ihr eine American Spirit an, gab ihr Feuer und zündete sich selbst eine an.

Ich habe nicht geahnt, dass du in solch ernsthaften Schwierigkeiten steckst. Ich war einfach sauer und gekränkt, weil du mich nicht ins Vertrauen gezogen hast. Und als sie sich wieder gesetzt hatte, sagte sie mit leiser, brechender Stimme: Ehrlich gestanden, habe ich befürchtet, dass du Marlene am Gewissen haben könntest.

Erstaunt riss Joe die Augen auf.

Ja, verzeih bitte. Ich weiß, ich bin ein bisschen paranoid.

Wieso paranoid? Höllisch mißtrauisch bist du! Hältst du mich für so grenzenlos ehrgeizig?

Nein. Ich habe nicht an deinen Ehrgeiz gedacht, sondern an all die Kränkungen und Demütigungen, die dir in letzter Zeit widerfahren sind.

Du vergisst, dass ich eine langjährige Analyse hinter mir habe.

Was hat denn deine Analyse damit zu tun?

Joe wusste, dass Verena der Psychoanalyse eher skeptisch gegenüberstand und ließ das Thema wieder fallen.

Alex will unbedingt weitermachen. Er hat gesagt, dass du bereits am Text für die nächste Show arbeitest.

Selbstverständlich werden wir weitermachen. Es ist unser Job. Die Konkurrenz schläft nicht. Jeder bemüht sich der Erste zu sein. Es ist ein Wettlauf mit der Zeit. Und Zeit ist, wie du weißt, im Fernsehen ein äußerst knappes und kostbares Gut.

Einschaltquotenmentalität, murmelte Joe.

Die Quote ist bei uns nun mal der einzige Maßstab für Erfolg.

Überall ist Verkaufserfolg der Maßstab.

Ich habe auch schon eine Idee, wen wir als nächsten Stargast einladen könnten.

Du vergeudest keine Minute.

Den Polizeipräsidenten …

Bist du verrückt geworden? Oder soll ich etwa vor laufender Kamera von ihm persönlich festgenommen werden? Um die Einschaltziffern zu steigern, schreckt ihr Fernsehleute nicht einmal davor zurück, eure Großmutter zu verkaufen. Während mir der Herr Polizeipräsident meine Rechte vorliest, frage ich ihn rasch, ob er als Kind von seinem Vater geschlagen worden ist? Ja, das wäre eine spektakuläre Szene, ganz in Alex' Sinne. Habt ihr das etwa zusammen ausgeheckt?

Red keinen Unsinn! Wir haben noch eine Woche Zeit, und bis dahin wirst du längst nicht mehr unter Verdacht stehen. Verena legte ihre Hand auf den Arm ihrer Freundin. Gib zu, der Polizeichef, das wäre einmal was anderes. Er gehört nicht zu diesem Inzuchtverein, ist kein Mitglied dieser geschlossenen Gesellschaft, in der jeder jeden kennt und sich ständig selbst bestätigen muss. Außerdem hättest du dann endlich dein heiß ersehntes ernsthaftes Thema. Du könntest mit ihm über Autoritätshörigkeit, Schuld und Strafe, über Mordmotive, also über lauter psychologisch interessante Fragen diskutieren.

Sehr witzig.

Hast du dich nicht dauernd beklagt, dass man sich beim Fernsehen stromlinienförmig verhalten muss? Und bisher haben wir ja tatsächlich alles Kontroverse vermieden, haben uns bemüht, niemanden zu schockieren und höchstens Scheinprobleme aufgeworfen. Das könnte sich nun mit einem Mal ändern. Das ist deine große Chance, Joe. Einer meiner früheren Chefs beim ORF hat in einem Interview behauptet, dass das Fernsehen wie eine riesige Selbsthilfegruppe an der Kippe einer fast schon krankhaften Selbstdarstellung funktioniere, in der es keine Tabus und auch keine Schamgefühle mehr gebe.

Kann ich noch einen Kaffee haben? Joe fühlte sich zu erschöpft, um sich mit ihrer Freundin auf eine längere Auseinandersetzung einzulassen.

Verena ignorierte ihre Bitte.

Übrigens habe ich auch eine tolle Idee für eine neue Show. Der momentane Psycho-Boom hat mich darauf gebracht. Paartherapien sind doch zur Zeit total in. Warum probieren wir nicht einmal, zerstrittene Ehepaare oder Paare, die sich einfach im Laufe der Jahre auseinandergelebt haben, vor die Kamera zu kriegen? Ein Therapeutenteam könnte sie unter Mithilfe des Publikums öffentlich behandeln. Die Zuseher dürfen nicht nur aus dem Bauch heraus gute Ratschläge erteilen, sondern sollen auch Partei ergreifen. Zügelloser Selbstentblößung folgt Psycho-Geschwätz. Das könnte eine gelungene Mischung aus orthodoxer TV-Show und Reality-TV werden. Wirklich erfolgreiche Programme für die breite Masse machen heute nur mehr Laien. Uns Halbintellektuellen wird es niemals so gut wie ihnen gelingen, die niedrigsten Instinkte anzusprechen. Denken ist nicht mehr gefragt. Nur nicht nachdenken müssen, lautet die Devise.

Sie stand auf und holte eine zweite Tasse Kaffee.

Joe hielt diese Thesen für absolut unseriös, da sie aber einen ernsthaften Krach vermeiden wollte, wechselte sie das Thema und erzählte von der Tratscherei über Verena und Werner. Sie weigerte sich jedoch, ihrer Freundin zu verraten, wer die Gerüchte ausgestreut hatte.

Verena verdächtigte sofort den hübschen Alex. Er will meinen Job, sagte sie.

Wenn, dann will er meinen oder, besser gesagt, wollte er Marlenes Job, das hat er mir vor kurzem gestanden. Er hat es satt, noch länger im Verborgenen zu wirken, sehnt sich danach, selbst einmal im Scheinwerferlicht zu stehen.

Also hast du's vom größten Tratschweib des Senders.

Joe schüttelte den Kopf, ohne zu erröten.

Inzwischen lüge ich ebenso gut wie alle anderen, dachte sie.

Ist doch egal, wer es mir erzählt hat. Aber hast du gewusst, dass Alex Werners illegitimer Sohn ist?

Komm, hör auf!

Joe musste all den Klatsch, den sie von ihrem Maskenbildner erfahren hatte und auch Serners Worte wiederholen, um Verena zu überzeugen.

Toni hat mir nicht alles gesagt, was er weiß. So was spüre ich sofort. Viele seiner Geschichten sind frei erfunden. Zwischen Lüge und Wahrheit zu unterscheiden, habe ich gelernt. Ich bemerke ziemlich rasch, wenn mir einer meiner Patienten etwas verschweigt oder mir die Unwahrheit sagt.

Toni ist ein verlogenes Aas. Aber er scheint mehr über die Ermordeten zu wissen als wir, vielleicht sogar mehr als die Polizei. Verena zündete sich noch eine American Spirit an. Ich habe eine Affäre mit Werner gehabt. Aber das ist längst vorbei. Er war nicht pervers, er war ein Schlappschwanz, ein völlig harmloser, zeitweise impotenter und zu früh gealterter Mann. Insofern hat Toni die Wahrheit gesagt, alles andere hat er, meiner Meinung nach, erfunden. Sie dämpfte die Zigarette mit einer heftigen Bewegung aus.

Die öde Herumfickerei im Funkhaus nimmt aber wirklich überhand. Wahrscheinlich versuchen die Leute damit ihre innere Leere zu bekämpfen. Glaub mir, du überlebst kaum in dieser brutalen Mediengesellschaft, wenn du dir nicht hin und wieder einen Kick holst. Kokain oder Sex, Baby oder Ferrari, im Prinzip ist alles dasselbe. Vergiss es, Joe, geh wieder zurück in deine Praxis. Aber dort wirst du auch nicht viel anderes zu hören bekommen.

Oh doch.

Okay, deine Patientinnen sehnen sich wahrscheinlich nach einem Partner fürs Leben, träumen von der schönen, heilen Welt, der funktionierenden Kleinfamilie, der schicken Stadtwohnung, dem Wochenendhäuschen am Land und dem Urlaub in der Karibik – weißer Sandstrand und grüne Palmen –, oh mein Gott, wie ödet mich das alles an. Ich glaube, wie gesagt, nicht, dass deine Patienten und unsere Zuschauer so viel anders sind als wir. Ähnliche Träume, ähnliche Sehnsüchte. Der einzige Unterschied: Wir bemühen uns, ihre Sehnsüchte virtuell zu befriedigen und bleiben dabei selbst auf der Strecke, weil wir die Farce zu durchschauen glauben. Aber wir durchschauen sie nicht wirklich, sind auch nicht frei von diesen Sehnsüchten, jagen ihnen genauso nach. Wir sind alle Opfer.

Du bist sehr pessimistisch.

Das darfst du gerade sagen. Von wem träumst du denn in deinen schlaflosen Nächten? Vom toten, aber am Bildschirm höchst lebendigen und potenten Robert Mitchum oder vom Mann nebenan, der keinen mehr hochkriegt? Mach dir nichts vor, Joe. Du schläfst mit dem hübschen Alex und denkst dabei an Richard Gere oder Anthony Perkins oder gar an Marcello Mastroianni, dem dein Vater ein bisschen ähnlich sieht. Nur über solche Träume sind die verfügbaren Männer für uns erträglich. Wann immer ich mit Werner im Bett gelegen bin, habe ich die Augen geschlossen und an den jungen Marlon Brando gedacht, der inzwischen leider noch viel fetter ist, als es der arme Werner je war.

Joe protestierte. Ihr Traummann war eben kein illusionärer Leinwandheld gewesen, sondern ein durchaus verfügbarer.

Namens Christian Nowotny, ich weiß, Liebes. Soll ich dir mal die Wahrheit über deinen Psychohelden erzählen? Ich glaube, es wird schön langsam Zeit. Du hast keine Ahnung, warum ihn die Wiener Psychoanalytische Vereinigung ausgeschlossen oder, besser gesagt, gar nicht erst aufgenommen hat?

Joe antwortete nicht.

Seine Angetraute war kurzzeitig seine Patientin. Nach ein paar Monaten hat er nicht länger mitansehen können, wie sie einsam und verlassen auf seiner Couch vor sich hin gestöhnt hat. Er hat sich einfach dazu gelegt und mitgestöhnt. Sicherheitshalber – bevor sie ihn anzeigte, würde ich sagen – hat er sie kurz nach dem Ende dieser erfolgreichen Sexualtherapie geheiratet. Die Rache ist mein, sagt der Herr! Ich gönne es ihm von Herzen, dass er jetzt bis ans Lebensende an dieses hysterische Trampel gebunden ist. Viele kleine, kreischende Kinderchen sollen sie kriegen!

Du bist boshaft.

Und du bist leichtgläubig. Du hast keine Ahnung, wie viele Therapeuten ihre sexuell unbefriedigten Patientinnen flachlegen, um sie zu kurieren. Unser lieber Christian ist da keine Ausnahme, kein Sonderfall. Anscheinend haben all die Herren Freuds Studien über Hysterie missverstanden. Marlene Helmer war übrigens auch bei Christian in Behandlung.

Wie bitte?, schrie Joe schockiert.

Ja, Baby.

Joe verdrehte die Augen. Sie mochte nicht mit Kosenamen verniedlicht werden.

Ich kann nicht mit Sicherheit behaupten, dass er auch sie aufs Kreuz gelegt hat. So attraktiv wie sie nun einmal war, will ich es aber nicht ausschließen. Verena lächelte vielsagend.

Das Telefon klingelte.

43

Joe sprang auf.

Sei nicht so nervös, sagte ihre Freundin und hob ab.

Hallo Alex, begrüßte sie ihren Assistenten betont laut.

Joe legte den Zeigefinger auf ihre Lippen, machte es sich wieder auf dem Sofa bequem und spitzte die Ohren.

Verena spazierte mit dem Schnurlostelefon in ihrer Wohnung auf und ab. Sie sprach wenig, hörte nur aufmerksam zu.

Kaum hatte sie aufgelegt, fragte Joe: Was hat er von dir gewollt?

Er möchte, dass ich Tonis Kündigung bestätige. Im Prinzip hat er mir das Gleiche erzählt wie du. Toni scheint tatsächlich verleumderische Geschichten über Werner und mich im Haus verbreitet zu haben. Übrigens vermutet er, dass du bei mir bist. Er hat nämlich am Schluß gesagt: Frag Joe.

Ich fürchte mich.

Wovor?

Vor der Polizei, vor Toni, vor Christian, vor den Journalisten, aber vor allem vor Alex. Er ist mir unheimlich.

Der hat selber Angst. Warum würde er sich sonst in dieser Hütte verkriechen? Oder nimmst du ihm etwa die Geschichte mit dem Segelschein ab?

Joe zuckte mit den Schultern. Ich weiß nicht mehr, was und wem ich glauben soll.

Verena bot ihr noch eine Zigarette an und zündete sich auch selbst eine an.

Wenn ich das nicht fragen darf, dann brauchst du mir nicht zu antworten. Aber hältst du es wirklich für möglich, dass Alex die beiden umgebracht hat? Ich kann es mir zwar nicht vorstellen …

Ich traue inzwischen jedem alles zu, unterbrach Joe ihre Freundin. – Wo soll ich bloß hin? Wenn Alex mich schon bei dir vermutet, wird der Chefinspektor auch bald auf diese Idee kommen. Am liebsten würde ich auf der Stelle vom Erdboden verschwinden.

Uns wird schon was einfallen, beruhigte Verena sie. Wie wär's zum Beispiel mit dem schönen, alten Kloster im Waldviertel, wo wir beide damals das Programm für die Show erarbeitet haben? Oder hast du Alex davon erzählt?

Nein, habe ich nicht. Ich wollte mir dieses hübsche Plätzchen für meditative Wochenenden und Zeiten, in denen ich mich einfach zurückziehen will, bewahren.

Ich habe auch niemandem davon erzählt. Dort wärst du in Sicherheit. Die beiden alten Mönche würden dich in Frieden lassen. Du könntest dich ihnen ruhig anvertrauen, sie würden dich nicht verraten. Außerdem gibt's in dieser Klause weder Radio noch Fernsehen.

Ein paar Tage Ruhe und Entspannung würden mir momentan bestimmt gut tun, dachte Joe und lächelte Verena dankbar an.

In schwierigen Situationen einen kühlen Kopf bewahren, immer und überall funktionieren, nie verzweifeln oder gar aus der Rolle fallen ... Sie beneidete ihre Freundin um diese Fähigkeiten. Ihren Zusammenbruch nach dem verpatzten Marathon und ihre verrückte Idee, eine Paartherapie via TV anzubieten, hatte sie längst vergessen.

Du könntest meinen Wagen nehmen. Damit wärst du auf jeden Fall schneller und sicherer unterwegs als mit der rostigen Klapperkiste deiner Freundin.

Die Aussicht, das schöne Waldviertel in Verenas MG zu erkunden, gefiel Joe fast noch besser als die Erinnerung an die Stille und Einsamkeit in der Klosterzelle. Sie sah sich bereits bei lauter Musik – Albinonis Requiem zum Beispiel – mit offenem Verdeck und wehendem Haar über die Landstraßen rasen.

Ich fahre am besten gleich los.

Nur nichts überstürzen! Man kann nicht denken, wenn man es eilig hat – das hat schon Platon behauptet. Heute bleibst du auf jeden Fall hier und schläfst dich ordentlich aus. Wir stellen den Wecker auf fünf. Ehe der Hahn kräht, bist du aus der Stadt raus.

Plötzlich zuckte Verena zusammen. Sie schaute auf ihre Armbanduhr. Verdammter Mist, ich hab total auf Geri vergessen.

Hastig wählte sie die Nummer ihres Fitnesstrainers und ging mit dem Schnurlostelefon nach oben.

Als sie nach etwa fünfzehn Minuten leger gekleidet und mit einer Sporttasche in der Hand zurückkehrte, sagte sie zu Joe: Tut mir leid, ich hab Geri heute eine Revanche versprochen. Magst du mitkommen? Ich weiß, du hasst Squash, aber du könntest inzwischen ja in die Sauna gehen. Um diese Zeit ist im Fitnesscenter nicht viel los. Kein Mensch würde dich belästigen. Geri interessiert sich sowieso nur für seinen himmlischen Körper. Mit Morden und anderen irdischen Dingen hat er nichts am Hut. Du wirst sehen, er weiß nicht einmal, dass zwei unserer Leute umgekommen sind, obwohl ihn die Polizei bestimmt über mich ausgefragt hat.

Eingesperrt in einem kleinen, stinkenden Kobel winzigen Bällen nachjagen? Nein. Joe hatte für diesen eigenartigen Sport genauso wenig übrig wie fürs Saunieren. Den Schweißgestank wildfremder Menschen hatte sie noch nie leiden können. Außerdem würden die durchtrainierten Körper der Vorstadtschönheiten ihre Minderwertigkeitsgefühle nur verstärken. Sie hatte sich auf den Abend mit Verena gefreut. Nun würde sie allein vor dem Fernseher hocken.

Die Enttäuschung war ihr anzumerken.

Heute Abend bist du hier gut aufgehoben. Du nimmst kein Telefon ab und öffnest niemandem die Tür. Licht kannst du ruhig anmachen. Die Fenster sind von der Straße aus nicht zu sehen. Verena ging zur Tür. Und warte nicht auf mich, es kann spät werden. Wenn ich verliere, muss ich ihm ein paar Aufbausäftchen zahlen, und falls ich gewinne, kann ich eine Flasche Champagner allein leeren. Geri mag keinen Champagner, sagte sie lachend.

Ihr Lachen klang etwas gekünstelt.

Verena stand schon im Flur, als das Telefon wieder läutete. Sie kam zurück und nahm ab.

Es ist für dich, deine Lisa.

Joe verabschiedete sich von Verena mit einem Kuss auf die Wange und griff nach dem Telefon.

Wieso weißt du, dass ich hier bin?

Wo hättest du denn sonst hingehen sollen? Außerdem habe ich gedacht, dass Verena eine Ahnung haben könnte, wo du dich versteckt hast, schrie Lisa.

Bist du wieder okay?

Ja, ja, mir geht's gut. Aber du hast aufs falsche Pferd gesetzt. Dein Freund, der Oberkommissar, ist ein Versager, das hat mir dieser junge Bezirksinspektor heute geflüstert. Er hat mich besucht, um sich nach meinem Befinden zu erkundigen. Süß, nicht wahr? Ich glaube, der ist scharf auf mich. Ich habe ihn ein bisschen um den Finger gewickelt oder besser gesagt eingekocht, habe eine Gemüselasagne im Rohr gehabt und der hat er einfach nicht widerstehen können.

Was hat er über den Chefinspektor gesagt, unterbrach Joe ihre Freundin. Für köstliche Rezepte schien ihr der Zeitpunkt ungünstig.

Er hat mir unter dem Siegel der Verschwiegenheit anvertraut, dass dein Serner bei seinen Kollegen äußerst unbeliebt ist. Lisa machte eine bedeutungsvolle Pause und fuhr dann in verschwörerischem Ton fort: Und stell dir vor, sein Vater war nach dem Krieg ein hoher Stapobeamter …

Sie erzählte Joe nichts Neues.

Ja, und ehe ich es vergesse, sie fahnden weiterhin nach dir.

Lisa, hör zu, ich werde morgen von hier verschwinden. Dein Wagen steht in der Linzerstraße, ungefähr in Höhe von Hausnummer 70. Du kannst ihn dir jederzeit holen, du hast doch einen zweiten Schlüssel oder? Ich brauche ihn nicht mehr, ich kann Verenas MG haben. Dieser Versager von Chefinspektor ist sicher so clever, inzwischen nach deinem Auto zu fahnden.

Joe legte auf.

Zuerst Alex und jetzt auch noch Lisa. Sie wettete mit sich selbst, dass der nächste Anrufer Jan Serner heißen würde. Sie musste an Grace Kelly in »Über den Dächern von Nizza« denken und sah sich bereits wie ein schwarzer Panther über die Dachlandschaft der umliegenden Gebäude flüchten. Der marode Chefinspektor würde ihr nicht folgen können, aber seinem Adlatus traute sie sehr wohl zu, sich flink und gelenkig über die Geländer der diversen Dachterrassen zu schwingen. Sie sollte Verenas Wohnung so schnell wie möglich verlassen.

Es machte ihr nichts aus, nachts zu fahren. Aber sie würde die Mönche nicht mitten in der Nacht aus dem Bett holen können. Verena hatte Recht, sie sollte lieber nachdenken, bevor sie einen gravierenden Fehler beginge.

Ihre Gedanken kehrten zu Christian und Marlene zurück. Verena hatte keinen Grund, sie anzulügen. Sie wollte sich nicht vorstellen, was sich hinter den Tag und Nacht verdunkelten Fenstern seiner Ordination abgespielt hatte. Vielleicht hatte Marlene ihn erpresst?

Diffuse Ängste plagten sie. Doch sie war zu müde, um ihnen auf den Grund zu gehen. Aber wenn sie schon einmal wach lag und trotz oder wegen Übermüdung nicht einschlafen wollte, dann könnte sie vielleicht wenigstens ein paar Dinge klären, die sie selbst betrafen, zum Beispiel ihre absurde Verliebtheit in diesen frankophilen Chefinspektor …

44

Ich duschte lang und heiß. Der harte Strahl spülte all den Dreck weg, den ich mir heute hatte anhören müssen. Rigoros trieb er ihn in den Ausguss. Ein herb duftendes Deodorant unter die Achseln. Etwas Gel auf die Haare. Es verlieh ihnen einen rötlich braunen Stich. Mit einem Spray half ich der Farbe nach. Ich zog einen schwarzen Rollkragenpullover an. Dazu probierte ich einige Baseballkappen. Ich entschied mich für eine unauffällige, graue, ohne Emblem. Schwarze Lederhose, schwarze, silber beschlagene Westernstiefel, eine getönte Brille. Zuletzt streifte ich dünne, durchlöcherte, schwarze Lederhandschuhe über meine Hände. Ich war mit meinem Anblick im Spiegel durchaus zufrieden.

Die Straße war menschenleer. Als ich in den Wagen stieg, durchsuchte ich die Taschen meiner Lederjacke. Ich hatte alles dabei. Den Draht in der linken, den Leatherman in der rechten Tasche. Hoffentlich würde ich keines von beiden benützen müssen. Langsam fuhr ich den Gürtel entlang. Ich blieb auf der mittleren Spur. Den Gehsteig ließ ich nicht aus den Augen. Um diese späte Stunde waren kaum Passanten unterwegs.

Vor den Pornoschuppen froren sich mollige, slawische

Prostituierte den Arsch ab. Die Schönen der Nacht interessierten mich nicht. Ich näherte mich dem Westbahnhof. Schon von weitem erblickte ich die effektvoll beleuchtete Dachkonstruktion über dem Urban-Loritz-Platz. Ein riesiges, lichtdurchlässiges Zelt überspannte den Bereich innerhalb der Gürtelfahrbahnen. Unter dem Dach Bänke, Telefonzellen, Kioske, Würstelstände. Alles in einheitlichem Design. Jede Menge Kids waren unterwegs. Die neue Lokalmeile am Gürtel wurde anscheinend von sehr jungem Publikum frequentiert. Ich war noch nie in einer dieser Bars unter den altehrwürdigen Stadtbahnbögen gewesen. Und ich hatte keine Ahnung, welche vor allem von Schwulen bevorzugt wurden. Vor dem ersten, mit schrillem roten Neonlicht beleuchteten Lokal parkte ich ein. Ein bisschen Blasen, schöner Mann, fragte mich eine zaundürre Hure. Sie kam nicht aus dem Osten, sondern aus einem östlich gelegenen Wiener Gemeindebezirk. Ich ignorierte sie und betrat die Bar. Ein Blick genügte. Er war nicht hier. Ich zog zu Fuß weiter in die nächsten Bars. Manche waren luxuriös verkitscht. Andere wieder einfach, aber funktionell eingerichtet. In den meisten Lokalen war wenig los. Es war noch zu früh für die jungen Nachtschwärmer. An den Theken hingen nur wenige, eher gut betuchte Gäste um die dreißig herum. Er war nicht unter ihnen. Fast überall gab es gute DJs oder gar Live-Musik. Manchmal auch Performances. Die U-Bahnzüge, die über die Lokale hinweg ratterten, waren kaum zu hören. Sie ließen aber ebenso die Wände erzittern wie die laute Techno-Musik.

Zuletzt betrat ich eine Discothek, die gerade erst eröffnet worden war. Das Fernsehen hatte über dieses wichtige gesellschaftliche Ereignis berichtet. Ich bahnte mir den Weg durch die Tanzenden. Künstlicher Nebel und grelles, flackerndes Licht erschwerten mir die Sicht. Ich nahm meine Brille ab. Und da sah ich ihn. Er stand an der Bar. Er kehrte mir den Rücken zu, schien mit dem Barkeeper in ein Gespräch vertieft zu sein. Ich setzte mich an einen Tisch, etwas abseits von der Theke. Das Lokal war gut besucht. Viele junge Männer und noch mehr hübsche Mädchen bevölkerten die Tanzfläche. Von der irren Stimmung und der heißen Hard-Rock-Musik bekam ich nicht viel mit. Ich ließ ihn nicht aus den Augen. Er mischte sich unter die Tanzenden. Kurze Zeit verschwand er aus meinem Blickfeld. Ich ging zum Ausgang. Ein kleiner Junge, nicht älter als fünfzehn, schnorrte mich um eine Zigarette an. Verzieh dich, fauchte ich. Neben einem vollbeladenen Garderobenständer lehnte ich mich an die Wand, setzte meine Brille wieder auf.

Kurz vor Mitternacht verließ er die Diskothek. Auch ich brach auf. Er ging geradewegs zur nächsten U-Bahn-Station. Ich folgte ihm. Auf der Rolltreppe war ich knapp hinter ihm. Der einfahrende Zug wurde über die Lautsprecher angekündigt. Er rannte die Stiegen hinauf. Auch ich begann zu laufen. Beinahe hätte ich ihn überholt. Der Bahnsteig war voll junger Leute. Sie drängelten sich vor der Bahnsteigkante. Er schob sich unter die Kids. Sein leuchtender Haarschopf war nicht zu übersehen. Der Zug näherte sich der Station. Er sah sich um. Spürte er, dass jemand hinter ihm her war? Es trennte uns kein Meter mehr voneinander. In letzter Sekunde schien er mich zu erkennen. Mehr erstaunt als erschrocken riss er die Augen auf. Er starrte mich an, als wäre ich eine außerirdische Erscheinung. Sein Schrei ging in der lärmenden Menge unter. Ich machte mich rasch aus dem Staub. Ein zweiter gellender Schrei verfolgte mich bis zum Ausgang. Er stammte von einem Mädchen.

45

Verena läutete an ihrer Wohnungstür.

Joe, die auf dem Sofa im Arbeitszimmer ihrer Freundin lag, schlief so fest, dass sie die Klingel nicht gleich hörte.

Verdattert öffnete sie die Tür.

Gott sei Dank! Ich habe befürchtet, dass du schon weg sein könntest. Verzeih, ich habe meinen Schlüssel verloren oder irgendwo liegen gelassen. Hoffentlich im Fitnesscenter.

Ja. Hoffentlich, murmelte Joe und legte sich wieder hin.

Am nächsten Morgen erwachte sie erst gegen zehn Uhr.

In der Küche fand sie eine Nachricht.

Verena hatte schon am frühen Morgen die Wohnung verlassen.

Bin beim Arzt, meine Migräne sind ärger geworden, stand auf dem Notizblock. Anschließend muss ich zum Sender. Ruf mich an, wenn du meinen Wagen brauchst.

Bei der dritten Tasse Kaffee wählte Joe Serners Nummer.

Nach der Gasexplosion in ihrem Haus würde er wohl kaum noch an ihre Schuld glauben, egal, was seine Kollegen dachten. Vor dem ersten Klingeln legte sie den Hörer wieder auf.

Sie setzte sich an Verenas PC, surfte gelangweilt im Internet, las die Tageszeitungen und versuchte zwischendurch mehrmals, ihre Freundin zu erreichen.

Lisas Handy läutete.

Joe hob, ohne nachzudenken, ab. Verfluchter Mist! Sie wollte gleich wieder auflegen.

Du sagst es, kreischte Lisa. Dieser gut aussehende Polizist und sein Chef waren gerade bei mir, um mir mitzuteilen, dass dein Lover bei einem U-Bahn-Unglück ums Leben gekommen ist. Der Chefinspektor glaubt nicht an einen Unfall, und er glaubt auch nicht mehr, dass die Explosion ein versuchter Mordanschlag auf dich war. Mit Hilfe der Spezialisten von der Feuerwehr hat er herausgefunden, dass es sich weder um eine typische Gasexplosion noch um einen Brandanschlag gehandelt hat. Sie haben den ganzen Tag lang herumgeschnüffelt. Und stell dir vor, ich bin schuld, ich habe mein eigenes Atelier in Brand gesteckt.

Meine Werkstatt, korrigierte Joe in Gedanken. Und was ist mit Alex?

Ich Trottel hab einen Zeitungsstapel auf den Kübel, in dem ich die feuchten Terpentinfetzen aufbewahre, gelegt. Durch Sauerstoffmangel ist Hitze entstanden und das Zeug hat sich selbst entzündet, so hat es mir zumindest der Chefinspektor erklärt. Die Propangasflasche ist gleich mitexplodiert. Es ist echt ein Wunder, dass ich noch lebe …

Joe stöhnte.

Wo auch immer du sein magst, schalt sofort mein Handy aus! Womöglich habe ich ihnen durch diesen Anruf eh schon verraten, wo du bist. Hau ab, versteck dich irgendwo außerhalb von Wien, bis der ganze Zirkus vorbei ist. Der Chefinspektor hat nach meinem Wagen gefragt. Anscheinend nimmt er an, dass du damit unterwegs bist. Und bestimmt weiß er auch längst, dass du mein Handy hast. Der ist clever, fast so clever wie du. Pass auf dich auf, Schatz. Ich rufe von einer Telefonzelle aus an, aber ich lege jetzt lieber auf, wer weiß, ob sie die nicht auch abhören können. Ach ja, und dein Vater hat ständig angerufen, er macht sich große Sorgen um dich. Du sollst dich so bald wie möglich bei ihm melden. Auch seine Holde hat zweimal angerufen und mich unter Tränen gebeten, dir auszurichten, dass dein armer Herr Papa vor lauter Angst um dich beinahe wahnsinnig ist. Sie befürchtet, dass sein schwaches Herz nicht mehr länger mitspielen wird. Die beiden spinnen, oder?

Joe wollte mehr über den Unfall erfahren. Aber Lisa hatte bereits aufgelegt.

Völlig apathisch schaltete sie Verenas Radio ein und hörte sich die Nachrichten auf Ö1 an.

… U-Bahn-Unglück. Heute Nacht wurde die Leiche eines etwa 30-jährigen Mannes … Selbstmord oder Mord?

Joe machte das Radio aus und setzte sich wieder an Verenas PC. Sie starrte auf den Bildschirm, beobachtete die Fische, die sich langsam, fast wie in Zeitlupe, am Schirm tummelten. Lauter tote Fische.

Sie schaltete den Computer aus, starrte auf den dunklen Bildschirm. Sie hatte keine Tränen. Alex Tod erschien ihr unfassbar, hatte nichts mit ihr zu tun. Alles schien plötzlich fremd, unwirklich, ja beinahe absurd.

Alex, der strahlende, charmante Sunnyboy und Everybodys Darling war tot? Würde sie nie mehr mit seinem jungenhaften Lächeln verführen? Sie nie mehr in die Arme nehmen? Nie mehr ihre Brüste streicheln?

Bei dem Gedanken, dass sie sich vorgestern vor ihm gefürchtet hatte, kamen ihr endlich die Tränen. Leise schluchzend zündete sie sich eine Zigarette an.

Seit letzten Samstag lebte sie in einem einzigen Albtraum. Zuerst Marlene Helmer, dann Werner Marcovec, und jetzt dieser mysteriöse Unfall? Wer würde das nächste Opfer sein? Verena oder sie selbst? Es waren nicht mehr viele übrig.

Joe konnte es sich nicht erlauben, noch länger untätig herumzusitzen. Nach Lisas Warnung fühlte sie sich bei ihrer Freundin noch weniger sicher als gestern Abend. Aber sie konnte sich auch nicht dazu aufraffen, die warme Wohnung gleich zu verlassen. Ihre Erkältung machte ihr schwer zu schaffen.

Sie beschloss, Verena eine eher unverfängliche E-Mail ins Büro zu schicken, schaltete den Computer wieder ein, ging auf Outlook-Express, landete im Posteingang und fragte automatisch Verenas E-Mails ab.

Die Korrespondenz ihrer Freundin war überraschend umfangreich. Joe dachte an Tonis Geschichten, konnte ihre Neugier nicht bezähmen und schnüffelte in Verenas Postausgang herum.

Meist erschienen nur seltsame Zahlen- und Buchstabenkombinationen auf dem Bildschirm. Die vielen verschlüsselten Nachrichten faszinierten sie und stachelten gleichzeitig ihren Ehrgeiz an. Sie durchforstete die Programme, entdeckte eines mit dem schwachsinnigen Namen »Wunderhübsche Privatsphäre« und schaffte es mit dessen Hilfe tatsächlich, die alten E-Mails zu lesen. Sofort verwünschte sie ihre Neugier. Was sie fand, waren Liebesbriefe ihrer Freundin an Werner Marcovec.

Niemals hätte sie der kühlen Verena so viel Leidenschaft zugetraut. Gleichzeitig verspürte sie Ärger, empfand es fast als persönliche Kränkung, dass ihre kluge Freundin in diesen fetten, hinterhältigen Mann ernsthaft verliebt gewesen war. Wütend durchsuchte sie nun auch Verenas Schreibtisch und wurde wieder fündig.

Die Papiere in den Schubladen waren peinlichst geordnet nach Geschäftsbriefen, persönlichen Dokumenten und privater Post. In einer schwarzen Ledermappe fand sie alte Ausdrucke der Korrespondenz zwischen Verena und Werner.

Die beiden hatten seit über einem Jahr ein streng geheim gehaltenes Verhältnis miteinander gehabt. Keine harmlose Bettgeschichte, wie Verena gestern behauptet hatte, sondern eine dramatische Liebesbeziehung. Marcovecs Scheidung von seiner dritten Frau war eine äußerst komplizierte Angelegenheit gewesen, das wusste jeder im Haus. Dass er sich aber mit Verena getröstet hatte, wussten nur die wenigsten.

Die Geheimnistuerei ihrer Freundin versetzte Joe zusätzlich einen Stich. Wie viele Abende hatten sie miteinander verbracht und nie, kein einziges Mal, hatte Verena auch nur angedeutet, dass sie eine Beziehung zu einem verheirateten Mann hatte. Joe hatte sie sogar in Verdacht gehabt, insgeheim Frauen zu lieben. Sie hatten nächtelang miteinander geredet. Über Männer, Liebe und Sex hatten sie so gut wie nie gesprochen.

Joe legte die Mappe wieder zurück in die Lade, ging ins Wohnzimmer, schaltete das Radio ein und hörte sich die Kurznachrichten zur vollen Stunde an.

Eine Massenkarambolage auf der Westautobahn hatte die Meldung von Alex' Tod aus dem Nachrichtenblock verdrängt.

Als sie mit der Teekanne und einem Stövchen in Verenas Arbeitszimmer zurückkehrte, entdeckte sie eine SMS auf Lisas Handy. Die Nachricht stammte von Lisa selbst.

Joe rief sofort zurück.

Es hat nicht Alex, sondern Toni erwischt, flüsterte ihre Freundin aufgeregt in den Hörer. Dein Inspektor hat nur von »einem deiner Kollegen« gesprochen, da habe ich automatisch angenommen, dass er Alex gemeint hat. Der nette Bezirksinspektor hat mich gerade angerufen und den Irrtum aufgeklärt. Sie fahnden jetzt intensiv nach deinem Alex. Die ganze Wiener Polizei ist auf den Beinen.

Vermutlich ist er mit einem Segelboot unterwegs, warf Joe ein.

Lisa hörte ihr nicht zu. Wieg dich deswegen bloß nicht in Sicherheit. Sie haben es nach wie vor auch auf dich abgesehen, sagte sie.

Joe legte auf.

Warum ausgerechnet Toni? Sie fragte sich, ob es ihr lieber gewesen wäre, Alex wäre tot. Wie es momentan aussah, hatte er drei Menschen auf dem Gewissen.

Um sich auf andere Gedanken zu bringen, stieg sie noch einmal in die E-Mail-Korrespondenz ihrer Freundin ein.

In einer der Mails an Werner kam Verena auch auf ihre Familiengeschichte zu sprechen.

Joe las, dass ihre Freundin in einer autoritären, lieblosen und gewalttätigen Atmosphäre aufgewachsen war. Sprachlosigkeit und Gefühlsarmut haben meine Kindheit geprägt, schrieb sie. Mein Vater war ein jähzorniger Schläger, ist nicht einmal davor zurückgeschreckt, meine Mutter zu verprügeln. Ich bin aber nie von ihm geschlagen worden. Als er es einmal gewagt hat, die Hand gegen mich zu erheben, habe ich ihn mit dem Brotmesser bedroht.

In einer späteren Mail gestand sie ihrem Liebhaber, dass sie sich manchmal, vor allem wenn sie Sex hatte, vorstellte, verprügelt zu werden.

Werner machte sich in seiner Antwort über Verenas masochistische Bedürfnisse lustig, versprach ihr, ein strenger Daddy zu sein, wenn sie weiterhin im Bett sein Baby bleiben würde.

Joe interessierte sich nicht für diese Vater-Tochter-Spiele. Sie schloss die Mail und klickte eine Nachricht jüngeren Datums an.

Der Inhalt machte sie verlegen. Werner und Verena hatten sado-masochistische Internet-Pornos ausgetauscht.

Sie war schon nahe daran, die peinliche Herumschnüffelei im Liebesleben ihrer Freundin zu beenden, als sie den Namen Marlene las.

Also hatte Alex doch nicht gelogen. Werner Marcovec hatte Verena tatsächlich wegen der schönen Marlene Helmer verlassen.

Aber das ist noch lange kein Beweis dafür, dass Verena die beiden ermordet hat, sagte sich Joe. Eifersucht, Rivalität, Karrieregeilheit ... Deshalb tötet man doch nicht.

Sie wollte das, was sie längst ahnte, nicht wahrhaben. Allein der Gedanke, dass ihre Freundin für drei Morde verantwortlich sein könnte, erweckte Furcht und Abscheu, Gefühle, die sie sonst meist gekonnt unterdrückte. Sie musste sich überwinden weiterzulesen.

In einer ebenfalls verschlüsselten Datei fand sie weitere Liebesbriefe von Verena und die eher coolen Antworten von Werner. Nach seiner Scheidung vor zwei Monaten hatte Verena offensichtlich gehofft, dass er ihr einen Heiratsantrag machen würde. Werner hatte nicht im Traum daran gedacht, sondern eine Affäre mit Marlene begonnen. In seiner letzten Mail an Verena beschrieb er ausführlich, wie sehr er Sex mit Marlene genieße.

... sie liebt es, meine Zähne in ihrem zarten Fleisch zu spüren. Wenn ich dich einmal ganz zart gebissen habe, hast du gleich geschrien wie am Spieß. Außerdem spielt sie ebenso gern mit dem Feuer wie ich. Was für eine aufregende Frau! Deine Spielchen dagegen haben mich in letzter Zeit nur mehr gelangweilt. Ich bin nicht dein Scheiß-Papi. Wenn du wüsstest, wie lange ich es schon satt habe, deinen vertrockneten Arsch zwischen meinen Händen zu spüren. Glaubst du im Ernst, es hat mir jemals Spaß gemacht, auf diesen Knochenberg einzuschlagen? Seit du dauernd in diesem Fitnesscenter herumhängst, hast du überhaupt nichts Weibliches mehr … Unter P.S. drohte er ihr außerdem die fristlose Kündigung an, falls sie ihn weiter mit ihrem Liebesgeschwafel belästigen würde.

Die Buchstaben verschwammen vor Joes Augen. Ihr war schlecht. Die Kekse, die sie in der Früh gegessen hatte, drohten wieder hochzukommen. Mit zitternden Händen schenkte sie sich Tee nach, schüttete daneben und griff nach einer Zigarette.

Musste sie die Wahrheit unbedingt wissen? Die Wahrheit und nichts als die Wahrheit … Sie ging sich selbst auf die Nerven, verfluchte ihre Neugier, als sie in »Gesendete Objekte« wechselte und Verenas Antwort auf Werners degoutanten Abschiedsbrief öffnete.

Keine Anrede, keine Unterschrift. Doch bereits der zweite Satz enthielt eine kaum verhüllte Morddrohung.

Programmdirektoren kommen und gehen, Chefredakteure pflegen, trotz oder gerade wegen ihrer harten Ärsche, mehr Sitzfleisch zu haben, begann Verena. Und gehst du nicht freiwillig, so werde ich dafür sorgen, dass du überhaupt nirgends mehr hingehen kannst. Der Brief endete mit: Schweine sind dazu da, geschlachtet zu werden.

Joe war nun überzeugt davon, dass Verena ihre Drohung wahr gemacht hatte. Aber was war mit ihrem Alibi? Hatte sich ihr Trainer in der Zeit geirrt oder hatte er absichtlich eine falsche Aussage gemacht? Wahrscheinlich hatte Geri einfach nicht darauf geachtet, wann Verena das Fitness-Studio verlassen hatte und der Bequemlichkeit halber ihre Aussage bestätigt.

46

Plötzlich spürte Joe kaltes Eisen an ihrem Hinterkopf.

Sie hatte ihre Freundin nicht gehört.

Wie ist sie überhaupt hereingekommen? Hat sie ihren Schlüssel wiedergefunden? Es blieb ihr nicht viel Zeit darüber nachzudenken.

Sie drehte sich um und starrte in die Mündung eines Revolvers.

Betont langsam erhob sie sich, sprach kein Wort, sah Verena nur beschwörend und flehend in die Augen.

Die Mündung des Revolvers war jetzt auf ihre Brust gerichtet.

Joe war einen halben Kopf größer als Verena, aber ihre Freundin war ihr körperlich überlegen, außerdem hatte sie die Waffe.

Du wirst nicht abdrücken, sagte Joe mit fester Stimme.

Während sie überlegte, welche Chancen sie wohl hätte, diesem absurden Drama mit einem Karateschlag ein rasches Ende zu bereiten, begann Verenas Hand heftig zu zittern. Ihr Blick verriet Unentschlossenheit und Angst.

Joe fürchtete vor allem ihre Angst, nützte ihre Unentschlossenheit, griff nach der Teetasse und schüttete Verena das heiße Getränk ins Gesicht.

Während sich die Freundin mit der Linken über die Augen fuhr, versuchte Joe, ihr den Revolver aus der anderen Hand zu schlagen.

Bei dem Handgemenge löste sich ein Schuss.

Joe spürte einen kleinen Stich in der linken Schulter.

Der Revolver fiel auf den Schreibtisch.

Sie griffen beide danach.

Wieder war Joe um den Bruchteil einer Sekunde schneller.

Verena ergriff die Flucht.

Joe schnappte Lisas Handy und rannte ihr nach. Den Revolver warf sie auf den Schreibtisch.

Verena riss die Wohnungstür auf, stürzte hinaus ins Stiegenhaus, eilte, zwei Stufen auf einmal nehmend, hinunter.

Joe schlüpfte in ihre Schuhe, griff nach dem Autoschlüssel, der auf der kleinen Kommode im Vorzimmer lag und warf eine von Verenas Jacken um ihre Schulter. Jetzt erst sah sie das Blut auf ihrem Pullover. Sie schlug die Tür hinter sich zu und fuhr mit dem Lift ins Erdgeschoß.

Als sie im Laufschritt die Straße überquerte, hörte sie Reifen quietschen.

Verena wendete mit ihrem MG mitten auf der Linzer Straße und fuhr in höllischem Tempo stadtauswärts.

Joe sprang in Lisas Citroen und holte aus der alter Kiste alles raus, was rauszuholen war.

Noch zwei Wagen zwischen ihr und Verena. Sie gab Gas. Mit aufheulendem Motor überholte sie, trotz Gegenverkehrs, den Sonntagsfahrer vor ihr und erntete ein wütendes Hupkonzert.

Die Ampel sprang auf Rot.

Verena bremste nicht. Sie raste bei Rot über die Kreuzung.

Fluchend trat Joe auf die schwer ramponierte Bremse des alten Wagens, schleuderte und kam erst mitten auf der Kreuzung zum Stehen.

Auf ihrer Schulter breitete sich ein stechender Schmerz aus. Mit Tränen in den Augen gab sie wieder Gas. Sie vermisste ihren Spider.

Verena bog links ab, fuhr Richtung Westausfahrt.

Joe geriet erneut ins Schleudern, verlangsamte kaum das Tempo, raste auf der leeren Hadikgasse weiter. Sie klebte fast an Verenas hinterer Stoßstange, als ihre Freundin erneut links abbog.

Joe bremste, schlitterte geradeaus und musste im Seitenspiegel mitansehen, wie der MG ihrer Freundin gegen einen Brückenpfeiler prallte.

Das klirrende Geräusch des Aufpralls setzte sich in ihrem Kopf fest.

Sie ließ Lisas Wagen auf der linken Fahrspur stehen, stieg mit zitternden Knien aus und wankte auf die Brücke.

Andere Autofahrer hielten an. Joe nahm sie kaum wahr.

Der MG sah aus wie eine Ziehharmonika.

Sie beugte sich über das zerknautschte Wrack.

Verenas Körper war zwischen Blechteilen eingekeilt. Ihr Gesicht war über und über mit Blut beschmiert.

Joe griff durch die geborstene Windschutzscheibe nach der schlaff am Lenkrad hängenden Hand ihrer Freundin.

Verena starrte sie mit gebrochenen Augen an.

Jemand rief nach einem Arzt. Und aus der Ferne war bereits die Sirene eines Streifenwagens oder einer Ambulanz zu vernehmen.

Joe entfernte sich ein paar Schritte vom Wagen, beugte sich über das Brückengeländer, würgte, presste eine Hand auf ihren Bauch und übergab sich.

Sie konnte nicht aufhören zu kotzen, obwohl sie kaum was im Magen hatte.

Mehr und mehr fremde Menschen versammelten sich um Verenas Wagen, sahen der Toten in die Augen.

Weinend blieb Joe, abseits von der Menschentraube, auf der Brücke stehen. Sie nahm das Handy aus ihrer Hosentasche und begann Christians Telefonnummer einzutippen. Noch bevor er antworten konnte, löschte sie die Verbindung und wählte Serners Nummer.